Brinz24

ELENA CONRAD

Der Jasminblütengarten

Weitere Titel der Autorin:

Der Jasminblütengarten
Der Jasminblütensommer (erscheint im Sommer 2021)

Titel auch als Hörbuch erhältlich

Über die Autorin:

Elena Conrad, geboren 1972 in Frankfurt am Main, lebt mit ihrer Familie im malerischen Nahetal und reist seit über dreißig Jahren regelmäßig an die ligurische Küste, um zwischen Bergen und Meer die Seele baumeln zu lassen. Ihr Lieblingsplatz ist eine Bank in der Nähe eines alten Olivenbaums, von der aus sie bis zum Meer blicken kann. Die Inspiration, die sie dort erfährt, findet Eingang in ihre Bücher.

Elena Conrad

Der Jasminblüten Garten

Roman

LÜBBE

Dieser Titel ist auch als Hörbuch und E-Book erschienen

MIX
Papier aus verantwortungsvollen Quellen
FSC® C014496
FSC
www.fsc.org

Originalausgabe

Dieses Werk wurde vermittelt durch
die Literarische Agentur Thomas Schlück GmbH, 30161 Hannover.

Textredaktion: Marion Labonte, Labontext
Umschlaggestaltung: Birgit Gitschier, Augsburg, unter Verwendung von Illustrationen von © shutterstock: Boris Stroujko | Denis Novolodskiy | Lukasz Szwaj | Paladin12 | Fedorov Ivan Sergeevich | AmySachar; © Trevillion Images: Jacqueline Veissid
Satz: Dörlemann Satz, Lemförde
Gesetzt aus der ProformaBook
Druck und Verarbeitung: GGP Media GmbH, Pößneck
Printed in Germany
ISBN 978-3-404-18345-6

2 4 5 3 1

Sie finden uns im Internet unter luebbe.de
Bitte beachten Sie auch: lesejury.de

ERSTES KAPITEL

Giulia hatte die Autobahn bei Sestri Levante verlassen und fuhr nun über kurvige Landstraßen und durch kleine Dörfer. Durch die geöffneten Fenster ihres Renault Twingo drang ein verführerischer Duft nach Kräutern und sonnenbeschienenen Pinien. Während sie langsam eine weitere malerische Ortschaft passierte, sah sie zwischen Häusern hindurch Menschen in terrassierten Gärten arbeiten. Vor einer Bar saßen ein paar ältere Männer zusammen, redeten und tranken *caffè*. Vor einigen Fenstern flatterten farbige Bettlaken und Bettbezüge im Wind. Auf einem Sportplatz eilte eine Meute Jungs kreischend einem Ball hinterher, während eine schwarzgekleidete *nonna* ein Schwätzchen mit Nachbarn führte.

Zwei Stunden zuvor, auf der Höhe von Genua – Genova, wie es doch viel schöner klang –, hatte Giulia erstmals das Gefühl von Urlaub erfasst. Nach einer entspannten Nacht in einer kleinen Herberge in der Nähe von Como war sie an diesem Morgen gut ausgeruht aufgebrochen und inzwischen tief in Ligurien angekommen. »Meer und Berge prägen diesen Landstrich«, so hatte es ihr Vater beschrieben, *mare e monti*, und das traf tatsächlich zu. Ab Genua jedenfalls hatte Giulia auf ihrer Strecke meist das Meer gesehen, mal näher, mal ferner, und die Berge natürlich, teilweise sogar recht hohe Klippen, größere und kleinere Orte, dazu Tunnel, Tunnel und noch mehr Tunnel.

Sie fuhr an einem Marmorsteinbruch vorbei und kurz darauf an einem Schild, das auf eine Ferienanlage namens *La Francesca* hinwies, unmittelbar hinter einem Ort, der sich vielversprechend Bonassola nannte. Als endlich Levanto, das Ziel ihrer Reise, auftauchte, ließ Giulia ihr Auto ausrollen und brachte es in einer Kurve oberhalb der Stadt zum Stehen. Sie atmete tief durch, öffnete die Tür und stieg aus. Sofort nahm sie die vielfältigen, zerrissenen Geräusche der kleinen Stadt wahr, die zu ihr aufstiegen: Auto- und Mopedlärm, helle Kinderstimmen und dunklere von Erwachsenen, Musik, Meeresrauschen.

Giulia schloss die Augen und lauschte für einen Moment intensiv, dann ließ sie ihren Blick schweifen. Die zum Ort hin abfallenden Felsen waren an dieser Stelle über und über mit blauen Blumen bewachsen. Der Geruch nach Urlaub stieg ihr erneut in die Nase, dieser verführerische Duft nach Kräutern, warmen Kiefern- und Piniennadeln, gepaart mit dem sich bereits verflüchtigenden Gestank eines Mopeds oder eines dieser motorisierten Dreiräder, die so typisch für Italien waren.

Giulia blickte zum Meer hinüber. Levanto lag in einer großzügigen Bucht, deren glitzerndes Wasser weit hinten mit dem Horizont verschwamm. Dort entdeckte sie größere Schiffe, davor kleinere Boote und in Strandnähe vereinzelt Badende, einen Stand-up-Paddler sowie einige Surfer in Neoprenanzügen, die auf die richtige Welle warteten. Giulia stand einfach da und genoss den Anblick. Es war wirklich wunderschön hier.

Und wie so oft auf der langen Fahrt von Frankfurt hierher wanderten ihre Gedanken wieder zu ihrer Mutter: Das hier war augenscheinlich ein Paradies – warum nur hatte Pina es damals verlassen? Warum war sie nie wieder hierher zurückgekehrt, nicht einmal zu Besuch? Warum hatte sie ihrer Tochter nicht einmal davon erzählt und, nicht zuletzt: Warum hatte sie Giulia die ganzen Jahre verschwiegen, dass ihr Vater – Giulias Großvater – noch lebte? All das würde sie in den kommenden Wochen versuchen herauszufinden.

Entschlossen kehrte Giulia zum Auto zurück. Sie war jetzt bereit für die letzte kurze Strecke des Weges.

ZWEITES KAPITEL

Zwei Tage zuvor

Die Tür zum Büro ihres Vaters im zweiten Stock ihres Elternhauses war wie immer nur angelehnt. Durch den Türspalt konnte Giulia ihn konzentriert über seinen Akten brüten sehen. Er sah immer noch gut aus, mit seinem etwas längeren, immer noch dichten, silbergrauen Haar und dem dunkelblauen, gutsitzenden Anzug. Draußen am Tor war ein Schild mit der Aufschrift »Robert Zeidler, Anwalt für Arbeitsrecht« angebracht, im ersten Stock gab es einen Empfang, den ihre Mutter Pina besetzte. Giulia hatte dort auch schon gearbeitet, das war einer ihrer ersten Jobs gewesen. Seit sie vor vier Jahren den Abschluss in Jura gemacht hatte, unterstützte sie das Team als Anwältin. Dabei war sie sich nach dem Studium zuerst unsicher gewesen, in welchem Bereich es für sie weitergehen sollte, aber ihr Vater hatte ihr die Stelle angeboten, und sie hatte sie schließlich angenommen. Doch, sie hatte durchaus gerne studiert. Manche juristische Bereiche hatten etwas Philosophisches an sich, aber war Anwältin wirklich das Richtige für sie? Darüber hatte sie schon während der Zeit an der Uni häufig nachgedacht, den Gedanken jedoch immer beiseitegeschoben. Sie hatte nicht schlecht abgeschnitten, sowohl beim Ersten als auch beim Zweiten Staatsexamen, die Zweifel aber waren geblieben. Hatte sie vielleicht nur Jura studiert, weil man das in ihrer Familie seit Generationen so machte? Ihr Vater hatte die Kanzlei von seinem Vater übernommen, der sie bereits von seinem Vater übernommen hatte, und sie würde sie wohl eines Tages von ihrem Vater übernehmen ... So war jedenfalls der Plan.

Will ich das? Giulia war sich nicht sicher, wusste zugleich aber nicht, ob sie sich diese Gedanken vielleicht nur machte, weil ihr Vater ihr diesen Freiraum ließ – im Gegensatz zu anderen, die die Gegebenheiten des Lebens einfach akzeptieren mussten. Für Robert Zeidler selbst hatte außer Frage gestanden, dass er die Kanzlei eines Tages übernehmen würde, die Hörner hatte er sich eben vorher abgestoßen. Dazu gehörte auch, dass er eine Italienerin geheiratet hatte und nicht ein Mädchen aus der Frankfurter Gesellschaft, wie es eigentlich vorgesehen gewesen war. Das hatte zwar in der Familie zu kurzem Knarzen im Gebälk geführt, war dann aber akzeptiert worden. Schließlich rühmten die Zeidlers sich ihrer Offenheit und Toleranz.

Und was ist meine Art, aus der Reihe zu tanzen? Die Antwort war einfach: das Kochen. Vor etwa einem Jahr hatte Giulia damit begonnen, abends immer anspruchsvollere Gerichte zuzubereiten, und bald war es sogar zum Grund dafür geworden, dass sie das Büro stets pünktlich verließ, auch wenn nicht alle Arbeiten abgeschlossen waren – ganz anders als ihr Vater, der so etwas nie tun würde.

»Das Kochen muss dein italienischer Anteil sein«, scherzte er gelegentlich und nahm es ihr dennoch nicht übel.

Wie er auf ihr heutiges Anliegen reagieren würde, wusste Giulia allerdings nicht. Sie atmete tief durch und klopfte endlich an die Tür.

»Herein.« Ihr Vater hob den Kopf. »Ach du bist es, Giulia. Was gibt's?«

Giulia zog die Tür hinter sich zu, blieb dann aber unschlüssig stehen. Ihr Vater hob auffordernd eine Augenbraue, und Giulia gab sich einen Ruck: »Ich wollte mal fragen, wie dringend ich hier in den nächsten vielleicht zwei bis vier Wochen gebraucht werde?«

Roberts Miene spiegelte seine Überraschung. »Warum fragst du?«

»Wegen des Schreibens an Mama, das gestern kam. Davon hat sie dir doch sicher erzählt?«

»Nein.« Robert lehnte sich in seinem weich gepolsterten Drehledersessel zurück. Der Stuhl wippte leicht mit seinen Bewegungen.

Giulia musterte ihn. Falls ihr Vater verblüfft war, dass seine Frau ihn nicht informiert hatte, so hielt er damit gut hinter dem Berg und zeigte das Pokerface, für das Giulia ihn schon bei verschiedenen Gelegenheiten bewundert hatte. Jetzt allerdings war sie darüber eher beunruhigt.

»Sie wird es dir bestimmt heute Abend erzählen, wahrscheinlich ist sie einfach noch nicht dazu gekommen«, hörte sie sich wie zur Rechtfertigung sagen.

»Was denn?«

»Sie hat ein Haus geerbt.« Giulia ließ ihn nicht aus den Augen.

»Wirklich?«

Zeigte sich jetzt doch eine Regung in Vaters Gesicht?

Doch Robert bohrte zu Giulias Verwunderung nicht weiter nach. Er beugte sich in seinem Stuhl nach vorne und stützte die Arme auf den Tisch. »Und was hat das mit dir zu tun?«

Giulia kam es mit einem Mal so vor, als mustere er sie auffallend wachsam.

»Viel. Alles ...« Sie holte tief Luft, während die Aufregung in ihr hochbrodelte. »Es steht bei Levanto, ihr Vater ... hat es ihr vererbt, sie ...« Sie verschränkte die Arme vor der Brust. »Ich meine, Papa, entschuldige, aber der Mann war *mein Großvater!* Und bis gestern wusste ich nichts von ihm. Ich hatte einen Großvater! In Italien!«

Das Pokerface, über das Robert für einen kurzen Moment die Kontrolle verloren hatte, war zurück, und er hatte sich wieder zurückgelehnt. Giulia spürte Fassungslosigkeit, vielleicht sogar etwas wie Wut, die sie nur mühsam in Schach hielt. *Wusstest du davon? Wie kann es sein, dass ihr ihn mir all die Jahre verschwiegen habt? Warum hat Mama nie erzählt, dass sie noch Familie in Italien hat? Ich dachte immer, sie sei Waise! Und ihrer großen Liebe, dem jungen deutschen Juristen Robert Zeidler, nach Frankfurt gefolgt, wo sie ihn dann sehr schnell geheiratet hat ... Und dass sie eben nichts mit ihrer Heimat zu tun haben wollte, weil sie deren Verlust und den Verlust ihrer Familie sonst nicht hätte verwinden können ... Das war doch auch der Grund, warum sie nie Italienisch mit mir gesprochen hat. Ich bin immer davon ausgegangen, dass ihr aus Italien nur die Küche geblieben ist. Und jetzt erfahre ich, dass das gar nicht stimmt! Was wusstest du, Papa? Kanntest du meinen Großvater? Warst du jemals in Levanto?*

Sie wollte diese Fragen stellen und schluckte sie dann doch hinunter, wie so oft in ihrem Leben. Wie sollte sie ein Thema angehen, über das offenkundig schon so lange geschwiegen worden war? Ihre Eltern waren fürsorglich und freundlich, aber es wurde in ihrer Familie auch nie sehr emotional. Sie räusperte sich.

»Gestern kam jedenfalls ein Schreiben, das ich zufällig entdeckt habe und in dem steht, dass ihr Vater ihr ein Haus vererbt hat. Bei Levanto.«

Der Brief hatte auf dem Tisch gelegen, als ihre Mutter kurz ans Telefon gegangen war. Giulia hatte ein paar Zeilen entziffert, eher als Übung, und dann ...

»Ich habe den Ort gegoogelt. Ich war echt überrascht, wie schön es dort aussieht, und ... jetzt bin ich einfach neugierig und möchte hinfahren. Verstehst du das?«

Ihr Vater saß jetzt wieder vornübergebeugt auf seinem Sessel. Er wirkte nachdenklich, fast abwesend, nickte aber schließlich.

»Jedenfalls ...«, sagte Giulia. »Ich hatte dieses Jahr noch keinen Urlaub und ...«

»Ist das so?« Ihr Vater runzelte die Stirn. »Na ja, es ist ja auch noch früh im Jahr, kaum Ostern.« Er blätterte in seinem Terminkalender. »Ach ja, du hattest die Vorarbeiten für den Fall von Jo Schubert übernommen«, sagte er langsam, bevor er hinzufügte: »Gut, wenn das mit Schubert in Ordnung geht, dann kann er deinen Fall übernehmen, und ich gebe dir ...«

»Vier Wochen Urlaub«, platzte Giulia heraus.

»Vier Wochen?« Ihr Vater schaute sie erstaunt an. »Ist das nötig? Das erscheint mir recht viel, so plötzlich.«

»Ja, das mag sein.«

»Nur um ein altes Haus anzusehen?«

Wieder kam es Giulia so vor, als würde er sie aufmerksam mustern. *Vielleicht könntest du dir das selbst beantworten,* fuhr es ihr durch den Kopf, aber sie schwieg. Irgendwie waren sie beide noch nicht so weit.

»Ich würde mir das alles einfach gerne mal genauer ansehen. Alles kennenlernen. Vor Ort. Verstehst du? Außerdem sah die Gegend wirklich wunderschön aus.«

Ihr Vater genehmigte ihren Urlaub letztlich, und auch wenn Giulia sich eigentlich wünschte, sich inhaltlich mit ihm über das Thema austauschen zu können, war sie zufrieden. Für den Rest des Arbeitstages fiel es ihr äußerst schwer, sich zu konzentrieren. Sie besprach sich mit Jo Schubert und schloss dann ihre eigenen Projekte so weit ab, wie es zum jetzigen Zeitpunkt möglich war. Sie räumte ihren Schreibtisch auf und legte die Akten für ihre Vertretung bereit. Dann machte sie Feierabend.

Im Treppenhaus begegnete sie Schubert nochmal. Der rotblonde Riese lächelte sie jovial an: »Na, kommst du heute mal wieder mit? Als Urlaubsbeginn, sozusagen? Kira und ich zischen ein paar Bierchen, bevor es in die Heia geht.«

Giulia schüttelte den Kopf. Sie war lange nicht mehr bei diesen Abenden dabei gewesen, an denen es um Spaß, Freizeit und Juristisches ging. Klinkte sie sich aus? Sie mochte Jo und Kira, aber der Rest interessierte sie nicht.

»Schade.«

»Ja, schade.«

»Vielleicht irgendwann mal wieder? War doch immer lustig.«

»Ja, klar. Ich muss jetzt los. Bis dann.«

»Bis denne.«

Anstatt die U-Bahn zu nehmen, entschied sie sich, frische Luft zu schnappen und zu Fuß nach Hause zu gehen. Ihr Weg führte sie über die Zeil, in eine Feinkostabteilung und schließlich zu Hugendubel, wo sie sich bei den Reiseführern umsah.

Gerade als sie das Regal mit den Italienbänden durchforstete, klingelte ihr Handy.

»Giulia?« Die Stimme am anderen Ende war nur undeutlich zu hören. Es raschelte und knackte, dann wurde der Ton plötzlich klarer: »Hallo?«

»Wer ist denn da?«, fragte Giulia, während sie mit der freien Hand einen Reiseführer aus dem Regal zog. Sie betrachtete zuerst das Cover und dann die Rückseite, konnte das Buch aber wegen des Handys in der anderen Hand nicht aufschlagen.

»Wer ist denn da?«, fragte sie erneut.

»Ich bin's, Trixi. Erkennst du mich nicht?« Ein dunkles Lachen war zu hören.

»Doch, natürlich. Hey, Trixi!«

Und in diesem Moment wusste Giulia, dass sie ihre älteste Freundin heute unbedingt treffen musste.

»Wow«, sagte Trixi, als sie einige Zeit später in Giulias kleinem, feinem Wohnzimmer saßen, das Robert seiner Tochter zum Ersten Staatsexamen ausgestattet hatte. Zwei kleine, bequeme Leinensofas standen einander gegenüber, auf dem einen saß Trixi, auf dem anderen Giulia, dazwischen befand sich ein niedriger Couchtisch mit Schieferplatte, auf dem zwei Gläser Campari Orange warteten. Trixi hatte es sich natürlich nicht nehmen lassen, sofort vorbeizukommen. Giulia hatte einfache Spaghetti carbonara gezaubert und als Vorspeise Parmaschinken, Melonenstücke und ein paar Oliven gereicht. Nach dem Essen hatten sie sich ins Wohnzimmer zurückgezogen, und jetzt streichelte Trixi sich wohlig den Bauch. »Zuhause hätte es nur langweilige Sachen zu essen gegeben«, sagte sie, »dabei war das hier eigentlich auch gar nicht so super kompliziert, oder?«

»Nein. In Italien gibt es die sogenannte *cucina povera*«, gab Giulia, ebenfalls mit einem zufriedenen Seufzer, zurück.

»Die arme Küche?«, übersetzte Trixi. Sie hatten in der Schule beide den Italienischkurs besucht. Giulia hatte dabei auf die Unterstützung ihrer Mutter gehofft, doch die hatte, nachdem sie Giulia schon nicht zweisprachig erzogen hatte, auch daran kein Interesse gezeigt, sodass Giulia nun zwar passabel Italienisch sprach, aber nicht so gut, wie man hätte erwarten können.

Warum habe ich eigentlich nie hartnäckiger darum gebeten?

Giulia griff nach ihrem Glas und trank einen Schluck. »*Cucina povera* bezeichnet einerseits die Küche der Armen, andererseits die Küche, die sich durch einfache, frische, aufeinander abgestimmte Zutaten auszeichnet, sich also auf das Wesentliche konzentriert. Ohne Chichi eben«, erklärte sie dann.

»Aha.« Trixi hob ihr Glas. »Auf die *cucina povera*!«

Sie trank einen großen Schluck. Giulia musste mit einem Mal an ihre erste gemeinsame Jura-Vorlesung denken, direkt nach dem Abitur. Trixi hatte nach dem ersten Semester abgebrochen und war zu Soziologie gewechselt. Trotzdem waren sie in Kontakt geblieben. Trixi war schon immer Giulias bunter Anker gewesen in ihrer Welt, die sich doch in hohem Maß durch Gleichförmigkeit auszeichnete.

Jetzt stellte ihre beste Freundin ihr Glas ab und brachte ihre Beine in einen yogaartigen Schneidersitz. »So, jetzt nochmal in Ruhe für mich, nur um es korrekt zu verstehen und weil ich es vielleicht irgendwie immer noch nicht glauben kann: Was genau ist passiert, und was hast du vor?«

Auch Giulia zog die Beine auf die Couch und zupfte dann

für einen Moment an der leichten Kaschmirdecke herum, die ihre Mutter ihr zum Geburtstag geschenkt hatte. Stil hatte Giuseppina Zeidler, genannt Pina, Stil hatte sie wirklich. »Das habe ich doch schon gesagt: Mama hat ein Haus geerbt. Von ihrem Vater. In Italien.«

Giulia dachte wieder an den Tag zuvor, als sie zur Pause aus dem Büro gekommen war und den Brief neben dem dicken Umschlag aus Italien auf dem Tisch im Essbereich gesehen hatte. Wie ihr Blick darauf gefallen war und sie reflexartig ein paar Zeilen gelesen hatte. Ihre Mutter hatte ihres Wissens noch nie Post aus Italien bekommen, das hatte sie natürlich neugierig gemacht.

In der Küche hatte die Mutter derweil mit Geschirr geklappert, während sie eine Kleinigkeit zum Mittag zubereitete. Pina war eine wirklich begnadete Köchin, und jede noch so kleine ihrer Leckereien war den Aufwand einer Mittagspause, die man nicht Möhren knabbernd am Schreibtisch zubrachte, wert. Dann klingelte das Telefon, und Giulia hörte ihre Mutter gleich darauf im Flur sprechen. Und da überflog sie das Schreiben dann doch ganz. Es dauerte eine ganze Weile, bis ihre Mutter das Telefonat beendete. Giulia überlegte und entschied sich dann, nachzufragen.

»Hast du geerbt, Mama?«, rief sie in die Küche hinüber.

»Was?« Pina steckte den Kopf um die Ecke, und Giulia wiederholte ihre Frage. Ihre Mutter verlor kein Wort darüber, dass Giulia offenbar ihre Post las.

»Geerbt?«, fragte sie nur, während sie im Türrahmen auftauchte, die Bändel ihrer schwarzen Schürze zweifach um ihre schmale Taille geführt, den Kochlöffel in der rechten Hand, um dann sehr plötzlich »Ach, ja« zu sagen. Nur »Ach, ja«.

»Ach, ja, was?«, hakte Giulia perplex nach.

»Mein Vater hat mir etwas vererbt.«

»Der Mann, der laut diesem Schreiben vor Monaten gestorben ist, ist *dein Vater*?« Giulia hörte die Fassungslosigkeit in ihrer eigenen Stimme. Nun, jeder Mensch hatte Eltern, aber der Punkt war, sie war davon ausgegangen, dass die ihrer Mutter nicht mehr lebten. Doch noch bevor sie weitere Fragen stellen konnte, verschwand Pina einfach wieder in der Küche und tauchte wenig später mit einem würzigen Tomaten-Brot-Salat auf. Die Tomaten hatte sie im letzten Jahr eingelegt. Sie stammten aus ihrem eigenen kleinen Garten, und Pina war immer sehr stolz auf den vollmundigen Geschmack. Irgendetwas an der Haltung ihrer Mutter zeigte Giulia, dass sie nicht über die Sache reden wollte, und deshalb dauerte es etwas, bis Giulia sich durchrang, die nächste Frage zu stellen: »Ich wusste gar nicht, dass du einen Vater hast …?«

»Na ja, jeder hat einen Vater, nicht wahr?«

»Aber du hast nie von ihm gesprochen!«

»Nein.« Mehr sagte ihre Mutter nicht. Giulia kannte sie gut genug, um zu wissen, dass das Thema damit eigentlich beendet war.

»Was hat er dir denn vererbt?«, wagte sie sich dennoch weiter vor, obwohl sie die Antwort aus dem Schreiben kannte.

»Sein Haus. Es war allerdings damals schon ziemlich verfallen. Das wird sich nicht gebessert haben.« Pina zuckte die Achseln und beugte sich dann vor, um den Salat auf den Tellern zu verteilen.

Wann damals?, fragte Giulia sich. »Weiß Papa davon?«, erkundigte sie sich stattdessen laut.

»Von dem Erbe noch nicht, der Brief ist ja gerade erst gekommen. Von dem Haus schon, aber es ist nichts Besonderes. Und es ist meine Sache. Ich werde mich darum kümmern.« Dann wechselte Pina abrupt und noch entschiedener das Thema und erzählte mit fröhlicher Stimme von einem Wellness-Trip, den sie demnächst mit ihrer Freundin unternehmen wollte. »Etwas ganz Besonderes. Ohne Handys. Stell dir das mal vor!«

Giulia wusste nicht, was sie darauf sagen sollte.

»Schmeckt es?«, fragte Pina.

»Sehr lecker.«

Über das Haus oder gar über ihren Großvater hatten sie nicht weiter gesprochen.

»Jetzt mal ehrlich: Sie hat von ihrem Vater geerbt?«, durchbrach Trixi ihre Gedanken. »Ich wusste gar nicht, dass du mütterlicherseits einen Großvater hast?« Sie lachte. »Also, äh, ich meine, einen, der noch lebt.« Trixi saß mittlerweile sehr aufrecht. Ihr schmaler, muskulöser Körper erinnerte Giulia an eine Sprungfeder, die weißblond gefärbten, kurzen Haare wirkten plötzlich noch stacheliger.

Giulia seufzte. »Das wusste ich ja auch nicht. Ich hab versucht, mit ihr zu reden, aber es ist einfach klar, dass sie das nicht will. Sie hat überhaupt nie etwas von ihrer Familie erzählt, oder von Italien. Sie hat immer nur erzählt, wie sie Papa damals kennengelernt hat, als er in Italien war, als habe damit eine andere Zeitrechnung begonnen. Es klang wie aus dem Aschenputtelmärchen. Liebe auf den ersten Blick zwischen dem deutschen jungen Juristen aus wohlhabender Familie und der jungen Italienerin. Sie ist ihm nach Deutschland gefolgt, seine Familie war erst entsetzt, dann haben sie geheiratet. Es war wirklich nie die Rede von Mamas Familie.« Giulias Stimme wurde leiser.

»Und dieses ominöse Haus liegt also in Italien?«, hakte Trixi nach.

»Ja. Bei Levanto. An der ligurischen Küste.«

»Cool. Ich war mit meinen Eltern mal an der Riviera. Das ist auf der anderen Seite.« Trixi runzelte die Stirn. »Und da willst du jetzt sofort hin?«

»Ja. Das lässt mir seit gestern einfach keine Ruhe, weißt du? Mein Vater hat mir dafür heute vier Wochen Urlaub genehmigt. Ab sofort.«

»Wow! Konnte er dir denn was dazu sagen?«

»Nein. Und ich hab nicht gefragt.«

Trixi zuckte die Schultern. »Wie immer halt. Und deine Mutter kommt mit?«

»Ebenfalls nein! Kein Interesse! Ich hab sie vorhin angerufen, um nochmal mit ihr zu reden, aber sie entzieht sich mir total. Ich weiß nicht, was ich von der Sache halten soll. Ich gehe davon aus, dass sie das Haus unbesehen verkaufen will. Dabei geht es ja nicht nur um das Haus, ich wüsste auch gerne mehr über meinen Großvater und alles andere. Als ich ihr erzählt habe, dass ich hinfahren möchte und mein Vater mir sogar Urlaub bewilligt hat, hat sie kaum was dazu gesagt, außer: ›Ich kann dich nicht davon abhalten, oder?‹. Aber sie gibt mir morgen früh den Schlüssel und die Adresse.«

Trixi beugte sich leicht vor. »Ich finde auch, du solltest schnellstmöglich hin. Besser morgen als übermorgen. Und weißt du was, deshalb helfe ich dir jetzt packen.«

»Jetzt?«

»Ja, warum nicht? *Carpe diem*, Giulia, *carpe diem*.«

Zusammen mit Trixi war das Packen schnell erledigt. Innerhalb einer Stunde war der Koffer gut gefüllt mit T-Shirts, kurzen und langen Hosen und einigen leichten Kleidern, die sich gut verstauen ließen. Unter Trixis amüsiertem Blick füllte Giulia noch einen kleineren Koffer mit Schuhen. Nachdem sie im Bad die Kosmetika zusammengepackt und nur das Nötigste für die Nacht und den nächsten Morgen hatte stehen lassen, hielt Giulia sich noch einmal nachdenklich ein kräftiges rotes T-Shirt mit einem V-Ausschnitt an, das, wie Trixi bestätigte, einfach perfekt zu ihren dunkelbraunen Haaren und ihrem immer leicht getönten Teint passte. Nicht zum ersten Mal fiel Giulia auf, dass sie ihrer Mutter mit zunehmendem Alter immer ähnlicher sah. Sie hatten beide diese dunklen, leicht gewellten Haare und braune Augen. Ihre Gesichter waren oval, aber eher schmal. Als Jugendliche hatte Giulia ihren Mund etwas zu voll gefunden, sich aber inzwischen damit arrangiert. Ihre Augenbrauen waren, dem Bild der gängigen Frauenzeitschriften nach zu urteilen, nahezu perfekt.

»Finde ich gut«, sagte Trixi, »so wird das was.«

DRITTES KAPITEL

Den Weg zum Haus wies lediglich ein schlichtes Holzschild, dessen schnörkelige Beschriftung Giulia allerdings sofort ins Auge sprang. *Casa di Gelsomino.* Jasminhaus, übersetzte sie zögerlich.

Bis hierher war sie eine zunehmend kurvigere und engere Straße gefahren, rechts und links gesäumt von terrassierten Feldern. Hier und da wuchsen Kiefern in den Himmel, von denen einige offensichtlich unter starkem Schädlingsbefall litten. Giulia war immer langsamer gefahren, hatte einmal sogar gedacht, sich verfahren zu haben, als sie so dicht an einem Haus vorbeimanövrieren musste, dass sie sicher gewesen war, sich auf Privatgelände zu befinden. Und gerade als sie dachte, die Einfahrt verpasst zu haben, tauchte das Schild endlich auf.

Kurz hinter der Einmündung wurde die asphaltierte Straße zu einem unebenen Waldweg, auf dem sich der Twingo nun langsam und sanft schaukelnd voranbewegte. Es war keine weite Strecke, aber es dauerte knappe zehn Minuten, bis der Waldweg sich zu einem größeren Platz hin öffnete, der rechts und links von Mandel-, Orangen- und Olivenbäumen sowie zahlreichen Jasminsträuchern gesäumt war. Es war noch viel beeindruckender, als Giulia sich das vorgestellt hatte. Im Schritttempo fuhr sie auf eine etwa zwei Meter hohe Steinmauer zu, in der ein deutlich in die Jahre gekommenes, weit geöffnetes Gittertor prangte. Giulia lenkte den Wagen hindurch, und im nächsten Moment rutschte ihr vor Überraschung der Fuß von der Kupplung. Der Twingo jaulte auf, machte einen Hüpfer und ging stotternd aus. Die Hand noch am Lenkrad blieb Giulia für einen Moment reglos sitzen, dann öffnete sie die Tür und stieg aus.

Sie befand sich in einem großzügigen Hof, dessen Boden gepflastert war, auch wenn die Steine teilweise herausgebrochen waren und Gras und anderer Pflanzenbewuchs üppig hervordrängten. Auch hier stand ein Mandelbaum. Am beeindruckendsten aber war das Haus selbst – nein, die in einem warmen, satten Gelbton gestrichene Villa, die zweistöckig vor ihr aufragte. Zum Haupteingang führten drei ausgetretene Steinstufen hinauf, gesäumt von weiteren Jasminsträuchern, deren feinen Duft Giulia jetzt deutlich wahrnahm. Die dunkle, geschnitzte Holztür war geschlossen. Giulia dachte an den großen Messingschlüssel, der im Handschuhfach auf sie wartete. Sie hatte ihn unmittelbar vor ihrer Abreise früh am Morgen bei ihrer Mutter abgeholt. Pina hatte ihn ihr wortkarg ausgehändigt, zusammen mit der Adresse. Giulia hatte vergeblich auf weitere aufschlussreiche Informationen gehofft, doch mehr als »Gute Reise, komm gesund wieder«, hatte ihre Mutter nicht über die Lippen gebracht.

In diesem Haus hatte ihre Mutter also einmal gelebt. Über der Tür befand sich ein Türsturz, auf dem seinerzeit wohl etwas eingemeißelt gewesen war, was Giulia aber heute nicht mehr entziffern konnte. Ihr Blick wanderte die Fassade hinauf. Hier und da blätterte Farbe ab, was dem Ganzen durchaus einen gewissen Charme gab. Zwei Stockwerke, dazu eine Art Dachgeschoss, dort waren die Fenster aber eher klein und teilweise kaputt. Während Giulia nach oben starrte, flog eine Taube durch eines der Löcher hinaus. Wie es wohl drinnen aussah? Vielleicht würde sie sich ja doch ein Hotel suchen müssen.

Neugierig schaute sie sich um. Rechts vom Hauptgebäude befand sich ein kleineres Haus, dazwischen führte eine Treppe nach unten, vermutlich eine Art Kellereingang. Am Gebäude vorbei ging ein Weg nach hinten. Giulia lauschte: Nichts war zu hören als das leise Summen von Insekten, fernes Hühnergackern und ein leichter Wind, der durch das Geäst fuhr. Irgendwo plätscherte Wasser. Sie atmete tief durch, während die Gedanken in ihrem Kopf weiter kreisten. Bei diesem Anblick verstand sie noch weniger, warum Pina nie von diesem Haus erzählt hatte. Diese charmante Villa war doch nichts, was man verschweigen oder gar vergessen musste? Und wenn doch, was sagte das womöglich über ihren Großvater aus? Warum wollte ihre Mutter nichts mit ihm zu tun haben? War er ein fürchterlicher Tyrann gewesen, der ihr alles verboten hatte und vor dem sie weggelaufen war?

Giulia beschloss, ihre Koffer und den Rucksack im Auto zu lassen und sich erst einmal umzusehen. Sie kramte den schweren Schlüssel hervor und stieg neugierig die Stufen zum Haupteingang hoch. Als sie probehalber die schwere Messingklinke betätigte, bemerkte sie überrascht, dass die Tür unverschlossen war. Giulia schob sie langsam auf.

In der Halle, die sich dahinter auftat, war es dämmrig. Licht fiel nur durch zwei schmale, verstaubte Fenster rechts und links der Tür hinein. Giulia fand den Lichtschalter und drückte darauf, doch nichts geschah. Gut möglich, dass man die Sicherungen herausgedreht hatte, sie würde sich später darum kümmern.

Giulia ließ ihren Blick durch die Halle gleiten, von der mehrere Türen abgingen. Eine breite Treppe führte ins Obergeschoss. Außerdem bemerkte Giulia eine Garderobe mit mehreren Mänteln, Regenmänteln und Gummistiefeln. Hier hatte er also gelebt – ihr Großvater Enzo Martini.

Sie beschloss, zuerst die obere Etage zu erkunden. Langsam und durchaus erwartungsvoll stieg sie die Treppe hinauf und erreichte einen Flur, von dem fünf Türen abgingen. Das erste Zimmer, das sie betrat, war ziemlich verwahrlost. In einem Fensterflügel war das Glas herausgebrochen, und als Giulia es betrat, stob eine Taube unter aufgeregtem Geflatter nach draußen. Mit einem kurzen Schaudern registrierte Giulia den Vogelkot auf dem Boden. Sie trat zurück in den Flur und zog die Tür fest hinter sich zu. Die nächsten beiden Zimmer boten ein ähnliches Bild, es schien fast so, als habe sie schon seit Jahrzehnten niemand mehr betreten. Erst das letzte Zimmer war anders. Dieses Zimmer hatte ihr Großvater ganz offensichtlich benutzt. In einer Ecke stand ein schweres Bett, wie es Ende des 19. Jahrhunderts modern gewesen war, gegenüber ein schwerer, dunkler Schrank. Giulia öffnete ihn und sah drei Anzüge, ordentlich auf Bügel gehängt, einen Stapel Hemden, mehrere Arbeitshosen und Unterwäsche. Auf dem Boden direkt neben dem Schrank standen, auf einer alten Ausgabe des *Corriere della Sera*, ein paar auf Hochglanz polierte, inzwischen leicht staubige Sonntagsschuhe, und auch wenn ihr Großvater schon seit einer Weile tot war, roch es immer noch nach einem Gemisch von Aftershave und würzigem Honig.

Giulia ließ ihren Blick durch den Raum gleiten. Es war ein ordentliches Zimmer, das *einzige* ordentliche Zimmer, das sie bisher gefunden hatte. *Warum hast du die anderen Zimmer nur so verfallen lassen?* Von außen hatte es, bis auf die kaputten Fenster, ja noch einladend ausgesehen, aber drinnen?

Giulia überlegte. Was sollte ihre Familie mit dem Haus anfangen? Hier musste einiges gemacht werden, und vielleicht hatte ihre Mutter recht damit, es verkaufen zu wollen. Wie nannte man so was doch gleich immer: Haus mit Potenzial? Giulia hielt erschrocken inne. Sprach da etwa die kühl abwägende Juristin aus ihr? Energisch schloss sie die Schranktür, durchmaß das Zimmer bis zum Fenster, öffnete es, um etwas frische Luft hereinzulassen – und erstarrte.

Der Ausblick war einfach atemberaubend! Wie konnte irgendetwas auf der Welt nur so schön aussehen?

Die Sonne war mittlerweile tiefer gesunken, und unter ihr breitete sich ein großer Garten voller Oliven-, Orangen- und Mandelbäume aus, dazwischen Jasminsträucher, einige, bereits so früh im Jahr, übersät mit winzigen Blüten, wie schneeige Tupfer zwischen dem Silbergrün der Oliven- und dem dunkleren Grün der Orangen- und Mandelbäume. Es duftete nach Rosmarin, Thymian, vielen anderen Kräutern und natürlich nach Jasmin. Um den Garten herum erstreckte sich terrassiertes Gelände voller Olivenbäume. Das Ende des Gartens konnte Giulia von ihrem Platz aus nicht ausmachen, aber weiter hinten in der Ferne floss das Meer gegen den Horizont, und die sinkende Sonne begann eben, eine goldene Straße auf das Wasser zu malen. Dichter am Haus standen ein paar Pinien, die sich sanft in der leichten Abendbrise hin und her bewegten. Rechter Hand war offenbar ein Nutzgarten angelegt. Direkt unter sich bemerkte Giulia eine großzügige Terrasse mit einem sehr großen Holztisch und Bänken. Jetzt entdeckte sie auch ein paar Hühner, vermutlich die, die sie vorher schon gehört hatte, und eine große, rote Katze, die mit aufgerichtetem Schwanz den Weg entlangstolzierte, als gehöre ihr hier alles, stetig begleitet vom Alarmgezwitscher der Vögel. Für einen sehr langen Moment stand Giulia nur da, atmete tief ein und aus und schaute.

Die nächste Stunde verbrachte Giulia damit, das Schlafzimmer ihres Großvaters auszulüften, ein Bettlaken aufzutreiben und die Matratze damit zu beziehen. Zwischendurch machte sie sich auf die Suche nach einem Bad und wurde rasch im Nebenzimmer fündig. Das Bad war klein, alt, aber sehr sauber und stand damit ebenfalls in seltsamem Kontrast zu den vernachlässigten Räumen auf diesem Stockwerk. Schließlich holte sie ihren Rucksack, den großen und den kleinen Koffer, ihren Schlafsack und ihr Lieblingskissen aus dem Auto – Gott sei Dank hatte sie beides mitgenommen – und brachte alles hinauf. Dann stieg sie die Treppe wieder hinunter, suchte die letzten Picknickreste von der Fahrt zusammen und setzte sich damit auf die Terrasse. Hungrig biss sie in einen Apfel und schaute sich um.

Der Garten war riesig, das hatte sie bereits von oben gesehen. Hier unten war die Menge an Jasmin dicht am Haus allerdings noch überwältigender. Wenn man die Villa von ferne oder sogar vom Garten aus betrachtete, überlegte Giulia, musste es zu manchen Jahreszeiten tatsächlich ein wenig so aussehen, als schwebe das Haus auf wahren Wolken aus duftigem Jasmin – ein Jasminblütengarten.

Als sie mit dem Essen fertig war, war das Licht diffuser, und Giulia bemerkte jetzt doch die Erschöpfung. Der Tag war lang gewesen, und die Fahrt forderte ihren Tribut. Sie würde die Erkundung des restlichen Hauses am nächsten Tag fortsetzen, auch wenn sie neugierig war, und ganz sicher lief ihr nichts davon. Dann würde sie auch nach den Sicherungen suchen müssen und natürlich nach Levanto fahren und sich ein paar Vorräte zulegen. Den unbekannten Weg wollte sie in der Dunkelheit nur ungern zurücklegen, und für heute war sie versorgt.

Sie wusch sich rasch mit leider kaltem Wasser, machte sich bettfertig und las dann noch ein bisschen in ihrem Reiseführer. Bald war es zu dunkel. Dann fiel ihr ein, dass sie vergessen hatte, ihren Vater anzurufen, dem sie versprochen hatte, Bescheid zu geben, wenn sie gut angekommen war, auch wenn ihr das in diesem Moment ein bisschen albern erschien. Immerhin war sie dreißig Jahre alt und kein kleines Kind mehr. Sie entschied, ihm eine kurze Nachricht zu schicken.

Während sie im Bett ihres Großvaters lag und an die Decke starrte, dachte sie an die Familienurlaube, die sie häufig ans französische Mittelmeer, nie aber nach Italien geführt hatten. Irgendwie hatten sie es tatsächlich geschafft, die Heimat ihrer Mutter nie zu besuchen. So unglaublich das jetzt schien …

Und doch bin ich jetzt hier. In dieser unglaublichen Gegend. Giulia dachte an den Moment, als sie unmittelbar nach dem ersten Gespräch mit ihrer Mutter aus der Mittagspause ins Büro zurückgekehrt war. Sie hatte pflichtschuldig ihre To-do-Liste abgearbeitet, war gedanklich aber immer wieder abgeschweift. Also hatte sie schließlich den Browser geöffnet und den Ort eingegeben, den sie in dem Schreiben gelesen hatte.

Und das war das erste Mal, dass ich den Atem angehalten habe, weil die Gegend, die ich da sah, so unglaublich schön war.

VIERTES KAPITEL

Am nächsten Morgen wurde Giulia durch die Sonne geweckt, die durch das Fenster mitten in ihr Gesicht strahlte. Ein Blick auf die Uhr zeigte ihr, dass es erst sechs war. Sie war so früh wach, dass noch der Tau auf den Pflanzen glitzerte, als sie sich in Schlafanzug und Bademantel auf die Fensterbank setzte und wie tags zuvor eine Weile den Ausblick auf den großen Garten und die Olivenbaumterrassen genoss. Frühe Vögel sangen ihre Lieder. Ein Hahn krähte. Giulia hielt Ausschau nach dem Kater, konnte ihn aber nirgends sehen. Das Licht war hell und bläulicher als das rotgoldene Abendlicht. Auf dem Meer war in weiterer Ferne ein einziges großes Schiff zu sehen.

Nachdem sie sich endlich von dem Anblick gelöst hatte, wusch sie sich im Bad und durchwühlte ihre Reisetasche nach frischer Kleidung. Sie wählte Jeans und eine langärmlige Bluse, zu der sie noch eine beigefarbene Jeansjacke und weiße Turnschuhe kombinierte, denn es war etwas kühl. Im Bad versuchte sie, sich in dem kleinen Spiegel zu mustern, bürstete die Haare durch, nahm sie in einem lockeren Dutt zusammen und war zufrieden. Es tat gut, sich einmal nicht beruflich in Schale werfen zu müssen, auch wenn sie sich durchaus gerne schick anzog. Zu guter Letzt trug Giulia noch eine leichte Tagescreme mit Lichtschutzfaktor auf. Fertig.

Sie warf einen letzten prüfenden Blick in den Spiegel und

sprang die Treppenstufen hinunter in die Halle, in der hier und da ein paar Lichtpfützen für Helligkeit sorgten.

Ihr fiel auf, dass ihre Schritte heute Morgen energischer klangen. Vielleicht war sie auch einfach etwas lauter aufgetreten, um sich in der doch ziemlich allumfassenden Stille nicht zu allein zu fühlen. Sie hatte nicht schlecht geschlafen, aber diese Ruhe war sehr gewöhnungsbedürftig. Ob es wohl Nachbarn gab? Und wenn ja, wie weit wohnten die entfernt?

Giulia öffnete die Haustür, um noch mehr frische Luft hereinzulassen, und trat auf die Stufen hinaus. Fernab war Motorenlärm zu hören, ein Auto auf irgendeiner der umliegenden Straßen. Näher gackerten Hühner, vermutlich dieselben, die sie gestern im Garten gesehen hatte. Ihr Großvater hatte sich offenbar Hühner gehalten, sie würde später nach einem Stall suchen. Jetzt brauchte sie erst einmal einen Kaffee und eine Kleinigkeit zu knabbern.

Giulia kehrte in die Halle zurück und wählte die Tür rechts gegenüber der Eingangstür, die wie vermutet in die Küche führte. Der Raum war deutlich größer, als sie erwartet hatte, und einst auf viele Bewohner ausgelegt gewesen. Ein großer, schwerer Holztisch, ähnlich dem auf der Terrasse, stand in dem hallenartigen Raum, darum herum Bänke. Es gab einen großen, schwarzen, gusseisernen Herd und daneben einen neueren Gasherd. Der große Kühlschrank war stumm. Giulia öffnete ihn vorsichtig, auf alles gefasst, doch er war leer. Sie durchstöberte die Schränke und fand einen Espressokocher und sogar etwas Kaffee. Zucker gab es auch, allerdings keine Milch. *Was eher ein Glück ist, nach all den Monaten,* dachte Giulia schmunzelnd. Sie befüllte den Espressokocher, bekam den Gasherd ans Laufen und stellte den Kocher auf die Flamme. Nach einer

Weile begann das Wasser zu kochen, und gleich darauf breitete sich der angenehme Duft von Kaffee verführerisch im Raum aus. Giulia fand eine Tasse, gab großzügig zwei Löffel Zucker und den Kaffee hinein. Vorsichtig setzte sie die Tasse an die Lippen und nahm den ersten Schluck. Ah, tat das gut! Prinzipiell kam sie gut damit zurecht, nichts zu frühstücken, aber ihren Kaffee brauchte sie doch verlässlich jeden Morgen.

Sie leerte die Tasse im Stehen und füllte sie gleich noch einmal. In diesem Moment schob sich der rote Kater, den sie schon am Vortag gesehen hatte, durch einen Fensterspalt und strich wenig später um ihre Beine. Giulia beugte sich zu ihm herunter. »Na, wer bist du denn? Hast du Hunger?«

Sie durchstöberte die unteren Schränke und fand tatsächlich einen großen Sack mit Trockenfutter. Sie gab dem Tier etwas davon und bemerkte im selben Moment einen Katzenkorb links neben dem großen Herd. Plötzlich kam ihr ein Gedanke: Der Kater sah wohlgenährt aus, auch der Korb war sauber. Woher kam das Katzenfutter, und wer hatte das Tier bisher gefüttert? Konnte es sein, dass hier jemand ab und zu nach dem Rechten schaute? Ihr kamen wieder die Hühner in den Sinn, die sie draußen im Hof gesehen hatte, auch die wurden doch wahrscheinlich versorgt.

Giulia sah sich um, auf der Suche nach weiteren Hinweisen. Direkt neben der Tür, durch die sie gekommen war, bemerkte sie eine Tafel, darauf waren Uhrzeiten, ein paar Namen und Mengenangaben notiert. Um eine Ecke versteckt entdeckte sie zwei weitere Türen. Die eine führte hinaus in den Garten, die andere ... Giulia öffnete sie entschlossen und stand in einem Vorratsschrank voll mit Tomatendosen, Sardinen- und Thunfischbüchsen, kleineren Säcken Reis, großen Mengen

Olivenöls, dazu Oliven in Gläsern, Packungen mit Keksen und einer Art Zwieback. Erstaunt sah sie sich um, bis plötzlich das laute Klingeln der Türglocke die Stille zerriss. Giulia fuhr heftig zusammen. Wer konnte das sein? Sie atmete tief durch, straffte die Schultern und machte sich auf den Weg zur Haustür.

Das Pärchen, das vor der Tür stand, erinnerte Giulia an das dänische Komikerduo Pat und Patachon. Die Frau war groß und hager und hatte ein scharfes Raubvogelgesicht unter ihrem kurz geschorenen rot gefärbten Haarschopf, der Mann war kleiner und ziemlich rundlich. Giulia schätzte beide auf etwa Mitte fünfzig.

Die Frau hielt einen Korb in der Hand, den sie Giulia jetzt entgegenstreckte. »*Prego*«, bellte sie heiser.

»*Benvenuta*«, sagte der Mann an ihrer Seite mit einem herrlichen Bariton.

Giulia nahm überrascht von diesem Willkommensgruß den Korb entgegen, in dem sich ein Brot, eine Salami, ein Stück Käse und offensichtlich selbstgekochte Marmelade befanden. Sie zögerte, dann machte sie eine einladende Bewegung mit der Hand. »*Per favore, entrate pure.*«

Es waren die ersten italienischen Worte, die sie hier aussprach, und Giulia bedauerte es in diesem Moment einmal mehr, die Sprache nicht besser gelernt zu haben. Doch offenbar war ihre Aufforderung verstanden worden. Mit Pat und Patachon im Schlepptau betrat sie die Eingangshalle, blieb dort jedoch stehen. In welchen Raum sollte sie gehen?

Die Frau nahm ihr die Entscheidung ab. »Bitte, hier entlang.«

Sie steuerten auf die Tür links gegenüber der Eingangstür zu, hinter der sich zu Giulias Erstaunen ein richtiges Männerwohnzimmer befand, mit einer Ledercouch und Ledersesseln, einem Schreibtisch in der Ecke, einer dieser Lampen mit grünem Glasschirm und einem kleineren Couchtisch, auf dem ein Tablett mit Spirituosen und eine Holzschachtel mit Zigarren standen. Auf dem Schreibtisch lagen Unterlagen, im Wandregal dahinter standen Ordner, Ordner und noch mehr Ordner. In die eine Wand war eine moderne Glastür eingelassen, die ein wenig wie ein Fremdkörper wirkte. Auch diese führte auf die Terrasse und in den Garten hinaus. Giulia versuchte kurz, sich ihren Großvater hier vorzustellen, aber es wollte ihr nicht gelingen. Sie wusste einfach rein gar nichts von ihm, hatte bislang nicht einmal ein Bild gesehen. Sie wandte sich wieder ihren Gästen zu.

»Wir wollten nur einmal schauen, wer da gekommen ist«, ergriff die fremde Frau sogleich das Wort.

»Mein Name ist Giulia Zeidler«, erwiderte Giulia, »ich bin Giuseppina Martinis Tochter. Sie ist die Erbin. Darf ich Ihnen etwas anbieten? Einen Kaffee? Ein Glas Wasser?«

»Nein, vielen Dank. Ich bin Loretta Renzo, und das«, sie deutete auf den Mann, der jetzt zum Schreibtisch ging, »ist mein Mann Fulvio. Ich war die Haushälterin Ihres Großvaters, Fulvio sein Verwalter.« Offenbar war die Frau für das Reden zuständig.

Fulvio betätigte mehrfach den Schalter der Lampe, bevor er in schnellem Italienisch etwas zu Loretta sagte.

»Er wird die Sicherungen hereindrehen«, erklärte sie daraufhin langsamer, an Giulia gewandt. »Sie haben das noch nicht gemacht, nein?«

Giulia schüttelte den Kopf. *Wie auch?*, schoss es ihr durch den Kopf, *ich habe ja noch nicht mal den Sicherungskasten gefunden. Und den Rest des Hauses muss ich mir auch noch ansehen.*

Fulvio verschwand. Es dauerte nicht lange, dann leuchtete die Lampe auf dem Tisch.

»Ich wusste gar nicht, dass mein Großvater eine Haushälterin hatte«, hörte Giulia sich sagen. *Na ja, ich wusste ja noch nicht mal, dass er existierte.* »Setzen wir uns?«, fügte sie dann hinzu.

Loretta schien zunächst ablehnen zu wollen, setzte sich dann aber doch. Sie trug ein dunkles, gouvernantenartiges Kostüm und presste im Sitzen die Knie aneinander, wie Duchess Kate, Englands zukünftige Königin, auf einem Foto in der Gala.

Ihr Mann kam zurück und stellte sich hinter sie.

»Doch, doch. Ich habe vor allem gekocht«, erklärte Loretta, »und dazu die Hühner und den Kater versorgt. Autunno, vielleicht haben Sie ihn gesehen? Im Haus war ich eigentlich nur hier unten in der Halle und in der Küche. In diesem Raum habe ich nur geputzt.« Sie ließ ihren Blick durch das Zimmer schweifen. »Im oberen Stockwerk war ich nie. Das ist meine Sache, hat Enzo immer gesagt.«

Giulia nickte. »Dann waren vermutlich auch Sie es, die sich in der Zwischenzeit um die Tiere gekümmert haben. Vielen Dank dafür. Ich freue mich wirklich, dass Sie gekommen sind.« Sie zögerte. »Vielleicht können Sie beide mir ja etwas über meinen Großvater erzählen. Ich weiß nicht viel über ihn. Um genau zu sein, wusste ich bis vor kurzem leider nicht einmal von seiner Existenz.«

Loretta schwieg einen Moment. »Natürlich wissen Sie nicht viel über Ihren Großvater ...«, sagte sie dann.

Giulias Magen zog sich unwillkürlich zusammen. War das ein Vorwurf? Sie erwiderte Lorettas Blick. Oh ja, das war ein Vorwurf. Aber sie musste sich kein schlechtes Gewissen machen lassen. Man hatte ihr schließlich nie die Gelegenheit gegeben, etwas über ihren Großvater zu erfahren.

Loretta und Fulvio wechselten einen Blick, den Giulia nicht deuten konnte.

»Ja, ich weiß nicht viel, und das tut mir leid, aber vielleicht können Sie das ja ändern«, sprach sie weiter. »Und mir auch noch etwas über das Haus und ein paar andere Dinge erzählen. Was hat er gemacht, wie hat er seinen Lebensunterhalt bestritten? Es gibt hier Terrassen voller Olivenbäume, aber da ist auch sehr viel Jasmin, wie mir aufgefallen ist.«

»Unsere beiden Standbeine«, bestätigte Loretta knapp, während ihr Mann immer noch schwieg, aber zum ersten Mal zaghaft lächelte. »Was haben Sie mit der Jasminvilla vor?«, fragte Loretta unvermittelt.

Giulia war verblüfft ob ihrer Direktheit. »Ich, äh ... Darüber habe ich mir noch keine Gedanken gemacht ... Ehm, meine Mutter ... Äh, eigentlich ist meine Mutter diejenige, die ...« Es war schwer, die richtigen Worte zu finden, und dann auch noch auf Italienisch.

»Wir sind profitabel, wenn Sie sich darum Gedanken machen«, sagte Loretta, und Fulvio nickte zustimmend und immer noch lächelnd.

»Aha.« Giulia wusste nicht, wovon sie sprach.

»Wir schlagen uns weitaus besser als die Nachbarn, nicht wahr, Fulvio?«, fuhr Loretta fort.

»Interessant«, stieß Giulia hervor. Wie steif das klang! Sie wurde sich plötzlich bewusst, dass ihre rechte Hand an ihrem

Jackenärmel herumspielte, und räusperte sich. »Es tut mir leid, ich meine ...«

Loretta setzte sich noch ein wenig aufrechter hin.

»Wir verstehen schon, dass Sie wissen wollen, was Sie sich da ans Bein binden. Ich nehme an, Sie spielen mit dem Gedanken, zu verkaufen? So ein Haus und das Gelände können in dieser Gegend viel Geld einbringen.«

Giulia fand jetzt doch, dass Loretta ihre Fragen und Aussagen ziemlich forsch setzte.

»Vielleicht sollten wir sie erst einmal anhören«, meldete sich überraschenderweise Fulvio zu Wort, und Giulia hätte ihm vor Dankbarkeit um den Hals fallen wollen.

Sie lächelte ihm zu. »Wollen wir vielleicht doch etwas trinken?«, fragte sie freundlich und mutiger.

Fulvio erwiderte ihr Lächeln. »Ich nehme einen Kaffee.«

»Sehr gerne.« Giulia war erleichtert, das Wohnzimmer für einen Moment in Richtung Küche verlassen zu können. Sie reinigte den Espressokocher und befüllte ihn neu, stellte dann Tassen, Löffel und Zucker auf ein Tablett. Als sie mit dem frischen Espresso die Wohnzimmertür erreichte, konnte sie von drinnen die Stimmen ihrer Besucher hören.

»Sie sieht ihm ähnlich, findest du nicht?«, fragte Fulvio gerade.

»Sie sieht ihr ähnlich«, gab Loretta zurück.

»Erinnerst du dich so gut an sie?«

Die beiden verstummten, als Giulia eintrat. Sie tat, als habe sie nichts gehört. Sie tranken Espresso, während Fulvio grob Enzos Geschäft umriss, das aus dem Anbau von Oliven und Jasmin bestand, wobei Giulia noch nicht ganz verstand, was es mit Letzterem auf sich hatte. Dann schlug Loretta vor, dass

Fulvio Giulia eine Runde durch den großen Garten führte, sie selbst wollte nach den Hühnern schauen. Der rundliche, kleine Mann schien zunächst unsicher, fügte sich aber.

Fulvio und Giulia wählten den Weg durch die Terrassentür und gingen vorbei an den Bänken und dem Tisch aus Olivenholz, der Platz für gut zwanzig Leute bot und an dem sie gestern schon ihr Abendessen zu sich genommen hatte. Sogar einen gemauerten Kamin gab es, auf dem man zugleich grillen konnte.

»Aber mein Großvater hat hier doch alleine gelebt?«, vergewisserte Giulia sich.

Fulvio lächelte. »Ja, meist waren wir alleine, aber zu Erntezeiten wurden Helfer eingestellt, und abends saßen wir dann oft gemeinsam hier zusammen.« Er führte sie eine steinerne Treppe hinunter in den Garten, die ebenfalls gesäumt war von Jasminsträuchern. Giulia hatte wirklich noch nie so viel Jasmin gesehen. Er schien einfach überall auf Enzos Gut zu wachsen.

»Ist der Jasmin denn in dieser Gegend heimisch?«, erkundigte sie sich.

»Nein, er ist erst im 19. Jahrhundert nach Italien gebracht worden, teils über die Engländer, die an der Riviera urlaubten. Eigentlich wird der Jasmin hier in der Gegend nicht angebaut, eher in Kalabrien und natürlich in Grasse, wenn wir in Europa bleiben wollen. Aber auch da ist der Anbau heutzutage rückläufig.«

Giulia erinnerte sich, gelesen zu haben, dass in Grasse immer noch Blumen für die Parfumherstellung angepflanzt wurden.

»Kommen Sie mit, ich möchte Ihnen etwas zeigen.«

Sie erreichten eine weitere Mauer, wo Fulvio durch einen Durchlass in den Steinen schritt. Giulia folgte ihm und blieb dann staunend stehen. Vor ihr lag ein weiterer Bereich des Gartens, etwas tiefer und damit auch geschützter gelagert, in dem sich nur Jasminsträucher befanden. Sie standen in Reihen, in kurzem Abstand, bis hin zu einer weiteren Trockenmauer, die sich weit hinten gerade noch erahnen ließ.

»Das ist unser Jasmin«, sagte Fulvio mit Stolz in der Stimme. »Unser Schatz. Hier zwischen den Mauern hat er die Wärme und den Schutz, den er braucht, auch wenn er keine besonders anspruchsvolle Pflanze ist.« Er lächelte. »Ihr Großvater hat mich gelehrt, den Jasmin zu lieben, und wir verkaufen unsere Jasminblüten nun schon seit fast vierzig Jahren.«

Nachdem Mama nach Deutschland gezogen ist also.

Eine Weile standen sie schweigend da und genossen den Anblick des Jasminblütengartens, wie Fulvio ihn tatsächlich nannte. Giulia schloss die Augen und schnupperte, nahm den Duft tief in sich auf. Sie konnte sich ihren Großvater mit einem Mal vorstellen, ein gutaussehender Italiener in einem italienischen Klassiker, der die Stufen hinab in den Garten kam. Jemand, von dem sie vielleicht selbst etwas hatte. Sie stellte sich vor, wie er die Reihe der Sträucher entlangging. Manchmal blieb er stehen und begutachtete eine Pflanze, dann beobachtete er eine Eidechse – wie sie jetzt –, die von einem großen Steinbrocken huschte. Wusste ihre Mutter von alldem hier? Sie blickte zu Fulvio, der ihren Blick erwiderte. Sie hatte das Gefühl, dass sie ihm ihre Fragen stellen konnte, wenn die Zeit dafür gekommen war.

Auf dem Weg zurück zum Haus machte Fulvio einen Schlenker und führte sie durch den Nutzgarten mit seinen üppigen Rosmarinsträuchern, dem Thymian, Salbei und Basilikum, dazu Tomaten, Bohnen, Gurken, Zucchini, Salat und Melonen. Ihr Großvater hatte sich also teilweise selbst versorgt. Fulvio wies sie auf das einfache, aber wirksame Bewässerungssystem hin, das Enzo und er installiert hatten, und sagte, dass sie natürlich essen konnte, soviel sie wollte. Giulia freute sich jetzt schon auf ein kräftiges Rührei mit Gemüse und Kräutern und vielleicht ein Ratatouille an einem der folgenden Tage.

»Da«, Fulvio wies nach Norden und Süden, »und dort drüben im Osten schließen sich dann die Terrassen mit den Olivenbäumen an. Auch dort haben wir es mit dem Anbau von Jasmin versucht, aber der Garten da hinten ist und bleibt der ertragreichste.«

Giulia nickte nur. Sie würde sich alles in den kommenden Tagen in Ruhe ansehen.

Zurück bei der Villa wurden sie bereits von Loretta erwartet, die ihre Handtasche mit beiden Händen umklammert vor sich hielt. »Ich habe ein paar Eier eingesammelt und Ordnung in der Küche gemacht«, sagte sie, und Giulia ärgerte sich sogleich über das Schuldgefühl, das in ihr aufstieg. »Sollen wir für Sie einkaufen, Signorina Zeidler?«

Giulia schüttelte den Kopf. »Danke, aber das ist nicht nötig. Ich würde mich gerne selbst etwas umschauen ...«

»Ihr Großvater war immer sehr zufrieden mit uns.«

»Das glaube ich Ihnen.« Giulia hatte das Gefühl, dass das Gespräch in die falsche Richtung lief. Die eben noch friedvolle Stimmung war mit einem Mal angespannt. »Und ich bin natürlich froh, wenn wir erst einmal weiterhin gut zusammenarbeiten«, sagte sie beschwichtigend, bevor sie hinzufügte:

»Ich würde zum Beispiel wirklich gerne noch mehr über das Geschäft mit Jasmin und Oliven wissen wollen und über das Haus und ...« *Meinen Großvater*, ergänzte sie in Gedanken.

»Wollen Sie die Villa denn verkaufen?«, fragte Loretta zum zweiten Mal. Sie zog Direktheit offenbar vor.

Fulvio errötete. »Aber, aber, das sollten wir Signorina Zeidler nicht einfach so fragen ...«

»Und warum nicht? Ist es nicht besser, endlich zu wissen, woran man ist? Du hast sie bestimmt nicht gefragt!« Loretta funkelte ihren Mann wütend an.

Giulia seufzte. »Es tut mir leid, ich kann dazu gar nichts sagen. Das Haus gehört meiner Mutter. Alle Entscheidungen liegen bei ihr. Die Sache kam für uns alle sehr überraschend.«

Ich muss mit meiner Mutter reden. Sie muss sich hiermit beschäftigen. Sie wird eine Entscheidung treffen müssen.

FÜNFTES KAPITEL

Nachdem Loretta und Fulvio sich verabschiedet hatten, beschloss Giulia, sich erst einmal etwas zu essen zu machen. Die Renzos wollten übermorgen wiederkommen, wenn Giulia sich ein wenig eingelebt hatte, so hatte Loretta es formuliert, um ihr dann die Olivenplantage zu zeigen. Das Kochen würde Giulia helfen, ihre Gedanken zu ordnen, und auch dazu beitragen, richtig anzukommen. Sie freute sich auf ihr Frühstück.

Im Gemüsegarten sammelte sie Kräuter und pflückte ein paar Tomaten. In der Küche holte sie Olivenöl aus der Vorratskammer und aus einem der Schränke nach einigem Stöbern eine große Pfanne, die so schwer war, dass sie sie mit beiden Händen greifen musste. Giulia schaltete eine der Gasflammen ein und erhitzte das Olivenöl, während sie die Eier in eine Schüssel schlug und zerklepperte. Morgen würde sie selbst den Garten nach Eiern absuchen, Fulvio hatte ihr unterwegs ein paar Stellen gezeigt, an denen die Hühner sie bevorzugt versteckten. Dann briet sie die Tomaten und die Kräuter an, fügte die Eimasse hinzu und ließ sie stocken.

Der Duft war einfach köstlich, und Giulias Magen knurrte hörbar. Sie ließ das Essen auf einen Teller gleiten, nahm sich noch ein Stück von Lorettas Brot und trug alles mitsamt dem Besteck hinaus auf die Terrasse, wo sie sich das Mahl in der Vormittagssonne schmecken ließ.

Nach dem Essen versuchte Giulia vergeblich, ihre Mutter zu erreichen. Den Anruf bei ihrem Vater schob sie noch einmal auf. Es war Samstag, aber sie wusste sicher, dass er im Büro war, und sie sagte sich, dass sie ihn nicht bei der Arbeit stören wolle. Stattdessen schrieb sie eine SMS. Danach beschloss sie, die weitere Erkundung des Hauses, von der der überraschende Besuch der Renzos sie abgehalten hatte, auf später zu verschieben und zunächst einen kurzen Spaziergang zu den Oliventerrassen zu machen.

Neugierig schritt sie durch das Einfahrtstor und ein Stück den Weg entlang, den sie mit ihrem Auto gekommen war. Bereits nach wenigen Metern führte ein Pfad rechter Hand zwischen die ersten Olivenbäume in das terrassierte Gelände hinein. Im Vormittagslicht glitzerten die schmalen Blätter der knorrigen Äste silbrig. An manchen Bäumen waren orangefarbene und blaue Netze befestigt und gaben dem Anblick etwas Außerweltliches, als hätten sich Feen zwischen den Bäumen gefangen. Auf dem Gras glänzten die letzten Tautropfen. Giulia folgte der Steinmauer, bis diese Richtung Meer abbog, als sie plötzlich ein Geräusch hinter sich vernahm. Sie drehte sich um und bemerkte, dass ihr der kräftige rote Kater gefolgt war, der mit seinem eleganten Kopf an die ägyptische Katzengöttin Bastet erinnerte. *Autunno* – »Herbst«, dieser Name passte irgendwie zu ihm. Giulia beugte sich hinunter und streichelte ihn. Der Kater ließ sie einen Moment gewähren und stolzierte dann zwischen den Bäumen davon. Als sie sich wieder aufrichtete, sah Giulia durch die Bäume hindurch das Meer funkeln. Eine Weile stand sie reglos da und genoss den Anblick. Das hier war doch einfach wunderbar! Giulia war sich sicher, niemals zuvor etwas so Schönes gesehen zu haben, etwas, mit dem sie sich bereits jetzt so eins fühlte, als wäre ihre Seele schon lange vorher hier gewesen. Warum nur hatte ihre Mutter diesen Ort verlassen und nie auch nur ein Wort darüber verloren?

Sie folgte dem Weg weiter, entlang einer Terrassenmauer, die ihr fast bis zur Hüfte reichte. Auf dem Boden lagen ein paar Oliven, die den Netzen entkommen waren. Der Pfad wurde jetzt zunehmend undeutlich, auf dem Boden wuchsen Gras, Kräuter, hier und da auch Blumen und kleinere Büsche. Ein Stück weiter kreuzte ein schmaler Bach den Weg, kaum mehr als ein Rinnsal. Es gab aber Trittsteine, wohl für die Zeiten in Herbst, Winter oder Frühjahr, an denen der Bach nach den heftigen Regenfällen, die es hier sicher auch gab, anschwoll. Auf einem Steinhaufen ein paar Schritte weiter sonnten sich Eidechsen und huschten eilig davon, als Giulia näher kam. Dann tauchte am Wegesrand plötzlich ein abgestellter, ziemlich verrosteter hellblauer Traktor auf. Giulia hielt inne. Der Traktor erinnerte sie daran, dass hier in der Umgebung noch andere Menschen wohnten: Nachbarn, vielleicht sogar Freunde, Menschen, die ihren Großvater gekannt hatten.

Sie schaute sich um. Der Weg gabelte sich in drei Richtungen. Aus der einen war sie gerade gekommen, auch wenn Opa Enzos Haus schon längst nicht mehr zu sehen war. Wohin die beiden anderen Pfade wohl führten? Giulia entschloss sich nach kurzem Überlegen für die linke Abzweigung. Der Weg führte sie tiefer zwischen die hier noch dichter stehenden Olivenbäume. Das Licht wirkte fast grünlich. An manchen Stellen wuchs zudem dichtes Gebüsch, manchmal musste sie Äste beiseiteschieben. Giulia verließ eine Terrassenebene und lief ein Stück weiter, dann verlor sich der Weg ganz. Sie blieb stehen und schaute unschlüssig zurück.

»Buongiorno, signorina!«

Giulia schrak zusammen. Die Worte kamen aus dem Nichts, und sie nahm den Mann, der sie gesprochen hatte, tatsächlich erst in dem Moment wahr, als er hinter einem größeren Olivenbaum hervortrat. Dunkelbraune Haare, Augen von einem grünlichen Braun, schlanke Hüften und breite Schultern ...

Bei seinem Anblick durchfuhr sie ein Blitz, und sie starrte ihn lange an, während sie nach den passenden Worten suchte. »Entschuldigen Sie, ich habe Sie gar nicht gesehen«, war das Beste, was ihr schließlich einfiel.

Warum musste ihr Italienisch nur so holprig klingen? Sie fühlte sich zutiefst unsicher und hätte jetzt doch gerne souveräner gewirkt. Aber warum machte sie sich überhaupt Gedanken um ihre Wirkung? Sie kannte diesen Mann doch gar nicht, es konnte ihr also herzlich egal sein.

Er trat ein paar Schritte auf sie zu, wischte sich mit dem Handrücken über die Stirn und hinterließ dabei einen kleinen Streifen Schmutz. Sein Hemd war bis zu den Ellenbogen hochgekrempelt und gab den Blick frei auf muskulöse Arme.

»Haben Sie sich verlaufen, *signorina*?«

Giulia bemerkte die gutsitzende, dunkelblaue Jeans, die der Fremde zu seinem ausgewaschenen T-Shirt trug, und ließ ihren Blick dann weiter bis zu den abgetragenen Turnschuhen an seinen Füßen wandern. »Wie bitte?«

»Ob Sie sich verlaufen haben?«

Hatte er etwa gerade Deutsch gesprochen? Giulia war vollkommen verwirrt. Sie war spazieren gegangen und offenbar einem Nachbarn begegnet, der sie angesprochen und aus dem Konzept gebracht hatte, der ihr dummes, kleines Herz zum

Klopfen brachte, wie ... Ihr Herz klopfte! *Himmel, Giulia, du bist kein Teenie mehr!*

Sie atmete tief durch und bemühte sich, seinem Blick standzuhalten. »Nein, eigentlich nicht«, sagte sie in dem Versuch, ihrer Stimme einen festen Klang zu verleihen. »Nein, ich schaue mir nur die Gegend an.«

Der Mann lachte und reizte sie damit tatsächlich selbst zu einem Lächeln. Zumindest spürte sie, dass sich ihre Mundwinkel unwillkürlich nach oben bogen.

»Sie sprechen gut Italienisch«, sagte er.

»Danke, das ist sehr freundlich«, stieß Giulia hervor.

»Und Sie kommen aus Deutschland.«

»Hört man das so deutlich?«

Er grinste breit und hob dann die Hände. »Ich bin Marco Signorello. Und Sie?«

»Giulia. Giulia Zeidler.«

»Ah, ein italienischer Vorname.«

Dieser Marco war doch wieder ins Deutsche gewechselt. Warum sprach er nur so gut Deutsch?

»Meine Mutter ist Italienerin.«

»Aha. Um Ihre Frage zu beantworten: Die meisten, die sich auf unser Gelände verirren, haben sich verlaufen und wollten eigentlich ganz woanders hin, deshalb habe ich gefragt.« Er lächelte.

Giulia strich sich nervös eine Haarsträhne hinters Ohr. »Oh, Entschuldigung. Ich wusste nicht, dass die Oliventerrassen Ihnen gehören.«

Marco winkte ab. »Es ist schon o.k., wenn Sie hier unterwegs sind.« Er streckte ihr die Hand hin. »Marco.«

Sie ergriff seine Hand. »Giulia. Ich komme von dort hinten.« Sie deutete in die Richtung, in der sie die Villa vermutete, und fragte sich kurz, ob sie die Verbindung ihrer Mutter zu dieser Gegend betonen sollte, doch dann ...

Sonnenstrahlen fanden ihren Weg zwischen den silbrigen Blättern der Olivenbäume hindurch, tanzten auf den Haaren des Mannes ihr gegenüber, und sosehr Giulia sich auch bemühte, konnte sie den Blick nicht von ihm nehmen, und irgendwie fand sie auch keine Worte mehr. Offenbar ging es ihm ähnlich, denn sie schwiegen eine Weile, bevor sie gleichzeitig zu sprechen begannen.

»Sie sprechen Deutsch?«

»Sie sprechen Italienisch.«

Sie lachten beide.

»Mein Italienisch ist nicht so gut wie Ihr Deutsch«, stellte Giulia fest und registrierte überrascht, dass es sich bereits sehr vertraut und zugleich aufregend anfühlte, mit ihm zu sprechen.

»Ich habe Deutsch in Bologna studiert«, klärte er sie auf, »und ich arbeite unter anderem als Übersetzer und manchmal auch als Dolmetscher. Aber im Moment besuche ich meinen Vater und helfe aus.« Wieder schwieg er kurz. »Ich mache so etwas sonst echt nicht, das müssen Sie mir glauben, aber: Hätten Sie Lust, später in Levanto einen Kaffee mit mir zu trinken?«

»Ich mache das eigentlich auch nicht«, gab sie keck zurück, »aber sehr gerne. Vielleicht könnten Sie mir dann auch gleich noch ein wenig die Gegend zeigen?«

»Klar.« Marco wirkte regelrecht erleichtert. »Dann sehen wir uns also nachher, ja? Wo kann ich Sie abholen?«

Sie beschrieb ihm die Stelle, an der die Einfahrt zur Villa auf die Straße mündete.

»Sie übernachten in der Jasminvilla?«, fragte Marco überrascht.

Giulia nickte. »Kennen Sie das Haus?«

»Natürlich, aber ...« Marco schüttelte den Kopf. »Nein, eigentlich nicht wirklich. Ich habe das Haus immer nur aus der Ferne und von außen gesehen. Wir waren ja direkte Nachbarn, aber Enzo Martini ...«

Er brach zu Giulias Enttäuschung ab und zuckte die Schultern. Es wäre schön gewesen, wenn sie neben den Renzos noch jemanden gefunden hätte, der sie ein wenig ins Bild setzen konnte. Oder wollte er vielleicht nichts über ihren Großvater sagen?

»Ich hole Sie dann gegen halb sechs ab, o.k.?«, unterbrach Marco ihre Gedanken.

»Perfekt.«

Auf dem Rückweg zur Villa hatte Giulia das Gefühl, als klopfe ihr Herz in einem anderen Rhythmus. Tatsächlich hatte sie sich noch mit keinem Menschen auf Anhieb so vertraut gefühlt. Wenn sie die Augen schloss, wie sie es jetzt für einen Moment tat, bevor sie die Treppenstufen zur Haustür erklomm, sah sie ihn wieder vor sich, wie er da zwischen den Olivenbäumen aufgetaucht war, sportlich, leicht gebräunt, mit warmem Blick, dunkelbraunen, gut geschnittenen Haaren und diesem offenen, vertrauten Lächeln.

Um sich die Zeit bis zu ihrer Verabredung zu vertreiben, entschied Giulia, endlich das Haus und die angrenzenden Gebäude zu durchstöbern.

Sie begann im Haus. Aus dem Inneren kannte sie unten bereits die Halle, das Wohn- und Arbeitszimmer ihres Großvaters, das fast die Hälfte des unteren Stockwerks einnahm, und die Küche mitsamt Vorratskammer und Esstisch. Nun stellte sie fest, dass es dort auch noch eine Toilette gab. Im oberen Stockwerk befanden sich Großvaters Schlaf- und das Badezimmer sowie die drei verfallenen Räume, die sie sich zumindest kurz angeschaut hatte. Das Dachgeschoss war, wie sie vermutet hatte, ein niedrigerer Boden, der über eine schmale Leiter zu erreichen war. Er war bis auf ein paar Tauben ziemlich leer.

Giulia verschloss die Luke fest und ging zurück ins Erdgeschoss. Sie zögerte einen Moment, bevor sie sich in Großvaters Arbeitszimmer begab und sich an den Schreibtisch aus glänzendem Walnussholz setzte.

Der Tisch war alt und hatte einen ganz eigenen Charme. Auf der Platte lag eine dunkelgrüne Schreibunterlage, daneben eine Ablage für Stifte mit einem Bleistift und einem alten Montblanc-Füller. Hinter dem Schreibtisch, in ihrem Rücken, erhob sich ein Regal voll beschrifteter Ordner. Nach deren Rücken zu urteilen, beinhalteten sie Unterlagen über den Jasmin, die Olivenernte und den Verkauf der Produkte. Giulia nahm ein paar Ordner heraus und blätterte sie durch, verstand inhaltlich aber wenig. Sie würde sich mehr Zeit dafür nehmen müssen.

Im nächsten Moment kündigte ihr Handy den Eingang einer Nachricht an. Sie öffnete sie und sah das Bild von ihrem Vater mit seinem Los-Angeles-Urlaubs-Käppi auf dem Kopf an seinem Schreibtisch und einem Orangensaft mit Strohhalm und Schirmchen in erreichbarer Nähe.

»Gut geschlafen?«, schrieb er.

Giulia musste lächeln. »Danke, ja«, tippte sie. »Wollte mich längst mal richtig gemeldet haben, sorry. Mache ich später.«

Sie wusste selbst nicht recht, warum sie ihn noch nicht angerufen hatte, aus irgendeinem Grund drückte sie sich davor. Bevor sie das Handy wegsteckte, überprüfte sie, ob vielleicht auch ihre Mutter eine Nachricht geschickt hatte. Nein, da war nichts. Eigentlich hatte sie auch nichts erwartet.

Giulia stellte die Ordner zurück und trat zur Haustür hinaus in den großzügigen, gepflasterten Hof. Da stand ihr Auto, ein paar Hühner liefen umher. Am Morgen hatte Loretta sie gefüttert, heute Abend würde Giulia das übernehmen. *So schnell wird man zur Hühnerbesitzerin*, dachte sie lächelnd. Für einen Moment meinte sie, aus den Augenwinkeln den roten Kater auf dem Dachfirst eines der kleineren Nebengebäude balancieren zu sehen, aber als sie hinschaute, war da nichts. Offenbar hatte sie sich geirrt.

Die Mauer um den Hof war höher als sie selbst, mindestens 1,80 m. Linker Hand reichte sie fast bis ans Haus, rechts führte ein Weg zwischen Haupt- und Nebenhaus nach hinten zum Garten. Giulia folgte ihm und stieß nach wenigen Metern auf die schmale Treppe, die vermutlich in einen Keller unter dem Hof hinunterführte. Neugierig kletterte sie hinunter.

Die Holztür am Ende der Treppe gab auf ihren Druck hin knirschend nach, dahinter war es kühl und stockdunkel. Mithilfe der Taschenlampe in ihrem Handy konnte sie die Umrisse von Fässern und Gerätschaften wahrnehmen und Regale voller Flaschen an einer Wand, die in den Stein gehauen zu sein schien. Gleich darauf entdeckte Giulia zu ihrer Überraschung Leitungen an der Wand und, als sie das Licht auf die niedrige Decke richtete, auch eine nackte Glühbirne. Sie folgte den Leitungen mit der Taschenlampe und fand einen Schalter in unmittelbarer Nähe der Eingangstür. Doch als sie ihn betätigte, geschah nichts, es blieb dunkel. Vielleicht war nur die Birne kaputt?

Giulia ging zurück ins Hauptgebäude und machte sich auf die Suche nach Glühbirnen, die sie bald in der Vorratskammer fand. Langsam eignete sie sich das Haus an, und das fühlte sich gut an.

Zurück im Keller zögerte sie. Sie hatte keine Ahnung, in welchem Zustand die Stromleitungen waren, vielleicht war es keine gute Idee, die Birne zu wechseln? Sie entschied, es auf einen Versuch ankommen zu lassen, platzierte das Handy auf der untersten Treppenstufe, drehte dann vorsichtig die alte Birne heraus und ohne Zwischenfall die neue herein, die zum Glück passte. Gespannt trat Giulia zum Schalter. Auf ihren Druck flammte sofort Licht auf, und sie konnte sich endlich richtig umsehen.

Der Keller schien zum Teil wirklich in den Felsen gehauen worden zu sein. Die Temperatur war angenehm kühl und vermutlich auch keinen großen Schwankungen unterworfen. In einem Regal an der Wand lagerten, wie sie schon im Schein der Handylampe gesehen hatte, Flaschen mit Olivenöl, daneben befanden sich Fässer und diverse Gerätschaften. Über deren Zweck war sie sich nicht ganz im Klaren, möglicherweise handelte es sich bei der einen um eine alte Ölmühle, aber dem Staub darauf nach zu urteilen, war sie schon länger nicht mehr benutzt worden. Giulia öffnete eines der Fässer. Es war leer, doch sie meinte, einen flüchtigen Geruch nach Olivenöl wahrzunehmen. Sie würde Loretta oder Fulvio bei deren nächstem Besuch befragen, worum es sich handelte. Giulia schaltete das Licht aus und stieg die Treppe hinauf. Sie warf noch einen kurzen Blick in das zur Rechten angrenzende Nebengebäude, in dem sich ordentliche, aber leere Schlafräume mit nicht bezogenen Betten befanden. Danach folgte sie weiter dem Weg, vorbei an einer Quelle, die in ein Steinbecken plätscherte. *Acqua potabile* stand auf einer Metallplatte eingraviert, die über dem steinernen Ausguss eingebracht war. Giulia zögerte, legte dann aber ihre Hände zu einer Kuhle zusammen, in der sie das Wasser auffing und trank. Es schmeckte gut. Frisch und klar.

Durch eine schmale Pforte gelangte sie tatsächlich in den Garten. Die angrenzende Mauer schien neuerer Art zu sein, war in der Bauart aber ihrer Umgebung angepasst und diente gewiss dem Schutz der Pflanzen. Vermutlich peitschten die Herbststürme hier doch recht kalt.

Sie durchschritt den Garten und betrat das Haus über die Terrasse durch die Küche. Ein Blick auf die Uhr verriet ihr, dass es schon halb fünf war, und sie wollte noch duschen. Fulvio hatte ihr beschrieben, wie man das Wasser erhitzte, und den betreffenden Schalter am Vormittag gedrückt. Giulia hoffte sehr, dass das Wasser inzwischen warm genug war.

Die Dusche funktionierte in der Tat besser, als sie erwartet hatte. Als sie um kurz vor siebzehn Uhr ins Schlafzimmer trat, lag der rote Kater auf dem Bett und schaute ihr ungerührt entgegen. Giulia durchwühlte ihren Koffer nach einem passenden Outfit, kämmte ihr lockiges, dunkles Haar durch und steckte es dann kunstvoll auf. Für einen Moment betrachtete sie sich im Spiegel. Wenn sie das Haar aufgesteckt trug, ähnelte sie ihrer Mutter noch mehr als ohnehin schon. Tatsächlich waren sie sich dann zum Verwechseln ähnlich. Sie löste ihr halblanges Haar wieder und ließ es doch offen herabfallen.

Nach kurzem Nachdenken schlüpfte sie in ein dunkelblaues Jeanshemd, das ihrem Teint schmeichelte, und überlegte mit prüfendem Blick, ob die zarte Silberkette mit den eingeflochtenen Perlen zu fein dafür war und sie vielleicht doch lieber anderen Schmuck anlegen sollte. Schließlich gab sie sich einen Ruck. Es war gut so, wie es war.

Es war immer noch warm, als sie den Weg bis zur Abzweigung schritt. Der Wald war licht. Ab und zu fielen Sonnenstrahlen bis hinunter auf den von Nadeln bedeckten Boden und vermittelten das Gefühl von Helligkeit und Wärme. Giulia war froh, dass sie statt Schuhen mit Absatz Sandalen gewählt hatte, denn der Boden war doch recht uneben. Bei ihrer Ankunft hier hatte sie so langsam fahren müssen, dass es zu Fuß auch nicht wesentlich länger dauerte, die Straße zu erreichen. Nach einer Weile rückten die Bäume auseinander, und rechts und links tat sich eine kleine Wildblumenwiese auf. Von irgendwoher tauchte der Kater auf. Giulia ging in die Hocke. »Na, Autunno, was machst du denn hier so weit weg von der Villa?«

Der Kater stieß seinen Kopf gegen ihre Hand, einmal, zweimal. Sie strich ihm ein paarmal über das Fell, bevor sie sich aufrichtete und ihrer Verabredung entgegenging.

SECHSTES KAPITEL

Marco wartete bereits an der Straße. Sein Haar wirkte noch feucht, er hatte offenbar geduscht und sich ebenfalls umgezogen. Das grüne Polohemd unterstrich den Farbton seiner Augen und Haare. Dazu trug er frische Jeans und hellbraune, knöchelhohe Lederschuhe.

Er lächelte. »Hallo!«

»Hallo. Bin ich zu spät?«

»Keinesfalls.« Er klimperte mit den Autoschlüsseln. »Laufen oder fahren?« Nach einem Blick auf ihre Sandalen gab er sich die Antwort selbst. »Fahren, vermutlich.«

»Ich kann schnell was anderes anziehen.«

»Nein, das ist schon o.k. Wir laufen ein anderes Mal. Der Weg ist wirklich schön.«

Ein anderes Mal, dachte sie. *Er will mich öfter sehen.* Es fühlte sich gut an. Wieder spürte sie diese Vertrautheit. Als hätten sie einander nicht heute erst kennengelernt, irgendwo dort hinten zwischen den Olivenbäumen, als wüssten sie schon viel mehr voneinander, an das sie sich nur erinnern mussten. Sie lächelte. »Gerne.«

Er hielt ihr die Tür seines kleinen Fiat Punto auf. Sie stieg ein, und einen Moment später waren sie unterwegs hinunter ins Tal in Richtung Levanto.

Er fragte, ob er die Scheiben herunterlassen dürfe. Sie bejahte und spähte dann hinüber zu den grünbewachsenen Bergen und den Orten, die sich darin hier und da ausmachen ließen. Manche sahen aus, als würden die Häuser den Berg hinaufklettern.

»Das dort ist Montale, und da oben können Sie Lavaggiorosso sehen«, erklärte er ihr, als hätte er ihre Gedanken gelesen. »Es gibt Wanderwege dorthin«, fügte er dann hinzu.

»Das könnte was für die nächsten Tage sein«, murmelte Giulia, während sie den Blick wieder auf Levanto und das Meer richtete. Die Sonne war von einem warmen Gelb und wanderte unaufhaltsam tiefer, die Stimmung wurde ruhiger. Auf Giulias Frage, wo man am besten einkaufe, erteilte Marco ihr bereitwillig Auskunft. Sie zeigte sich nochmals beeindruckt von seinen Deutschkenntnissen, und er erzählte ihr ein wenig mehr von seinem Sprachstudium in Bologna und seiner abschließenden Dolmetscherprüfung.

Mit jedem seiner Worte ärgerte Giulia sich mehr, dass ihre Mutter ihr nie richtig Italienisch beigebracht hatte.

Marco räusperte sich. »Darf ich Sie jetzt fragen, was Sie machen?«

»Jura.«

»Beeindruckend.«

»Na ja.« Giulia sah aus dem Fenster und lachte dann leise. »Ich bin in einer Familie von Rechtsanwälten aufgewachsen. Da schien das irgendwie das Naheliegendste. Ich bin mir inzwischen manchmal nicht ganz so sicher, ob das die richtige Entscheidung war.«

»Aber gute Rechtsanwälte werden gebraucht.«

»Das stimmt.« Giulia blickte nachdenklich aus dem Fenster. *Bin ich eine gute Anwältin?*

Von der Villa aus fuhren sie den kurvenreichen Weg in die Ebene hinunter, den sie schon kannte. Dann vorbei am Bahnhof und an einem Wasserlauf entlang, der im Herbst und im Winter laut Marcos Aussage mehr Wasser führte als jetzt. Sie bogen ein paarmal ab, folgten einer Platanenallee und gelangten schließlich zu einer Art Überführung, von der aus man auf der einen Seite aufs Meer hinüberschauen konnte. Auf der anderen Seite lagen einige kleinere Einkaufsstraßen und ein Park, auf den Marco Giulia im Vorbeifahren aufmerksam machte. Jetzt drosselte er das Tempo und sah sich nach einem Parkplatz um. »Es gibt nicht viele Parkplätze bei uns. Wie in einer echten Großstadt.« Er grinste.

»Ich merke es mir für meinen nächsten Besuch«, gab Giulia zurück.

Nachdem sie aus dem Auto gestiegen waren, ging Giulia zum Rand der Überführung und schaute in Richtung Meer. Marco folgte ihr schweigend.

Das Wasser glitzerte einladend. Zwischen Molen, die sich ein Stück ins Wasser hinauszogen, warteten Surfer auf die perfekte Welle. Giulia ließ ihren Blick nach rechts gleiten, wo eine hübsche, gelbe Villa am Berghang thronte, und dann nach links, zu weiteren Villen, deren Fenster aufs Meer hinaus gerichtet waren. Unten, auf Höhe des Strandes, konnte sie zwischen einer kleinen Straße und dem Meer ein Schwimmbad ausmachen. Am Strand war noch Betrieb, dort verweilten neben den Surfern ein paar Familien und einige Jugendliche.

Sie verließen die Überführung und gelangten durch einen kleinen Tunnel zurück auf die Strandseite. Entlang der großen Mauer, die Strand und Meer zur Stadt hin abtrennte, war eine lange Steinbank angebracht, davor ein freier Platz, auf dem Kinder spielten, während die Erwachsenen sich unterhielten. Manche aßen Eis.

»Es ist schön hier«, sagte Giulia schließlich. »Irgendwie so ruhig.«

»Oh ja.« Marco hatte sich neben sie an ein Geländer gelehnt, hinter dem der Sandstrand anfing. »Früher dachte ich manchmal, diese Ruhe sei nicht zum Aushalten, heute ist das anders. Heute gibt sie mir Kraft.«

»In der Ruhe liegt die Kraft, so sagt man doch, oder?« Giulia drehte sich zu ihm. »Oder ist das ein dummer Spruch?«

Marco lachte. »Finde ich heute nicht mehr.«

»Wollen wir uns duzen?«, wagte Giulia die Frage, die sie schon seit ein paar Minuten beschäftigte.

»Gerne.« Er lächelte.

»Das freut mich.« Giulia drehte sich wieder zum Meer hin. »Kannst du mir denn etwas dazu sagen, was ich da sehe, Herr Fremdenführer?«

»Hm.« Marco machte eine ausschweifende Geste nach rechts. »Dort drüben hinter den Bergen liegt Bonassola, dazwischen die Ferienanlage *La Francesca*. Nach Bonassola kann man inzwischen durch die alten, stillgelegten Eisenbahntunnel gelangen, das ist ein netter Spaziergang.« Er deutete nach links. »Dort siehst du unter anderem die Burg, den Anleger für Bootsfahrten entlang der Küste, und das da ist die Villa Agnelli.«

»Von der Familie Agnelli? Die von Fiat?«

»Hm. Sie sind aber nicht oft hier.« Marco schaute auf die Uhr. »Komm, ich zeig dir die Stadt.«

Er führte sie durch ein paar schmale Gassen, wo Giulia hier

und da die Auslagen verschiedener Geschäfte betrachtete. Es gab Läden mit touristischen Mitbringseln, aber auch Lebensmittelläden, einen Buchladen mit fremdsprachiger Literatur, Kleidung, Schuhe und auch einen Eine-Welt-Laden mit dem typischen Angebot an Kakao, Kaffee und landestypischen Handwerksarbeiten. Diese Mischung gefiel Giulia. Sie nahm sich vor, einige Geschäfte in den nächsten Tagen genauer anzuschauen.

In der Nähe der Piazza Cavour, die mit ihren Kolonnaden sehr einladend aussah und auf der mehrere Kinder herumliefen, Ball spielten oder Laufrad fuhren, zeigte Marco ihr einen kleinen Supermarkt. Giulia besorgte lediglich etwas haltbare Milch, Saft und Äpfel. Gemüse, Brot und Eier hatte sie selbst, aber vielleicht sollte sie Marco fragen, wie sie herausfinden konnte, ob ein Ei noch gut war oder gar bereits bebrütet wurde? Sie hatte ja keine Ahnung!

Kaum zwanzig Minuten später hatte Giulia ihre Einkäufe erledigt und verstaute sie in ihrem Rucksack. Zum Glück musste nichts davon dringend in die Kühlung. Sie liefen weiter, überquerten die Via Dante Alighieri und folgten dann der schmalen Via Giuseppe Garibaldi leicht bergan, vorbei an einem Waschsalon. Giulia wollte sich die Stelle merken, schließlich hatte sie in der Villa noch keine Waschmaschine gesehen. Und die Vorstellung, Loretta zu fragen, erschien ihr nicht gerade verlockend. Ob Marco die Renzos wohl kannte? Giulia entschied, die Frage zu verschieben, sie kannten sich noch nicht gut genug, um über andere Menschen zu sprechen.

Auf ihrem Weg die schmale Straße entlang entdeckte Giulia immer wieder schöne Details an den Häusern oder einen hübschen Ausblick. Hier und da trocknete Wäsche in der sanften Brise. Stimmengewirr war zu hören. Mit einem Mal erklangen Kirchenglocken. An einer Stelle führte eine Treppe hinab, ins Dämmerlicht.

»Dort geht es wieder zur Via Alighieri. Du kommst bei der Apotheke heraus«, erklärte Marco.

Bald darauf gelangten sie auf einen kleineren Platz. In der Nähe, auf einem weiteren Hügel, bemerkte Giulia eine der typischen schwarz-weiß gestreiften Kirchen und ein Stück dahinter die Burg. Marco deutete auf einige Hinweisschilder mit Informationen zur Geschichte: An dieser Stelle hatte früher ein Hafen gelegen, direkt am Fluss, der nun unterirdisch verlief.

Giulia ließ ihren Blick über den Platz gleiten. Auch hier spielten Kinder Ball, an einer Ecke befand sich ein Fahrradgeschäft.

Marco steuerte den kleinen Park an, den sie bereits kannte, und hielt schließlich vor einem Eisladen. »Lust auf Eis?«

»Gerne.«

Italien und Eis, das war ja fast ein Klischee, aber Giulia freute sich sehr.

Marco reihte sich in die Schlange der Wartenden ein und wies zu dem kleinen Park. »Such dir solange einen Platz, o.k.? Was möchtest du?«

»Irgendetwas Fruchtiges ... Erdbeer vielleicht?« Oder klang das zu konservativ?

»Die haben hier ein sehr leckeres Zitroneneis. *Crema Limoni.*«

»Auch gut. Ich esse zwar normalerweise kein Zitroneneis, aber ...«

»Das hier ist anders, versprochen.«

Es war leicht, ihm zu glauben. Alles fühlte sich hier anders an. Leichter. Entspannter. Giulia fand eine Bank, lehnte sich zurück und versank in der Betrachtung ihrer Umgebung.

Wahrscheinlich hatte Giulia den Mann etwas später als Marco gesehen, womöglich wäre er ihr auch gar nicht aufgefallen, wenn da nicht plötzlich die Anspannung in Marcos Schultern gewesen wäre. Mit dem Eis in der Hand – das wirklich hervorragend schmeckte – waren sie wieder hinüber zum Meer gelaufen und hatten sich auf der Steinbank an der Mauer zu den anderen Menschen gesellt, die hier die letzten Sonnenstrahlen genossen, während vorne am Strand immer noch nicht alle ihre Handtücher zusammengeräumt hatten. Marco hatte ihr auf ihre Nachfrage gesagt, dass das Wasser noch etwas kühl sei. Kindern war das allerdings offenbar egal, denn Giulia sah einen knapp Dreijährigen auch jetzt noch vorne am Wasser spielen, während seine Eltern ihn vergeblich davon wegzulocken versuchten. Sie hatte sich kaum vom Anblick der untergehenden Sonne lösen können, deren Licht eine breite, glitzernd-goldene Straße auf das Meer malte. Bis Marcos Haltung sich plötzlich kaum merklich veränderte.

Der Mann, der einige Schritte entfernt von ihnen stand, sah aus wie einem exklusiven italienischen Männermodekatalog entsprungen. Er trug einen sehr feinen, wahrscheinlich sogar maßgeschneiderten Anzug, einen edlen Haarschnitt und blankpolierte Schuhe. Er schaute kurz zu ihnen und dann wieder weg.

Marco beugte sich leicht nach vorn, angespannt. »Entschuldige mich«, sagte er dann, stand auf und ging zu dem Mann.

Der wandte sich ihm zu, als Marco ihn ansprach, und sagte

dann auch etwas. Beide blickten kurz zu Giulia, bevor sie zu dem kleinen Geländer gingen, das den Platz vom Strand abtrennte.

Sie passen nicht zusammen, dachte Giulia. Sie sahen beide wirklich gut aus, aber die Art, in der sie sich gegenüberstanden und taxierten – da war nichts Höfliches, Freundliches zwischen ihnen. Giulia hätte zu gerne gewusst, worüber sie redeten, aber sie standen zu weit weg, und immer noch rannten Kinder herum, schrien und jauchzten, flogen Bälle, das Meer rauschte. Marcos Gesichtsausdruck war abweisend, der des anderen Mannes nicht zu deuten. Als sie sich schließlich verabschiedeten, verschwand der Fremde durch die Unterführung, Marco hingegen schaute noch einen Augenblick in Richtung Meer, bevor er wieder zu ihr trat. Sein Gesichtsausdruck war düster.

Giulia rang einen Moment mit sich, dann fragte sie: »Darf ich fragen, wer das war?«

Marco sah aus, als wolle er davonstürmen, doch er blieb stehen. »Eine mailändische Heuschrecke«, spie er hervor.

Giulia verstand nicht. »Eine was?«

Marco trat unruhig von einem Bein auf das andere. Die Temperatur schien sich seit dem Zusammentreffen der Männer deutlich abgekühlt zu haben.

»Er ... Er sucht nach Grundstücken in der Gegend. Er hat mich schon einmal angesprochen und ...« Marco holte tief Luft. »Gehen wir ein Stück? Ich muss mich bewegen.«

»Gerne.«

Sie liefen schweigend in Richtung Bonassola, dicht am Strand entlang, passierten eine Bar und stiegen schließlich eine schmale Treppe hinauf, um die eingeschlagene Richtung dann weiter zu verfolgen. Ein kleiner Segelhafen mit wenigen Segeljachten und ein paar Booten tauchte auf.

»Er will das Grundstück meines Vaters, darüber haben wir gesprochen. Er will es schon lange. Vor kurzem hat er wieder versucht, meinen Vater zu beschwatzen, als ich nicht da war«, sagte Marco schließlich. »Ich habe ihm eben ein für alle Mal gesagt, dass er ihn in Ruhe lassen und mit seinem Geld verschwinden soll. Wir brauchen es nicht.« Er blieb stehen und schaute Giulia an, als bemerke er erst in diesem Moment, wo er sich befand und mit wem er unterwegs war. Er stieß einen tiefen Seufzer aus. »Es tut mir leid, das geht dich eigentlich gar nichts an, aber dieser Mann macht mich einfach rasend. Ich sage nicht, dass mein Vater nicht zu kämpfen hat, das Grundstück ist ein bisschen klein, und der Ertrag könnte besser sein, aber es ist wirklich sein Ein und Alles.«

»Verstehe«, sagte Giulia, obwohl das nicht der Wahrheit entsprach.

»Gehen wir etwas essen?«, fragte Marco, bevor sie nachhaken konnte.

»Bist du denn in der Stimmung?«

»Klar.« Er sah sie lächelnd an, und es war, als wolle er ihr sagen: Mit dir immer.

Das Restaurant, das Marco ausgesucht hatte, wäre ihr selbst wahrscheinlich gar nicht in den Blick gefallen. Es befand sich in einer unscheinbaren und eigentlich auch nicht besonders schönen Seitengasse und war ziemlich klein. Giulia konnte nicht mehr als fünf Tische ausmachen, einer davon wurde ihnen zugeteilt. Marco sprach Italienisch mit der Bedienung, die beiden kannten sich offensichtlich. Sicher war er schon einmal hier gewesen. Eine Speisekarte gab es nicht, aber Marco übersetzte das Tagesangebot, das die Bedienung ihm mündlich mitgeteilt hatte. »Sie haben hier ein sehr leckeres vegetarisches Menü«, schlug er vor. »Wollen wir das nehmen?«

»Bist du Vegetarier?«

»Nein, aber es ist wirklich sehr gut.«

Er behielt recht. Bereits die Vorspeise, eine Minestrone, war unglaublich schmackhaft. Es folgten – typisch für diese Gegend – Nudeln mit frischem Pesto genovese, das direkt am Tisch zubereitet wurde, und danach Panna cotta. Marco trank keinen Alkohol, weil er fuhr, aber er empfahl ihr zuerst einen Wein und dann einen Grappa, der sich als der beste entpuppte, den Giulia je getrunken hatte.

Als sie mehr als zwei Stunden später vor die Tür traten, war die Luft immer noch angenehm lau. Sie schlenderten zurück zum Auto, noch nicht Arm in Arm, auch wenn sich das nicht falsch angefühlt hätte, aber irgendwie war es für Giulia auch richtig, bestimmte Schritte einzuhalten, so wie man es tat, wenn man umeinander warb. Giulia warf Marco nicht den ersten verstohlenen Blick zu. Sie fühlte sich unglaublich wohl in seiner Gegenwart, und sie freute sich schon sehr auf ihr nächstes Treffen. Dass sie beide sich füreinander interessierten, war nach diesem Abendessen ganz klar. Sie hatten keine Schwierigkeiten gehabt, Gesprächsthemen zu finden. Tatsächlich hatten sie angeregt über alles Mögliche gesprochen, nur nicht über den Mailänder oder darüber, was Giulia in die Jasminvilla verschlagen hatte, die seit Monaten leergestanden hatte.

Trotz der fortgeschrittenen Stunde waren immer noch ein paar Kinder auf dem Spielplatz am Park, begleitet von ihren Eltern auf den Bänken ringsherum. In Bars lachten Gäste, redeten, tranken Wein. Marco empfahl Giulia ein Geschäft, in dem es gute Focaccia gab, ein für die Gegend typisches Fladenbrot, das vor dem Backen mit Olivenöl und Salz sowie nach Geschmack Kräutern und weiteren Zutaten belegt wurde. Als sie das Auto nach ihrem Umweg endlich wieder erreichten, war es noch dunkler geworden, aber die Nacht fühlte sich weich an, und die Meereswellen schlugen in diesem ewigen, beruhigenden Rhythmus an den Strand.

Giulia war froh, dass Marco fuhr, denn sie war nicht sicher, ob sie den Weg nach Hause gefunden hätte. Schaukelnd bewegte sich sein kleiner Fiat schließlich über den Waldweg auf die Villa zu. Er lenkte den Wagen in den Hof und parkte ihn neben Giulias Twingo. Dann stieg er aus, ging rasch um das Auto herum und öffnete ihr die Tür.

»Danke«, sagte sie.

An der Hausecke befand sich eine Laterne, die, durch einen Bewegungsmelder ausgelöst, jetzt ein wenig Licht für die gelbe Villa spendete. Der Jasmin nahe am Haus warf seine Schatten auf das Gebäude.

»Ich war noch nie hier. Ein schönes Haus«, stellte Marco fest. »Unseres ist deutlich kleiner.«

»Wirklich?« Giulia war ehrlich überrascht. »Ihr wohnt doch kaum zehn Minuten voneinander entfernt. Ich hätte gedacht, dass man hier im Süden seine Nachbarn eher kennt.«

Marco zuckte die Achseln. »Offenbar nicht überall.«

»Meine Mutter hat die Villa geerbt, der Besitzer war ihr Vater«, erklärte Giulia jetzt. »Es mag komisch klingen«, fuhr sie dann fort. »Aber ich wusste bislang nichts von der Existenz meines Großvaters.«

»Gar nichts?« Er starrte sie ungläubig an.

»Nein.« Sie schüttelte den Kopf. »Meine Mutter hat niemals auch nur ein Wort über ihn verloren – oder überhaupt über Italien. Ich dachte irgendwie immer, dass ihre Eltern schon tot seien, und habe sie, ehrlich gesagt, auch nie nach ihnen gefragt ...« Sie hielt inne. Wenn man es aussprach, klang auch das unglaublich. Was war damals geschehen zwischen ihrer Mutter und deren Vater, dass sie so eisern über ihn geschwiegen hatte? Aber er hatte sie geliebt, denn hätte er ihr sonst das Haus vererbt – oder war das einfach rechtlich so, dass das Haus an die nächste lebende Verwandte gegangen war? Nein, laut den Zeilen, die Giulia gelesen hatte, hatte Enzo Martini Giuseppina im Testament explizit benannt. Er hatte ihr sogar einen Brief geschrieben. Als Giulia ihn vor ein paar Tagen gesehen hatte, war der Umschlag noch verschlossen gewesen. Hatte ihre Mutter diesen Brief inzwischen gelesen? Und was war eigentlich mit ihrer Großmutter?

Giulia stieß einen Seufzer aus. »Wie auch immer, ich weiß rein gar nichts über das Leben meiner Mutter hier, und auch nichts von meinem Großvater. Schade, dass du mir auch nicht weiterhelfen kannst.«

Marco zuckte die Achseln. »Tut mir leid. Mein Vater und er hatten nie viel miteinander zu tun. Unterschiedliche Generationen, vermute ich. Anders kann ich es mir jedenfalls nicht erklären.«

»Ehrlich gesagt hatte ich mir das irgendwie anders vorgestellt.« Giulia drehte nachdenklich den Schlüssel in ihren Händen. »Irgendwie einfacher.« Sie betrachtete ihn von der Seite und gab sich einen Ruck. »Willst du noch auf einen Kaffee hineinkommen?«, wagte sie dann, zu fragen, und sofort klopfte ihr Herz bis zum Hals.

Er schaute sie jetzt auf eine Weise an, die Giulia lange vermisst hatte. Oh ja, sie hatte Beziehungen gehabt, aber nichts hatte sich je so angefühlt wie diese kurze Zeit mit ihm.

»Danke, gerne.«

Giulia schloss die Tür auf und machte in der Halle das Licht an. »Hier entlang.« Sie führte ihn in die Küche und dann weiter auf die Terrasse, wo er im Schein der eingeschalteten Nachtlampe auf sie wartete, während sie die kleine Espressomaschine in Betrieb nahm. Als sie kurz darauf mit den Tassen auf die Terrasse trat, hatte Marco sich so gesetzt, dass er in den Garten schauen konnte.

»Das ist beeindruckend«, sagte er. »Ich sehe das echt zum ersten Mal. Das Haus heißt Jasminvilla, aber mir war gar nicht bewusst, wie viel Jasmin hier wächst.«

Giulia folgte seinem Blick. Das Licht auf der Terrasse erhellte einen Teil des Gartens. Eine Kirchenglocke schlug im nächsten Moment zehn Mal.

»Ich war auch überrascht«, pflichtete sie ihm bei. »Im Schreiben an meine Mutter stand etwas von Olivenplantage, und auch von Jasmin, und dann kam ich hierher und ... Na ja, wahrscheinlich hatte ich einfach keine Vorstellung, dass man Jasmin auch ernten kann.« Sie blickte ihn von der Seite an. »Zumindest was die Olivenbäume angeht, kannst du mir doch sicher ein bisschen weiterhelfen, oder?«

»Klar.« Er nickte.

Giulia trank ihren Espresso und stellte die leere Tasse auf den Tisch. »Und du bist hier aufgewachsen?«

»Nicht ganz. Eigentlich bei meiner Mutter in Genua.«

»Haben sich deine Eltern ...?« Sie brach ab. Nun ja, das war ja wohl offensichtlich, aber durfte sie so direkt fragen?

»Haben sie. Meine Eltern haben es irgendwie nicht lange miteinander ausgehalten, meine Schwester und ich zogen dann mit meiner Mutter nach Genua. Ich war aber in den Ferien meistens hier, nachdem ich die Schule beendet hatte, sogar fast ein halbes Jahr durchgehend. Danach bin ich nach Bologna, zum Studieren, und jetzt bin ich immer mal wieder hier, um nach dem Rechten zu sehen.« Auch Marco stellte seine Espressotasse zurück auf den Tisch. »Ich denke allerdings wirklich immer öfter, mein Vater müsste sich allmählich Hilfe zulegen oder grundlegend etwas ändern.«

»Dein Vater lebt vom Olivenanbau?«, hakte Giulia nach.

»Ja, und es ist kein leichtes Geschäft. Unser Hof ist nicht besonders groß. Mein Vater liefert an die Kooperative, und er kommt eben so durch. Wahrscheinlich war das nie wirklich anders, aber seit ich wieder für längere Zeit hier bin, bekomme ich einfach mehr mit. Früher war mein Aufenthalt hier eher ein Abenteuer, und er fiel ja auch immer in die Ferien, wo es keine Pflichten und viel Freiheit gab ... Ich habe viel mit Kinderaugen gesehen, und mein Vater hat mich nie spüren lassen, wie sehr er kämpfen musste.«

Giulia schaute in die Nacht hinaus, die immer dunkler wurde. Es fühlte sich gut an, hier neben Marco zu sitzen. Die Luft war jetzt samtig, das Zirpen von Grillen war zu hören. Manchmal schwebten von irgendwoher leise Stimmen zu ihnen. Etwas Dunkles huschte aus den Schatten heran – der Kater, der mit hocherhobenem Schwanz an ihnen vorbeimarschierte.

»Ah, der Rote!«, sagte Marco. »Der ist hier überall unterwegs. Gehört er hierher?«

»Ja, ziemlich sicher. Er heißt Autunno.«

Giulia blickte dem Kater nach. »Was würde deinem Vater denn helfen? Du hast dir doch sicherlich Gedanken gemacht?«

Marco schwieg noch einen Augenblick, dann räusperte er sich.

»Mein Vater tut sich schwer mit allen Veränderungen, sogar mit solchen, die von Vorteil für ihn wären. Aber ich sag's ganz klar: Eine Vergrößerung des Geländes würde uns zupasskommen, und das war ganz ehrlich auch meine Idee, als ich über Umwege erfuhr, dass einer unserer Nachbarn gestorben ist. Allerdings wusste ich nicht, dass es sich um Enzo handelte. Mein Vater hat davon nichts erzählt.«

»Könnte er denn mit unseren Bäumen etwas anfangen?«

»Wahrscheinlich.« Marco zögerte, dann gab er sich einen Ruck. »Ich weiß ja nicht, wie das für dich oder für deine Mutter wäre, aber vielleicht sollten wir zumindest mal darüber sprechen. Was, wenn du morgen zum Abendessen zu uns kommst?«

Sie verabschiedeten sich etwa eine halbe Stunde später – mit einer Umarmung, die etwas länger ausfiel und Giulia ein wohliges Kribbeln verursachte. Dann küsste Marco sie behutsam auf die Wange und ging. Giulia winkte ihm nach und betrat mit klopfendem Herzen das Haus.

Es war groß, leer und sehr still, und Giulia war tatsächlich doch auch erleichtert, als der Kater sie nach oben begleitete. »*Ciao*, Autunno!«, sprach sie ihn an, und für einen Moment kam es ihr so vor, als würde das Tier sie verständig anschauen.

Im Bad machte sie sich rasch bettfertig, und als sie in ihren Schlafsack schlüpfte, sprang der Kater zu ihr und rollte sich am Fußende zusammen. Giulia entschied, ihn gewähren zu lassen.

Die laue Frühlingsluft drang durch das offene Fenster, und wenn Giulia den Kopf ein wenig nach hinten neigte, konnte sie einen Blick auf den Nachthimmel erhaschen, wo inzwischen erste Sterne zu sehen waren. Sie dachte an das, was Marco ihr vom Leben als Olivenbauer erzählt hatte, von der harten Arbeit, vom wechselnden Ertrag, vom Verkauf und von dem, was am Ende übrigblieb. Eine Vergrößerung des Geländes würde helfen, hatte er gesagt. Giulia überlegte. Ihre Mutter würde das Haus sicher verkaufen wollen, ihr ganzes Verhalten zeigte, dass sie es loswerden wollte. *Aber was will ich?* Giulia fühlte in sich hinein. Die Sache war: Sie fühlte sich wohl hier, und das schon nach so kurzer Zeit, sodass sie sich keineswegs vorstellen konnte, zum letzten Mal hier gewesen zu sein. Wenn sie ganz ehrlich war, wollte sie dieses Haus unbedingt behalten, das war ihr mit jeder Stunde hier immer klarer geworden. Konnte sie ihre Mutter vielleicht irgendwie davon überzeugen? Sie könnten das Haus doch ein wenig auf Vordermann bringen und dann hier Urlaub machen. Was machte man ansonsten mit so einem Haus? Vermieten? Dann müssten sie es aber erstmal renovieren. Und gingen diese Gedanken jetzt nicht schon viel zu weit?

Unabhängig vom Haus: Was war mit den Olivenbäumen? Ihre Mutter hatte gewiss kein Interesse, die Bäume zu bewirtschaften. Marcos Vater hingegen würden sie nützlich sein ... darüber würden sie morgen beim Abendessen bei den Signorellos sprechen, wenn auch unter Vorbehalt. Möglicherweise ging das jetzt alles etwas schnell, aber es fühlte sich richtig an. Tatsächlich hatte sich für Giulia nichts je richtiger angefühlt. Sie musste Pina unbedingt von der Ernsthaftigkeit ihres Anliegens, die Villa zu behalten, überzeugen.

Kurzentschlossen versuchte sie, sie zu erreichen, doch leider wieder ohne Erfolg. Sie überlegte, ihr eine Nachricht mit der Bitte um einen Rückruf zu schicken, doch sie wusste, dass dieser nicht erfolgen würde, also ließ sie es bleiben.

Eine Weile wälzte Giulia sich im Bett herum, doch sie konnte nicht einschlafen, und so ging sie bald darauf noch einmal in die Küche, um sich einen Melissentee aufzubrühen, auf den sie am Morgen während ihrer Suche nach Kaffee gestoßen war. Zurück im Schlafzimmer, setzte sie sich mit der dampfenden Tasse auf die breite Fensterbank. Der Jasminduft drang durch die Nacht zu ihr herauf. In der Ferne konnte sie das Meer erahnen. Es war wunderbar.

Giulia konnte nicht ahnen, dass etwa tausend Kilometer entfernt auch ihre Mutter aus dem Fenster starrte und über dieselben Fragen grübelte. Pina hatte sich eine Weile rastlos hin und her gewälzt und war dann endlich aufgestanden. Robert hatte nichts mitbekommen, zumindest hatte er sich nicht geregt oder etwas gesagt.

Sie dachte an Levanto und an die Villa. Eigentlich war sie, als das Testament aus Italien eingetroffen war, fest entschlossen gewesen, die Villa so schnell wie möglich zu verkaufen. Dann hatte Giulia sich das Ganze anschauen wollen, und sie hatte nicht »nein« gesagt. Warum eigentlich nicht? *Weil dir die Entscheidung doch nicht so leichtfällt, wie du dir das vorgestellt hast.* Ihr Vater hatte ihr noch einen kleinen Brief beigelegt, in dem er sein Bedauern darüber äußerte, dass sie einander nie wieder gesehen hatten. Eigentlich war es kein Brief, auch wenn die Worte an sie gerichtet waren, es waren nur ein paar Zeilen, ohne wirklichen Anfang und Ende. Dennoch hatte sie es in diesem Moment auch bedauert, ihn nicht wiedergesehen zu haben. Es waren eine Menge Gefühle in ihr aufgerüttelt worden, und sie wusste, dass sie Zeit für all das brauchen würde – und solange auch mit niemandem darüber reden wollte.

SIEBTES KAPITEL

Loretta funkelte Giulia an. Ihr knallrot gefärbtes Haar stand an diesem Morgen etwas stachliger in die Höhe, und manche Strähnen schienen sich nicht ganz den Wünschen ihrer Besitzerin gebeugt zu haben. Giulia war erstaunt, dass Großvaters Haushälterin so plötzlich vor der Tür stand, ein Körbchen Eier in der Hand, das sie Giulia grußlos hinhielt: »Irgendjemand muss sich schließlich um die Hühner kümmern.«

Giulia kam gerade aus der Dusche und hatte sich zwar noch schnell anziehen können, aber die Haare kringelten sich in nassen Strähnen auf ihren Schultern und Wasser rann über den Nacken ihren Rücken herunter. Sie ärgerte sich über Lorettas unfreundliche Ansprache, kommentierte sie aber nicht, sondern bedankte sich nur knapp.

»Was führt Sie zu mir?«, fragte sie, nachdem sie die ehemalige Haushälterin hereingebeten hatte.

»Früher bin ich jeden Tag hierhergekommen«, gab Loretta herausfordernd zurück.

»Aha.« Daher wehte also der Wind. Giulia nickte und ging dann in die Küche voraus, wo sie den Korb mit den Eiern auf den Tisch stellte. Ob Loretta sie wohl als Eindringling in ihrem eigenen Revier wahrnahm? »Das sind ganz schön viele Eier, wollen Sie vielleicht welche mitnehmen?«, startete sie einen Versuch, die Situation etwas angenehmer zu gestalten.

Loretta gab keine Antwort, ließ Giulia aber nicht aus den Augen, während die so ruhig wie möglich ihren Morgenkaffee zubereitete. Ebenfalls wortlos stellte Giulia eine volle Tasse vor Loretta hin, in der Hoffnung, damit das Eis brechen zu können. Die Frau zögerte einen Moment, zog dann die Tasse zu sich und häufte drei Löffel Zucker hinein.

»Also, ich freue mich über Ihren Besuch«, sagte Giulia, während eine kleine Stimme in ihrem Kopf *»gelogen, gelogen«* rief, »aber was führt Sie schon heute zu mir? Abgesehen von den Eiern, meine ich.«

»Mein Mann und ich wüssten gerne, was Sie mit der Villa vorhaben«, kam Loretta direkt zur Sache.

Giulia überlegte. Sollte sie sagen, dass die beiden das überhaupt nichts anging, oder noch einmal betonen, dass sie ohnehin nicht diejenige war, die hier Entscheidungen zu treffen hatte?

»Ich weiß es nicht«, gab sie schließlich ehrlich zurück.

Loretta blickte sie scharf an. »Wissen Sie, es kommen immer wieder mal Fremde hierher und denken, sie könnten sich ein Stück Paradies kaufen, und dann wollen sie alles verändern«, spie sie hervor. »Dann muss alles plötzlich neu geordnet werden, man darf ihr Land nicht mehr überqueren, oder sie geben kein Wasser ab.«

Giulia traute ihren Ohren nicht. »Nur, um das klarzustellen«, sagte sie schärfer, als sie beabsichtigt hatte, »wir haben diese Villa geerbt! Wir haben uns hier nicht eingeschlichen und mit Euros gewedelt.«

Wir gehören hierher, irgendwie, fügte die leise Stimme in ihrem Kopf hinzu.

Loretta zog die rechte Augenbraue hoch.

Sie kann wirklich sehr vorwurfsvoll schauen, dachte Giulia.

»Tut das etwas zur Sache? Keiner von euch ist in den letzten Jahren auch nur ein Mal hier gewesen, Signorina Zeidler. Ich aber weiß, wie sehr Ihr Großvater sich nach einem Wiedersehen mit seiner Tochter gesehnt hat. Ich habe ihn weinen sehen!« Loretta hob einen spitzen Zeigefinger. »Er hat geweint, und er hat auch zur Madonna gebetet. Und seine Tochter, sein Fleisch und Blut, war kein einziges Mal hier! Kein Brief, kein Anruf, nichts! Er hätte alles für sie getan. Er wollte die Dinge wiedergutmachen. Er war schon Witwer, als sie gegangen ist, und damit war er ganz alleine. Bis zum Schluss. Die Familie konnten wir ihm nicht ersetzen, so gerne wir das getan hätten. Nichts gehört euch, rein gar nichts, pah!«

Für einen Augenblick sah es aus, als wolle die ehemalige Haushälterin ausspucken, aber sie tat es nicht. Stattdessen straffte sie die Schultern und reckte das Kinn. Sonnenstrahlen brachten ein rotgoldenes Funkeln in ihr Haar. Und dann maßen sich die beiden Frauen für einen Augenblick mit Blicken. Giulia spürte Wut in sich aufsteigen. Was bildete sich diese Frau ein? Sie hatte doch nicht die geringste Ahnung! Und sie selbst hatte Fragen, ja, aber wie sollte sie sie stellen, wenn allein schon ihre Anwesenheit hier so einen emotionalen Erdrutsch auslöste?

Giulia öffnete den Mund, doch kein Wort kam ihr über die Lippen. Loretta nahm den Blick nicht von ihr, sagte aber ebenfalls nichts. Als Giulia den Mund wieder schloss, drehte sich Loretta mit einem Mal grußlos um und ging davon. Giulia schaute ihr fassungslos hinterher. Was sollte das denn? Ob sie wohl morgen wie verabredet mit ihrem Mann wiederkommen würde?

Giulia trank langsam ihren Kaffee aus. Lorettas Worte hatten Spuren in ihr hinterlassen, durchaus. Ihr Großvater war alleine gewesen, und offenbar hatte er außer seiner Tochter niemanden gehabt. Und er hatte darunter gelitten, dass niemand aus seiner Familie ihn besucht hatte. Das tat ihr leid, auch wenn sie selbst sich in dieser Hinsicht nichts vorzuwerfen hatte. Warum aber war ihre Mutter nie zurückgekehrt? Was war zwischen den beiden geschehen, dass Pina den Kontakt so vollständig abgebrochen hatte?

Nachdenklich ließ Giulia ihren Blick durch die Küche gleiten.

Das hier war ein Haus für eine größere Familie, dennoch hatte ihr Großvater hier offenbar über lange Jahre vollkommen alleine gelebt. Sie fragte sich, wann ihre Großmutter gestorben war. Wenn Enzo Witwer gewesen war, als Pina gegangen war, musste sie ihren Tod miterlebt haben ...

Fakt ist, dass ich nichts weiß.

Sicher war nur, dass ihre Mutter fortgegangen war. Sie war Robert Zeidler nach Deutschland gefolgt, damals war sie neunzehn Jahre alt gewesen, und ganz sicher hatte sie ihn geliebt. Aber deshalb musste man doch nicht den Kontakt abbrechen, über so viele Jahre?

Gut zehn Jahre nach ihrem Weggang hatten die beiden eine Familie gegründet. »Wir haben uns Zeit gelassen«, hatte ihr Vater einmal scherzhaft bemerkt. »Wir wollten erst etwas vom Leben sehen, und ein bisschen Zweisamkeit erleben.« Pina hatte sich einige Jahre Vollzeit um Giulia gekümmert und anschließend begonnen, einige Stunden als Empfangsdame in der Anwaltskanzlei ihres Mannes zu arbeiten.

Viel mehr wusste Giulia in der Tat nicht über ihre Mutter.

Mit einem Seufzer stand sie auf und stieg die Treppe hinauf, um sich im Bad endlich um ihre Haare zu kümmern. Wieder fiel ihr auf, wie groß das Haus war. Dabei gab es nur wenige Räume, die Enzo durchgehend genutzt hatte, dazu die drei, die über lange Zeit unberührt geblieben und verfallen waren.

Plötzlich kam ihr ein Gedanke: Eines dieser Zimmer hatte sicherlich einmal ihrer Mutter gehört. Vielleicht würde sie dort noch Spuren von ihr finden, etwas, das ihr mehr erzählte. Einer Eingebung folgend, entschied Giulia, es zunächst mit dem Raum neben dem Schlafzimmer ihres Großvaters zu versuchen. Vorsichtig drückte sie die Klinke herunter und stieß sie auf. Vor ihr offenbarte sich jetzt bei genauerem Hinsehen eine Mischung aus Jungmädchen- und Kinderzimmer. Die zerschlissene Decke auf dem Bett sah aus wie selbst gemacht, ein Patchwork-Überwurf, den jemand sehr geschickt aus alten Stoffresten hergestellt hatte. Früher war es einmal ein schönes Zimmer gewesen, in dem jemand mit viel Liebe für Details gewohnt hatte.

Giulia trat vorsichtig einige Schritte in den Raum hinein, dabei hinterließen ihre Schuhe deutliche Spuren im Staub. Die verschmutzten, teils kaputten Scheiben des Fensters mit seinen ehemals weißen Vorhängen ließen nur wenig Licht herein. An einer Wand hingen, in mehreren kleinen Rahmen und sorgsam ausgerichtet, Postkartenbilder von italienischen Stars, die Giulia nicht kannte. Sie öffnete den Schrank und sah sich die wenigen Kleidungsstücke darin an: einfache Blusen und Röcke, dazu ein berüschtes Mädchenkleid in einem hellen Elfenbeinton mit Spitze und Stickereien, das allerdings sehr viel älter wirkte als aus den Sechzigerjahren, in denen ihre Mutter wahrscheinlich ihre Kommunion gehabt hatte. Es wirkte auch recht teuer und passte nicht zu den anderen Kleidungsstücken. Ob es sich um ein Erbstück handelte?

Giulia schaute sich noch einmal nachdenklich um. Dieses Haus füllte ihren Kopf mit immer neuen Ideen, aber es gab ihr keine Antworten. Auch dieser Raum nicht. Noch nicht.

Nachdem Giulia sich im Bad hergerichtet hatte, betrat sie das Schlafzimmer. Von draußen drang das Gackern der Hühner zu ihr herein, dazu das leise Krähen des Hahns. Heute Nacht hatte sie den Vorhang wieder einen Spalt aufgelassen, sodass sie beim Aufwachen in den sonnigen Morgen hinausschauen konnte. Sie trat ans Fenster und atmete tief die immer noch frische Luft ein. Es dauerte nicht lange, bis sie wieder entspannt war. Diese Gegend hatte einfach einen unglaublichen Effekt auf sie. Der rote Kater sprang auf die Fensterbank und stieß auffordernd seinen Kopf gegen sie. Sie streichelte ihn, während sich ihre Lippen zu einem Lächeln verzogen. Es war so schön hier, und sie würde sich durch Lorettas Bemerkungen nicht aus der Bahn werfen lassen, im Gegenteil: Sie freute sich jetzt unbändig auf den Abend.

Nach dem Frühstück ging Giulia in den noch morgenfrischen Garten hinaus. Autunno tauchte erneut auf und stolzierte den Pfad entlang, der zum Jasmingarten führte. Auf den Gräsern im Schatten lagen noch ein paar Tautropfen.

Bis es an der Zeit war, zu ihrer Einladung aufzubrechen, verging der Tag unendlich langsam. Giulia beschloss, sämtliche Fenster – ausgenommen diejenigen in den Taubenzimmern – im Haus zu öffnen und einmal gut durchzulüften, und lief dazu noch einmal von Zimmer zu Zimmer.

Enzos Wohnzimmer nebst Büro schien bei ihrem Eintreten

an diesem Tag anders. Das helle Licht, das durch die Scheiben fiel, ließ den Raum einladender wirken, und vielleicht trug das ein wenig dazu bei, dass sie sich heute weniger wie ein Eindringling fühlte. Giulia trat ans Fenster, das von mehreren Jasminbüschen umrahmt war, deren Duft sofort hineinströmte, als sie es öffnete. Dann setzte sie sich hinter den großen Walnussschreibtisch und genoss den wirklich herrlichen Blick auf den Garten, der auf seine Art gepflegter wirkte als Teile des Inneren des Hauses. Sogar das Meer konnte man von hier erahnen. Und immer wieder dieser Garten, wieder aus einer neuen Perspektive, und wie immer einfach ein wunderschöner Anblick ... Den würde sie eindeutig vermissen, wenn sie wieder zurück in Frankfurt war.

Wie wäre es, wenn ich hierbleiben könnte?, schoss es ihr durch den Kopf, doch sie drängte den Gedanken beiseite. Das ging nicht, sie hatte ihren Job, ihre Freunde und Familie in Deutschland. Aber immer wieder herzukommen, das wäre durchaus möglich.

Giulia atmete tief ein und wieder aus und stellte sich vor, wie ihr Großvater hier gesessen und hinausgeschaut hatte. Natürlich hatte er das getan, man konnte ja gar nicht anders. Diese Stelle verlockte einfach dazu, und Giulia musste sich regelrecht dazu zwingen, den Blick abzuwenden. Sie drehte den mit Leder gepolsterten Drehstuhl herum und betrachtete die Bilder an der Wand. Auf einem davon waren ein Mann und eine Frau zu sehen. Erst vermutete Giulia, dass es sich um Enzo und seine Frau handelte, dann ging ihr auf, dass das Bild älter sein musste, vermutlich stammte es aus den späten Zwanzigerjahren. Enzo aber war erst 1935 geboren worden. Giulia musterte die elegant gekleideten Menschen auf dem

Bild. Der Mann trug einen Smoking, die recht junge Frau an seiner Seite ein längeres Abendkleid und eine Pagenfrisur, um den Kopf ein mit Federn geschmücktes Band. Giulia erhob sich und nahm das Bild vorsichtig von der Wand. Für einen kurzen Augenblick fühlte es sich an, als ob sie etwas Verbotenes täte, als ob sie nicht das Recht hätte, hier zu sein. Sie betrachtete das Bild genauer und drehte es dann um. Auf der Pappe auf der Rückseite hatte jemand in ordentlichen Buchstaben etwas geschrieben. Giulia fokussierte ihren Blick: Spielbank Monte Carlo, 1927.

Konnten dies Enzos Eltern sein? Wer konnte ihr darüber Auskunft geben? Sie überlegte, das Bild am Abend mitzunehmen, vielleicht konnte Marcos Vater ihr doch etwas über ihre Familie erzählen. Aber nein, sie würde ihn einfach fragen, wenn sich die Gelegenheit ergab, dazu brauchte sie das Bild nicht. Sie schaute auf die Uhr. Es war immer noch viel Zeit, bis sie aufbrechen musste. Es konnte nicht schaden, vor einem Gespräch über die Olivenhaine zunächst einmal einen Blick in die betreffenden Ordner zu werfen.

Etwa zwei Stunden später lockerte Giulia ihre Schultern. Wie gut, dass sie Italienisch besser lesen als sprechen konnte. Es ging sogar immer besser, je länger sie Enzos Geschäftsbücher studierte. Es gab Ordner mit Unterlagen zum Olivenanbau, und solche, in denen Enzo Buch über seinen Jasmin geführt hatte. Letzterer faszinierte Giulia zunehmend. Sie hatte in den letzten Tagen mehr über diese Pflanze gelernt als in all den Jahren vorher, dabei hatte sie Jasmin und insbesondere seinen Duft immer irgendwie gemocht. Oma Dörte, ihre Großmutter väterlicherseits, hatte Jasmintee geliebt. Pina dagegen hatte dem Teetrinken nie etwas abgewinnen können. Sie trank manchmal einen Espresso, sonst aber nur Wasser und mochte generell keine heißen Getränke.

Giulia sah einen Augenblick sinnend in die Ferne, nachdem sie einen Ordner zurückgestellt hatte, dann setzte sie sich wieder an den Schreibtisch und nahm sich den nächsten vor. Der Verkauf von Oliven und die Herstellung von Olivenöl hatten eine eher übersichtliche Menge an Geld eingebracht. Das gab Giulia zugleich eine recht gute Vorstellung davon, wie sehr die Signorellos kämpften. Mit dem Jasmin war das etwas anders, auch da war der Ertrag zwar eher übersichtlich, trotzdem hatte die Kombination aus beidem zu einem durchaus soliden Geschäftsmodell geführt. Zudem schien ihr Großvater nicht viel Geld gebraucht zu haben. Es blieben dennoch Fragen, die sie hoffentlich Loretta oder Fulvio morgen würde stellen können.

Schließlich klappte Giulia den Ordner zu und verschob die weitere Lektüre auf den nächsten Tag. Ihr Kopf war müde von all den Informationen und vom Nachdenken. Kurzerhand braute sie einen Kaffee in der Küche auf, gab Milch hinzu und trat dann durch die Tür in den Garten, wo sie es sich, mit dem Rücken an die Mauer gelehnt, bequem machte, um die Strahlen der Frühabendsonne zu genießen. Sofort tauchte der Kater auf. Er war ein wirklich prächtiger Kerl mit seinem rotgoldenen Fell und den bernsteinfarbenen Augen, der jetzt schnurrend um ihre Beine strich, es sich dann an ihrer Seite bequem machte und weiter schnurrte. In seiner Begleitung machte sie einen kurzen Spaziergang über das Gelände und fand noch ein paar Eier. Morgen früh würde es Omelett geben, sie freute sich schon darauf. Als sie kurz darauf die Treppe hinaufstieg, um sich für den Abend bereit zu machen, klopfte ihr Herz wieder etwas schneller.

Giulia musterte sich im Spiegel. Sie hatte das petrolfarbene Kleid schon vor einiger Zeit gekauft, weil es so wunderbar zu ihrem Haarton passte, zuhause aber keine Gelegenheit gefunden, es zu tragen. Es war ihr einfach immer etwas zu körperbetont gewesen, und als sie sich jetzt vor dem großen Spiegelschrank im Schlafzimmer drehte, fragte sie sich, ob es nicht doch ein wenig zu sexy war. Andererseits hatte sie nichts anderes dabei, was annähernd für eine Einladung zum Abendessen geeignet war.

Oder mache ich mir da etwas vor?

Ja, sie wollte gut aussehen. Der Gedanke, zu gefallen, machte ihr durchaus Spaß. Mit ein paar Handgriffen drehte sie ihre Haare zu einem Chignon. Sie blickte noch einmal in den Spiegel, dann zog sie doch eine dünne, dunkelblaue Kaschmirjacke über, um den Effekt etwas abzumildern, und wählte helle Sneakers statt der Pumps, die sie zuerst herausgesucht hatte. Alles in allem wirkte das Ganze jetzt sportlicher, und die meisten Wege hier waren ohnehin zu uneben für Highheels.

Vielleicht bist du aber auch einfach feige, schoss es ihr durch den Kopf. Dann machte sie sich auf den Weg.

Nicht zum ersten Mal erwischte Marco sich dabei, seinen Vater aus den Augenwinkeln zu beobachten. Nachdem er Alessandro beim Frühstück von einem Gast zum Abendessen erzählt hatte, war zunächst alles in Ordnung gewesen. Am Mittag hatte sein Vater dann genauer nachgefragt, und die Stimmung war plötzlich gekippt. Zunächst hatte Marco noch geglaubt, sich das einzubilden, doch er irrte nicht. Was war geschehen? Marco hatte von der jungen Frau erzählt, die in der Jasminvilla wohnte, und die Laune seines Vaters war umgeschlagen.

Was hatte das zu bedeuten? Sein Vater mochte eigenbrötlerisch sein, ja, aber er hatte für gewöhnlich nichts gegen Gäste, auch wenn nur selten welche kamen. Außerdem konnte er Giulia gar nicht kennen, die, ihrer eigenen Schilderung nach, zum ersten Mal hier war.

Marco hatte behutsam nachgehakt, aber Alessandro hatte nicht weiter darüber reden wollen. Im Verlauf des Nachmittags hatte Alessandro sich dann vollkommen in sich verschlossen, und Marco hatte sich später allein in die Küche zurückgezogen, um Spaghetti mit Sugo zu kochen. Natürlich war das ein eher einfaches Gericht, doch hieß es nicht immer, dass sich in der Einfachheit der wahre Könner offenbarte? Marco kochte gerne, es entspannte ihn. Irgendwann hatte er sich sogar erwischt, dabei zu pfeifen. Es war lange her, dass er jemanden eingeladen hatte, und das Ganze hatte sich eigentlich sehr gut angefühlt, bis ...

Irgendwann hatte sich sein Vater wieder zu ihm gesellt. Sollte er ihn noch einmal wegen des Besuchs ansprechen, oder machte es das nur schlimmer? Dabei sollte doch alles gut werden: Enzos Olivenbäume zu pachten konnte die rettende Lösung für ihren Hof sein.

Das Wasser kochte. Marco gab die Nudeln hinzu. Der Sugo köchelte jetzt bereits eine ganze Weile und verströmte einen leckeren Geruch nach Tomaten. Er rieb Parmesankäse. Gerade als die Nudeln fertig waren und er sie mit einem Schuss Nudelwasser zum Sugo gab, sah er durch das Fenster Giulia näher kommen. Diese Deutschen waren wirklich überpünktlich!

Marco nahm die Pfanne vom Herd und deckte sie ab. Auf dem Weg nach draußen zog er die Schürze aus und warf sie über einen Stuhl. Mit einem Mal konnte er es kaum erwarten, sie wiederzusehen, wieder mit ihr zu sprechen, ihre Stimme zu hören ...

Giulia war froh, für später eine kleine Taschenlampe mitgenommen zu haben, denn wenn es dämmrig wurde, waren der Weg und seine Unebenheiten sicher kaum zu sehen. Vorsichtig und langsam trat sie durch das Tor. Es war in eine niedrige Mauer eingelassen und schlichter als das der Jasminvilla. Auch das Haus, das sie kurz darauf erblickte, war kleiner und einfacher, aber doch irgendwie heimelig. Es war in einem weichen Rotton gestrichen, der sich ähnlich gut in die Landschaft fügte wie das Gelb der Villa. Als eine Gestalt vor sie trat, zuckte sie kurz zusammen, doch dann war Marcos Stimme zu hören: »*Ciao*, Giulia, schön, dass du da bist.«

Ihr fiel auf, dass sie sich zur Begrüßung ganz selbstverständlich auf die Wangen küssten, so wie es im Süden Brauch war.

»Bin ich zu früh?«, fragte sie.

»Ach Gott, nein. Zu spät aber auch nicht.«

Sie lachten beide und gingen die letzten Schritte des Weges zusammen.

Giulia hatte sich Gedanken gemacht, zu viele vielleicht, aber jetzt fühlte sich alles richtig an und irgendwie vertraut. Sie war sonst nicht so kontaktfreudig, vor allem nicht zu Fremden, aber Marco war ihr bereits jetzt nicht mehr fremd. Irgendwie war er es auch nie gewesen.

Neugierig sah sie sich um. Der warme Rotton des Hauses

gefiel ihr mit dem Näherkommen noch besser. Der Platz davor war bekiest, rechts stand der Fiat, den sie schon kannte. Links bemerkte sie ein Gehege mit ein paar Hühnern, die zu dieser Stunde offenbar schon eingesperrt waren, aber tagsüber frei das Gelände eroberten, wie Marco ihr auf Nachfrage versicherte. Auf der linken Seite führte ein Weg hinter das Haus. An einem Baum hingen prächtige orangefarbene Früchte.

»Das sind Kakis«, sagte Marco, als er ihren verwunderten Blick bemerkte. Plötzlich bewegte sich etwas vor dem Haus, und Giulia verlangsamte ihren Schritt.

Marco fasste sie am Arm. »Keine Sorge, das ist nur mein Vater«, sagte er lachend.

Giulia fokussierte ihren Blick. Vor dem Eingang stand ein älterer Mann. Sein Haar war relativ kurz geschoren, er trug eine dunkle Hose und ein offenbar gebügeltes Hemd. Giulia sog unwillkürlich die Luft ein. Sie war mit einem Mal angespannt und konnte sich nicht erklären, weshalb. Das war doch nur Marcos Vater.

Aber Marcos beruhigend gemeintes »das ist nur mein Vater« bereitete sie in keiner Weise auf das vor, was als Nächstes geschah.

»Bring sie von hier weg!«

Hat er das wirklich gesagt? Oder ist mein Italienisch so eingerostet, dass ich ihn falsch verstehe?

»Bring sie von hier weg!«, wiederholte Marcos Vater.

Nein, sie hatte sich nicht verhört. Sie stand da, die eine Hand zur Begrüßung ausgestreckt, doch der ältere Signorello beachtete sie nicht, sondern sah sie nur durchdringend an.

»Bring sie von hier weg«, sagte er ein drittes Mal. Keine Begrüßung, nichts, nur dieser eine Satz.

Es dauerte einen Moment, bis Giulia sich aus ihrer Erstarrung löste. Sie blickte zu Marco, der genauso überrascht dreinblickte.

»Papà«, stotterte er, doch Signor Signorello drehte sich auf den Stufen seines Hauses um und verschwand ohne ein weiteres Wort durch die Tür.

Nur wenige Minuten nach ihrer Ankunft befand Giulia sich in Begleitung von Marco auf dem Weg zurück zur Jasminvilla. Sie war unfähig, einen klaren Gedanken zu fassen. Der Abend zersplitterte einfach. Sie suchte nach Worten, doch es fanden sich keine, und auch Marco schwieg. Als sie das Tor erreichten, hielten sie an. Endlich wagte Giulia, Marco anzusehen, und für einen Moment standen sie voreinander wie Fremde, und die Nähe, die sie sonst gespürt hatte, war verschwunden.

»Ich ...«, stammelte er schließlich. »Ich weiß nicht, was ...« Er atmete tief durch. »Es tut mir wirklich leid. Ich weiß nicht, was da ...«

Giulia straffte die Schultern. Sie kam sich mit einem Mal vor wie auf dem Weg in eine schwierige Verhandlung.

»Mir tut es auch leid«, sagte sie heiser.

Eine Weile verharrten sie schweigend voreinander, ein jeder gefangen in seinen Gedanken.

»Gute Nacht«, sagte Marco dann.

»Gute Nacht.« Sie räusperte sich. »Komm gut nach Hause.«

»Ja.«

Kein »wir sehen uns morgen« oder »lass uns eine Nacht darüber schlafen«. Nichts.

Es tut weh.

Giulia sah zu, wie Marco im Dämmerlicht zwischen den Olivenbäumen verschwand, dann eilte sie ins Haus und stürmte die Treppen hinauf. Eine Fremde sah ihr aus der Spiegeltür am Schrank entgegen. Mechanisch zog sie die Kaschmirjacke aus und warf sie über den Stuhl, hängte ihre Handtasche darüber. Sie setzte sich aufs Bett und schnürte die Sneakers auf, löste dann die Frisur und verschwand im Bad, um sich die Zähne zu putzen. Erst als sie wieder zurück ins Schlafzimmer kam, schien jegliche Kraft aus ihr zu weichen. Sie sackte auf dem Bett zusammen, barg das Gesicht in den Händen und begann zu weinen.

In Marcos Kopf rasten die Gedanken, er konnte sich kaum auf den Weg konzentrieren. Als er das Haus seiner Familie erreichte, brannte draußen immer noch die Laterne, die sonst um diese Uhrzeit ausgemacht wurde. Sein Vater hatte sich in die Küche zurückgezogen, wo er am Tisch vor einem Teller Spaghetti saß, den Kopf in die linke Hand gestützt. Er wirkte in diesem Moment ein wenig wie ein Kind, das sich eine Abfuhr abgeholt hatte, aber als er den Kopf hob, wusste Marco, dass dieser Eindruck täuschte. Die Augen seines Vaters waren nachtschwarz.

»Ich habe es dir gesagt.«

»Du hast mir überhaupt nichts gesagt, vor allem nicht, dass du sie vom Hof werfen würdest. Kennst du sie? Ich nämlich nicht. Ich habe sie gerade erst kennengelernt.«

Alessandro stopfte sich eine Gabel Spaghetti in den Mund.

»Ich wollte sie mir einfach ansehen«, brachte er undeutlich hervor, ohne auf die Frage seines Sohnes einzugehen.

»Sie dir ansehen? Um sie dann rauszuwerfen? Was bringt dich denn auf so eine Idee, um Himmels willen? Was hat sie dir getan?« Marco war jetzt richtig wütend. »Sag mir endlich, ob du sie kennst?«

Er ließ seinen Vater nicht aus den Augen. Der schwieg beharrlich und aß weiter. Marco selbst war der Appetit gründlich vergangen, mechanisch nahm er seinen und Giulias Teller, um sie zurückzustellen.

»Es ist richtig so. Eines Tages wirst du es verstehen. Später«, erklang wieder die Stimme seines Vaters.

»Was soll ich verstehen? Wie soll ich denn verstehen, wenn du mir nichts sagst?« Marco war zutiefst erbost.

Alessandro zuckte die Achseln. »Ich denke einfach, es ist besser so. Sie ist nichts für dich.«

»Woher willst du das wissen? Du kennst sie doch gar nicht! Oder doch?« Er versuchte es noch einmal.

Alessandro ging nicht darauf ein. »Es ist die Familie, Marco. Ich weiß es einfach.«

»Aber wir hatten doch nie etwas mit Enzo Martinis Familie zu tun!«

Alessandro hatte den Teller geleert und legte seine Gabel zur Seite.

Marco schlug die Schranktür lautstark zu. »Also, was ist mit ihrer Familie?«, bohrte er nach.

»Du solltest an deine anderen Pflichten denken.«

»Das tue ich immer.«

»Das ist gut so. Du wirst gebraucht.«

Für einen Moment sahen Marco und sein Vater einander an.

Obgleich er immer noch keinen Hunger verspürte, riss Marco ein Stück frisches Brot ab und kaute darauf herum, ohne wirklich etwas zu schmecken. Dann nahm er sich das Glas Wein von der Anrichte, das er sich schon während des

Kochens eingeschenkt hatte, und leerte es in einem Zug. »Ich kann nicht fassen, dass du sie einfach vom Hof geworfen hast. Was ist nur in dich gefahren? Falls du etwas gegen ihre Familie hast, beruht das nicht auf Gegenseitigkeit: Sie hat nichts gegen uns. Denn abgesehen davon, dass du sie als Mensch gar nicht kennst, wollte sie uns helfen. Sie hat vorgeschlagen, dass wir ihre Olivenbäume pachten. Das würde uns das Leben um einiges erleichtern. All das wollten wir heute Abend genauer besprechen.«

»Niemals. Wir brauchen ihre Bäume nicht.«

»Ist das dein Ernst? Ich habe dir schon so oft gesagt, dass wir uns vergrößern müssen. Eine Pacht von Olivenbäumen direkt an unserem Grundstück wäre doch viel besser als das Angebot von den Pasquas, ihre Bäume zu pachten, die sind viel weiter weg, und darüber denkst du doch zumindest nach. *Papà*, ist es nicht so?«

Die Miene seines Vaters blieb verschlossen und abweisend.

Marco war vollkommen ratlos. »Bitte erklär es mir, *papà*«, versuchte er es noch einmal vorsichtig.

Endlich hob Alessandro den Blick. »Es bleibt dabei. Ich kannte ihre Mutter, darum.«

ACHTES KAPITEL

Marco stand am Morgen nach der verpatzten Einladung früh auf und stürzte sich förmlich in die Arbeit auf den Oliventerrassen. Die körperliche Anstrengung half ihm dabei, nicht zu viel nachzudenken, und genau das wollte er: nicht nachdenken, zumindest nicht über Giulia, die sich dennoch ständig in seine Gedanken stahl. Über die Worte seines Vaters hatte er hingegen nachgedacht, die halbe Nacht hatte er wachgelegen, ohne zu einem Ergebnis zu kommen.

Gegen Mittag hielt er es endgültig nicht mehr aus und machte sich auf den Weg zur Jasminvilla. Zumindest wollte er Giulia sagen, was er wusste, wollte die wenigen Informationen mit ihr teilen, die er von seinem Vater erhalten hatte. Immerhin konnte er ihr sagen, dass es etwas mit ihrer Mutter zu tun hatte. Erklären konnte er es ihr nicht, er verstand es ja selbst nicht. Aber vielleicht konnte Giulia damit etwas anfangen.

Leider war sie nicht da, als er an der Jasminvilla ankam. Oder wollte sie nicht öffnen? Marco überlegte. Mist, er hatte nicht einmal ihre Handynummer, um sie anzurufen. Er durchwühlte sämtliche Taschen seiner Jeans auf der Suche nach etwas zu schreiben und fand zu seiner Erleichterung einen Bleistiftstummel. Dann durchstöberte er sein Portemonnaie nach einem Kassenbon und wurde fündig.

Es tut mir leid. Ich weiß nichts Genaues, aber es muss mit deiner Mutter zu tun haben, schrieb er. *Marco.*

Nach kurzem Überlegen quetschte er noch seine Mobilnummer auf den Zettel und klemmte ihn mit einer Ecke unter den Messingbeschlag der Haustürklinke. Er konnte nur hoffen, dass sie sich meldete.

Dann kehrte er zum Mittagessen auf den Hof seines Vaters zurück. Kurz vor dem Hoftor sah er ein Auto aus der Einfahrt kommen und erstarrte. Was machte der Mailänder hier? Marco eilte ins Haus, doch sein Vater war nirgends zu finden.

Erst zum Abendessen trafen sie sich wieder. Alessandro wirkte entspannter. »Wo warst du heute Mittag?«, fragte er. »Ich habe dich gesucht, Marco.«

Ich dich auch, fuhr es Marco durch den Kopf, aber er sprach es nicht aus. »Ich hatte zu tun. Habe die Netze überprüft«, sagte er, während er in den Topf auf dem Herd spähte. Sein Vater hatte *spaghetti al pomodoro e tonno*, Spaghetti mit Tomaten und Thunfisch gekocht.

Marco füllte zwei Teller und rieb etwas Parmesan darüber, dann stellte er einen vor Alessandro und einen auf seinen Platz. Alessandro begann sofort, zu essen. Marco drehte die erste Fuhre Spaghetti ein, schob sie aber nicht in den Mund.

»Du hattest Besuch?«, fragte er.

»Hm.« Alessandro aß mit bemerkenswertem Appetit.

Marco zögerte. Sollte er das Thema Mailänder direkt ansprechen? Nein, er würde warten, bis sein Vater reden wollte. *Wenn er nichts sagt, hat er auch nichts entschieden*, schloss Marco beruhigt daraus. Nachdenklich schob er die Spaghetti in den Mund und kaute.

NEUNTES KAPITEL

Nach dem unerfreulichen Abend war es für Giulia ausgeschlossen, einfach in den Tag hineinzuleben, das würde sie nur auf dumme Gedanken bringen. Sie musste sich beschäftigen. Also machte sie sich am Morgen daran, den Schreibtisch ihres Großvaters aufzuräumen, die Ordner durchzusehen und lose Papiere abzuheften. Manche Sachverhalte konnte sie sich immer besser erschließen, bei anderen würde sie Fulvio und Loretta um Hilfe bitten müssen. Nachdem sie am Vortag froh gewesen war, als Loretta wieder verschwunden war, konnte sie es nun kaum erwarten, dass die beiden heute kamen. Sie wollte ihre Fragen stellen und mit ihnen zusammen das Gelände abgehen.

Sie rief ihre Mutter an, erreichte sie aber nicht und schrieb eine weitere Nachricht. Und gleich anschließend eine weitere an ihren Vater, in der sie heiterer klang, als sie sich fühlte.

Den gesamten Vormittag über versuchte sie, auf keinen Fall an Marco zu denken, aber es fiel ihr wahrlich nicht leicht. Was war gestern nur passiert? Sie hatte in der Nacht Stunden darüber nachgedacht, konnte sich aber keinen Reim darauf machen. Alessandro hatte sie angesehen, als würde er sie kennen. Aber er kannte sie nicht. Das war ausgeschlossen. Sie war schließlich noch nie hier gewesen.

Natürlich musste es mit irgendetwas zu tun haben, das

in der Vergangenheit passiert war, mit Enzo oder mit ihrer Mutter, oder mit sonst irgendjemandem aus ihrer Familie. Aber auch an der Stelle kam sie nicht weiter, denn Alessandro würde wohl kaum mit ihr reden, und ihre Mutter ging einfach nicht ans Telefon.

Ärgerte sie sich eigentlich darüber, dass ihr Marco nicht zur Seite gestanden hatte und dass er so sprachlos gewesen war? In jedem Fall war er ebenso perplex gewesen wie sie selbst.

Giulia bemerkte erst jetzt, dass sie aus dem bequemen Ledersessel aufgestanden und ans Fenster getreten war, um wieder einmal nachdenklich in den Garten hinauszublicken. Hatte ihr Großvater manchmal hier gestanden und an seine Tochter gedacht?

Kurz vor Mittag entschied Giulia, noch schnell eine Runde durch den Garten zu drehen. Vielleicht konnte sie ein paar Zutaten für einen Salat sammeln, den sie zum Mittag essen wollte. Doch sie vergaß, ein Messer zum Schneiden mitzunehmen, und musste umkehren. Auf halben Weg meinte sie für einen Moment, ein Geräusch zu hören, ein Klingeln vielleicht, aber als sie schließlich die Haustür von innen aufschob, war niemand da. Offenbar hatte sie sich geirrt. In der Küche wanderten ihre Gedanken wieder zu Alessandro. Wie sie es auch drehte und wendete, abgesehen von ihm gab es nur eine Person, die ihr erzählen konnte, was damals geschehen war. Sie wählte erneut Pinas Nummer.

»Mama?«

Ihre Mutter hatte das Gespräch tatsächlich angenommen, und Giulia war nach den vergangenen vergeblichen Versuchen so überrascht, dass sie im ersten Moment keine Begrüßung hervorbrachte, nur dieses Wort, diese Frage.

Es knackte und raschelte auf der anderen Seite, als ob ihre Mutter die Position wechselte, dann war ihre Stimme deutlich zu hören: »Giulia, bist du das?«

Wer hätte dich denn sonst Mama nennen sollen?

»Bist du etwa wieder in Frankfurt?«

»Nein.«

Pause. Dann kam es Giulia mit einem Mal so vor, als würde ihre Mutter lauter atmen.

»Warum rufst du denn an?«, fragte Pina im nächsten Moment betont beiläufig.

Weil ich endlich Fragen stellen will.

Giulia schob das Messer mit der rechten Hand etwas weiter nach links und dann wieder zurück über den Tisch. Es klirrte leise.

»Eigentlich wollte ich dich endlich etwas fragen, Mama.«

Ihre Mutter gab einen Laut von sich, den Giulia nicht deuten konnte. Dann sagte sie etwas lauter: »Liebes, gerade ist es ganz schlecht, weißt du. Wir haben heute Abend Gäste, und ich bin mitten in den Vorbereitungen ... Ich muss außerdem noch einkaufen und auch zum Friseur und ...«

Gäste? An einem Montagabend? Seit wann empfingen ihre Eltern unter der Woche Gäste?

»Warum bist du denn dann ans Telefon gegangen?«, unterbrach Giulia sie.

»Ich warte auf einen Anruf«, beschied sie knapp. »Ach, Giulia, jetzt klingelt es auch schon an der Tür. Das ist eine wichtige Lieferung. Ich muss Schluss machen.«

Klick.

Sie hat aufgelegt.

Ihre Mutter hatte tatsächlich aufgelegt, bevor Giulia noch etwas hatte sagen können.

Giulia verharrte eine gefühlte Ewigkeit reglos auf ihrem Stuhl. Das Gespräch mit ihrer Mutter war zweifellos anders verlaufen als erwartet. Sollte sie jetzt ihren Vater anrufen und ihn ausfragen? Irgendetwas in ihr sträubte sich dagegen. Es fühlte sich einfach nicht richtig an. Sie wollte Pina nicht hintergehen. Giulia schob das Messer wieder zurück auf seine ursprüngliche Position. Dabei fiel ihr Blick auf ihr Handy: Der Akku war noch zu vierzig Prozent voll.

Kurzentschlossen wählte sie Trixis Nummer.

»Bauer ...« Trixi klang ziemlich abwesend, als wäre sie gerade mit etwas anderem beschäftigt und nur halbherzig ans Telefon gegangen.

»Trixi? Ich bin's, Giulia.«

»Giulia!« Sofort klang die Stimme ihrer besten Freundin klarer. »Mann, endlich meldest du dich mal, du treulose Tomate. Ich denke jedenfalls die ganze Zeit an dich.«

»Tut mir leid, ich ... Hier ist alles so neu, und es gab echt viel zu tun.«

»Ach, Schwamm drüber. Ich bin dir nicht böse, ist doch klar.« Trixi lachte.

Ja, das war klar. Trixi ließ sich zwar nichts vormachen, aber genauso wenig verschwendete sie Energie damit, etwas nachzutragen. Trixi war eine Freundin zum Pferdestehlen, auch wenn das ein Klischee war.

»Jetzt erzähl doch mal«, drängelte sie. »Ich schenke mir gerade noch einen Tee ein ... Was trinkst du?«

Giulia musste lachen und fühlte sich zum ersten Mal an diesem Tag leicht. »Nach zu viel Espresso jetzt gleich erst einmal Wasser.«

»Wie prosaisch.«

Giulia lachte wieder.

»Und jetzt leg los«, sagte Trixi.

Giulia begann, erst stockend, dann immer schneller, von der Gegend zu erzählen – »bitte, schau dir mal ein paar Bilder im Internet an« –, von der Villa – »ich schick dir Fotos« –, vom Garten, vom Kater und dann auch noch von Fulvio und seiner Frau Loretta. Sie erzählte von den Olivenbäumen und vom Jasmin. Doch kurz bevor das Thema Marco anstand, hielt sie inne.

»Das klingt wie ein Traum«, sagte Trixi.

Ja, dachte Giulia, *irgendwie schon.* Doch sie sagte nichts, sondern brummte nur zustimmend.

»Und hast du eine Idee, was dein Großvater sonst noch getrieben hat?«

»Na ja, Oliven und Jasmin hat er angebaut, wie gesagt. Mehr kann ich nicht sagen. Krösus war er offenbar nicht, aber es scheint, als wären seine Geschäfte solide gewesen.«

»Hm. Wie schmeckt denn das Öl?«

»Gut, sehr aromatisch. Ich habe schon ein paar Mal damit gekocht.«

Sie hörte, wie Trixi ein paar Schlucke trank, dann fragte sie: »Und, wer führt jetzt seine Geschäfte weiter? Du etwa?«

Giulia lachte auf. »Meine Mutter ist die Erbin. Das hängt von ihr ab.«

»Werdet ihr denn verkaufen?«

Giulia schauderte und wusste nicht, was sie sagen sollte.

Ihrer Mutter würde die endgültige Entscheidung obliegen, was mit den Gebäuden und dem Garten geschah.

Und das ist mir nicht gleichgültig.

Immer wieder hatte sie sich bei dem Gedanken ertappt, wie es sein würde, hier zu bleiben. Eher als Gedankenspiel, aber die Idee gefiel ihr. Der Gedanke, dass ihre Mutter das Haus loswerden wollte, beunruhigte sie zutiefst. Aber war das auch jetzt noch so, nachdem das mit Marco geschehen war?

»Und, hast du schon einen schmucken Italiener kennengelernt?«, war jetzt Trixi zu hören, als habe die ihre Gedanken gelesen.

»Glaubst du nicht, dass man auch mal durch die Weltgeschichte gehen kann, ohne jemand kennenlernen zu müssen?«, hörte Giulia sich antworten. *Gute Güte, was ist denn da jetzt in mich gefahren?* Trixi hatte die Frage ja wohl kaum böse gemeint.

Trixi lachte. »Hört, hört.«

Giulia entschied, ihr reinen Wein einzuschenken: »Ich bin einem Nachbarn begegnet.«

»Und? Sieht er gut aus?«

»Hm. Ja, schon.«

Trixi wusste sofort, woran sie war. »Okay, okay, du willst noch nichts über Signor Unbekannt sagen. Wir bleiben also geduldig, aber ich bitte doch sehr darum, auf dem Laufenden gehalten zu werden.«

Trixi liest in mir, wie in einem offenen Buch.

»Klar«, sagte sie lächelnd.

Sie sprachen noch eine Weile über dieses und jenes, Trixi erzählte von ihrem Alltag zuhause. Es machte immer Spaß, mit ihr zu reden, brachte Giulia auf andere Gedanken, ließ sie einen leichteren Blick auf die Welt werfen. Nach dem Gespräch hängte Giulia ihr Handy ans Ladekabel und machte sich dann endlich mit einem Korb und einem Schneidemesser in der Hand auf zu einem Erntezug durch den Garten. Sie pflückte ein paar Tomaten, etwas Salat und Thymian. Daraus mixte sie sich in der Küche einen Salat, gab Olivenöl, Salz und Pfeffer dazu, schnitt ein Stück Brot in kleine Würfel und mengte es unter. Dann setzte sie sich mit der großen irdenen Schüssel auf die Terrasse.

Sie aß langsam. Die Sonne war höher gestiegen und hatte ihr Licht verändert. In der Ferne glitzerte einladend das Wasser. Spätestens übermorgen würde sie wieder nach Levanto fahren müssen, um ihre Vorräte aufzustocken. Und sie würde all die Dinge angehen, wegen deren sie eigentlich gekommen war. Vielleicht konnte sie Marco darüber vergessen. Gestern hatte sie sich von ihm alleingelassen gefühlt. Wahrscheinlich war es einfach besser, die Sache für beendet zu halten, aber ihr Herz klopfte immer noch einen wilden Galopp, wenn sie nur an ihn dachte. Sie konnte nichts dagegen tun.

Ein lautes Klingeln an der Haustür schreckte sie auf. Fulvio und Loretta waren gekommen, um mit ihr die Oliventerrassen zu inspizieren.

ZEHNTES KAPITEL

Giulia erwachte früh am nächsten Morgen, mitten aus einem unruhigen Traum, an dessen Inhalt sie sich kaum erinnern konnte. Da war nur so ein Gefühl in ihr, ein Gefühl der Unsicherheit, ein Gefühl, dass sie das alles einfach nicht überblickte. Vielleicht war es doch falsch gewesen, hierherzukommen? Vielleicht hätte es ihr ein Zeichen sein müssen, dass ihre Mutter all die Jahre kein einziges Mal von diesem Ort gesprochen hatte? Andererseits konnte das doch nicht die Lösung sein. Ach, sie wusste einfach nicht. Sie wusste gar nichts. Und schon gar nicht, was sie selbst tun sollte. Sollte sie um dieses Haus kämpfen, oder sollte sie es jetzt loslassen, auch wenn es sich von Beginn an in ihr Herz geschlichen hatte?

Mittlerweile hatte Giulia Haus, Hof, Garten und Keller ausgiebig begutachtet. Sie hatte Großvaters Unterlagen durchgesehen und weitere Dinge mit Fulvio und Loretta besprochen. Die Begegnung gestern war entspannter abgelaufen. Bis zum späten Nachmittag war sie mit Fulvio durch die Olivenanpflanzungen gegangen, im Anschluss hatte Loretta sie am Haus erwartet. Auch mit ihr hatte sie einige Dinge besprechen können, nichts Persönliches, Gott bewahre. Natürlich hatte sie bemerkt, dass die beiden sich wünschten, Giulia möge eine Entscheidung fällen, aber das Haus gehörte ihr nicht. Sie hatte ein Leben und einen Job in Frankfurt. *Ich kann mir lediglich vorstellen, was ich gerne tun würde.* Dass es Spaß machen könnte, das Haus zu renovieren, Zimmer zu vermieten, den Anbau von Jasmin und Oliven weiter zu betreiben ... Ja, es gab viele Ideen für ein anderes Leben – so kannte sie sich eigentlich gar nicht –, doch letztlich lag die grundlegende Entscheidung einfach nicht in ihrer Hand.

Sie hatte den beiden zumindest vorgeschlagen, ihre Arbeit vorerst wieder aufzunehmen. Und so würde Loretta alle zwei Tage kommen, um sich um das Haus zu kümmern, und Fulvio würde nach dem Garten, dem Jasmin und den Olivenbäumen schauen. Wenn sich keine andere Lösung fand, würde sie die beiden vorerst von ihrem Gehalt bezahlen, oder sie würde mit Vater reden, oder ... *Was auch immer.*

Giulia setzte sich im Bett auf und blickte aus dem Fenster. Das Verwunderlichste am gestrigen Tag war ein Zettel gewesen, den Loretta auf dem Hof gefunden und ihr nach ihrer Rückkehr von den Olivenplantagen stirnrunzelnd entgegengehalten hatte. Es war ein ziemlich ramponierter Kassenbon, die Hühner hatten daran gepickt. Giulias Herz klopfte jetzt wieder wie gestern, als sie auf der Rückseite etwas Geschriebenes entdeckt hatte: *Es tut mir ... weiß nichts Genaues ... mit deiner Mutter ... Marco.* Dazu war eine Telefonnummer gekritzelt, die jedoch wegen des Hühnerpickens auch nicht mehr vollständig zu entziffern war.

Marco war da gewesen. Das war gut. Aber klang diese Nachricht nicht sehr distanziert? Andererseits hatte er seine Nummer hinterlassen. Die ihr jedoch so unlesbar nichts nützte. Zu seinem Hof konnte sie keinesfalls gehen und nachfragen, sie wollte seinem Vater nicht noch einmal begegnen. Wenn sie Marco wirklich etwas bedeutete, würde er sicher nochmal vorbeikommen. So lange musste sie einfach warten.

Giulia stand schwungvoll auf. Am morgigen Mittwoch, so hatte Loretta ihr gesagt, war wie jede Woche Markt in Levanto, den sie unbedingt besuchen sollte. Heute aber würde sie eine Wanderung unternehmen, die förmlich auf dem Touristenpflichtprogramm stand und die sie hoffentlich endlich verlässlich und dauerhaft auf andere Gedanken brachte. Sie würde von Riomaggiore über Manarola, Corniglia und Vernazza nach Monterosso laufen und damit auch einmal die berühmten Cinque Terre gesehen haben.

Nach dem Frühstück lenkte Giulia ihren Twingo ins Tal Richtung Levanto, stellte den Wagen außerhalb des Zentrums ab und ging den Rest der Strecke zum Bahnhof zu Fuß. Obgleich sie früh unterwegs war, war der Zug schon gut gefüllt. Giulia würde die Wanderung in Riomaggiore, dem letzten Ort, starten, weil sie irgendwo gelesen hatte, dass es sich anbot, den Wandertag in Monterosso wegen des größeren Angebots ausklingen zu lassen. In Riomaggiore stieg sie aus, spazierte durch einen Fußgängertunnel hinüber in den verwinkelten Ort hinein und dann runter, bis ans Meer, wo sie ausgiebig Katzen auf Booten fotografierte und sich schließlich einen *caffè* gönnte. *Es ist durchaus o.k.*, dachte sie, *wenn man nicht zu viel nachdenkt. Es ist sogar gut.* Heute wollte sie einfach nur genießen, die anderen Touristen beobachten, ihren Kaffee trinken, und vielleicht noch ein paar und immer wieder neue Fotomotive entdecken.

Das erste große Stück der Wanderung führte Giulia über die vollkommen ebene Via dell'Amore. Der Weg war fast über die gesamte Strecke in den Fels gehauen und selbst vom ungeübtesten Wanderer zu bewältigen. Schon von weitem sah sie Manarola, malerisch auf einer Felszunge gelegen, die sich ins Meer hineinschob. Bunte Häuser waren hier dicht an dicht auf und in den Felsen gebaut. Laut Giulias Informationen handelte es sich vermutlich um das älteste der fünf Dörfer, die Grundsteinlegung der Kirche San Lorenzo datierte auf das Jahr 1160. Giulia schaute sich auch hier eingehend um. Es machte ihr Spaß, durch die Gassen und Gässchen zu laufen, hoch und runter. In einem Laden durchstöberte sie das Angebot an Postkarten und entdeckte dann eine Flasche des lokalen Weins Sciacchetrà, den sie noch am Vortag gemeinsam mit Fulvio und Loretta getrunken hatte.

Der Weg nach Corniglia war anspruchsvoll und führte vor allem bergan, zum Abschluss über viele breite, moderne Treppen. Da es bei ihrer Ankunft Mittagszeit war, kehrte Giulia in einem kleinen Restaurant ein und bestellte Nudeln mit Pesto. Das Restaurant bestand aus einem beinahe quadratischen Raum, der sich über die anderen Häuser erhob und einen hervorragenden Blick auf das Meer freigab, das gut achtzig Meter unter ihr im Sonnenlicht glitzerte. Ein Ausflugsschiff zog vorbei, in Richtung Portovenere. Giulia wählte Tartufo zum Nachtisch, die Wanderung hatte ihr tatsächlich Appetit gemacht, und nahm dann die Strecke in Richtung Vernazza in Angriff. Der Weg führte wieder ein Stück bergan und dann am Rand des Felsens die Küste entlang. An einer Stelle zog sich eine förmlich endlose Treppe noch weiter den Berg hinauf zu einem höher gelegenen Ort. Während ihr zwischen Manarola und

Corniglia zwischenzeitlich viele Menschen begegnet waren, war es hier um diese Zeit ruhiger. An einer kleinen Mauer in unmittelbarer Nähe zu einem Olivenbaum setzte Giulia sich hin, trank ein paar Schlucke Wasser und ruhte sich aus. Die Wanderung war bislang ausreichend anstrengend gewesen, und sie war es eindeutig nicht gewöhnt, so weite Strecken zu gehen. Etwas später zogen Wolken vor die Sonne, und es wurde so kühl, dass Giulia sich ihre Jacke überzog. Sie erreichte Vernazza vom Berg aus, was ihr einen Blick auf das Städtchen erlaubte, das sich, wie Manarola, mit seinen bunten Häusern auf einer Landzunge ins Meer hinausschob, und auf das Kastell, welches sich direkt vorne am Meer befand. Giulia gelangte vorbei an einigen Katzen, Kindern und anderen Touristen in die Gässchen des Dorfes, die jedoch keinesfalls eng wirkten und den Blick auf den Himmel freigaben. Schließlich erreichte sie die Piazza am Hafen und die Kirche, wo sie sich in einem Café einen Cappuccino bestellte und erneut ihre Umgebung beobachtete. In diesem Moment dachte sie zum ersten Mal seit ihrem Aufbruch am Morgen länger an Marco, schob die Gedanken aber schließlich beiseite. Kurz darauf machte sie sich endlich auf das letzte Stück Weg, bergauf, in Richtung Monterosso. Dies war der größte Ort der Cinque Terre, auch wenn so mancher unkte, Monterosso sei anders und gehöre gar nicht mehr richtig dazu. Dort war in jedem Fall auch am meisten los, es gab den breitesten Strand und mehr Hotels, Restaurants und Geschäfte. Giulia konnte sich vorstellen, dass in der Hochsaison heilloser Trubel herrschte. Sie lief ein Stück an einem Strand entlang. Sie hatte gelesen, dass Monterosso zweigeteilt war und man durch einen Fußgängertunnel von einem zum anderen Teil gelangen konnte. Auf dem Felsen über dem Tunnel erhob sich der markante Wachturm Torre Aurora aus dem 16. Jahrhundert. Dort würde sie später auch durchgehen müssen, um zum Bahnhof auf der anderen Seite zu gelangen. Jetzt aber gönnte sie sich abschließend erst einmal eine Limonade in einem Café, während sie sich durch die Bilder auf ihrem Smartphone scrollte. Sie hatte Katzen aufgenommen, bunte Häuser, Wellen, die gegen Felsen schlugen, die Cinque Terre von weit weg und von näher. Immer wieder drängte das Jauchzen der Kinder zu ihr, die in der Nähe auf einem Spielplatz tollten.

Nachdem sie ausgetrunken hatte, schlenderte Giulia noch ein wenig durch den Ort, an dem an manchen Ecken noch immer Spuren des heftigen Unwetters von 2011 zu sehen waren, von dem damals sogar, wie sie sich jetzt erinnerte, in den Nachrichten berichtet worden war. Schließlich ging sie durch den Tunnel zum Bahnhof, kaufte sich endlich doch noch ein Eis und eine Fahrkarte und nahm die Bahn zurück nach Levanto.

ELFTES KAPITEL

Alessandro konnte nicht sagen, wie lange er jetzt schon am Hintereingang seines kleinen Gehöftes stand und zu seinen Olivenbäumen hinüberschaute. Er mochte diesen Anblick: die Bäume mit ihren schmalen, silbrigen Blättern, die Wege, die sich zwischen Stämmen verloren, die Mäuerchen hier und da, das Gras und andere Pflanzen, die sich dazwischen ihren Weg suchten, die Netze in Blau und Orange und ...

Die Erinnerung war wie ein unerwartet heftiger Schmerz, der ihn zusammenzucken ließ. Manchmal war sie von dort hinten gekommen, und dann waren sie einander wie ausgehungert in die Arme gestürzt und hatten einander mit atemlosen Küssen bedeckt. Manchmal hatte sie sehr zerbrechlich auf ihn gewirkt, doch er war immer sicher gewesen, sie stützen, ihr helfen, sie retten zu können. Er trocknete ihre Tränen, jedes Mal. Er wusste, dass er ihr ein guter Mann sein würde.

Pinas Familie hatte nicht von Anfang an in der Gegend gewohnt. Sie waren irgendwann gekommen, aus Genua oder, wie manche behaupteten, La Spezia. Wieder andere sagten, sie seien von noch weiter weg angereist. Sie waren anders als die Leute hier. Sie hatten die Villa von Giancarlo gekauft, die zu diesem Zeitpunkt ziemlich verfallen und nicht viel wert gewesen war. Manche sagten, dass Giancarlo ihnen zu viel Geld für die Bruchbude abgeluchst hatte, aber Giancarlo entgegnete, dass sie das Geld bezahlen wollten, schließlich hätten sie sich nicht beschwert, warum also sollte er ihnen widersprechen? Die Martinis wollten hierbleiben, und sie wirkten glücklich mit ihrer Entscheidung.

Als Alessandro die Familie schließlich kennenlernte, war er erstaunt, dass sie viel kleiner war als alle Familien, die er kannte. Es gab nur Vater, Mutter – und Pina. Bei ihrer ersten Begegnung ging sie auf den Terrassen seiner Familie spazieren, wo er gerade im Auftrag seines Vaters einige Olivenbäume begutachtete. Irgendwie kamen sie ins Gespräch. Es tat gut, mit ihr zu sprechen. Alessandro konnte sich nicht erinnern, je mit irgendjemandem so lange gesprochen zu haben. Schon gar nicht mit einer Frau, die ihn normalerweise doch eher beunruhigten. Und dann hatten sie beide immer wieder dafür gesorgt, dass sie einander wieder begegneten. Erst sprachen sie über unverfängliche Sachen. Dann erzählten sie einander erstmals von ihren Familien. Sie war eigentlich kein Mensch, der viel von sich erzählte, aber ihm hatte sie vertraut. Er hörte ihr zu, wenn sie von ihrer Mutter Letizia erzählte, über deren Gemüt eine dunkle Wolke lag, oder von ihrem Vater mit dem Kopf voller Ideen, von denen er jeden Tag eine andere verfolgte. Ihr Leben war nicht leicht. Auch ihre Familie lebte vom Olivenanbau, das aber eher schlecht als recht. Die Martinis, so erkannte Alessandro rasch, hatten einfach keine Erfahrung.

Als sie sich schon länger trafen und er sich immer sicherer fühlte, dass er das Leben mit ihr teilen wollte, nahm er sie erstmals mit nach Hause. Sie hatte ihm gesagt, sie wolle gerne nähen lernen, und er packte die Gelegenheit beim Schopf. Denn im Gegensatz zu seiner Mutter konnte Letizia weder nähen noch richtig kochen. Laut Pina machte sie nichts, was mit

Frauenarbeit zusammenhing. Pinas Mutter war für ihn und die anderen in dieser Gegend eine Frau wie aus einem Film, eine Frau, wie man sie hier eigentlich nicht kannte.

Seine Mutter war zunächst misstrauisch gewesen, brachte Pina dann aber das Nähen bei, nicht zuletzt, weil auch das letzte ihrer »bunten Fähnchen«, wie die Leute im Dorf Letizias Kleider nannten, die Pina auftrug, den Geist aufzugeben drohte.

»Ist das denn ein Kleid?«, fragte man im Dorf und schüttelte den Kopf darüber, dass man mit so etwas herumlaufen konnte und sich nicht schämte. Alessandro schloss sich dem Tratsch nicht an, im Gegenteil, er versuchte sogar, dagegenzuhalten.

Seine Mutter brachte ihr nach dem Nähen auch noch das Kochen und die Haushaltsführung bei. Pina wurde sicherer. Und in seiner Gegenwart fühlte sie sich wohl. In seiner Gegenwart gewann sie an Entschlossenheit, der wankende Boden unter ihren Füßen gewann an Festigkeit, und sie begannen, Pläne zu schmieden. Bald versprach seine Mutter, ihn zu unterstützen, weil sie Pina liebgewonnen hatte. Sein Vater hingegen blieb reserviert. Seiner Meinung nach hatte Pinas Familie eigentlich keine Probleme. Er fand, dass es ihnen offenbar immer zu gut gegangen war, dass sie nie um etwas hatten kämpfen müssen, wie er sagte, und deshalb auch gar nicht wüssten, wie das war.

Eines Tages erzählte Pina Alessandro, dass ihr Vater davon träume, Jasmin anzubauen. Es klang so, als stamme er ursprünglich aus einer solchen Gegend, aber Alessandro kam es dennoch sehr seltsam vor, und zu Pinas Zeit hier kam es auch nie dazu.

Alessandro fokussierte jetzt seinen Blick, der immer weiter in die Ferne geglitten war, je mehr er sich in Gedanken verlor. Er hatte sich nie vorstellen können, dass irgendwann alles wieder hochkommen würde. Bebend holte er Luft.

Nach Enzos Tod hatte er natürlich darüber nachgedacht, was wohl geschehen würde. Ihm war klar, dass man nach Enzos Verwandten suchte, und er hatte sich gefragt, ob er *sie* wohl wiedersehen würde. Aber zum einen hatte er die ganze Sache einfach weit von sich geschoben, und zum anderen hatte er sich nicht vorstellen können, dass Pina je wieder hier auftauchte. Das hatte sie schließlich all die Jahre nicht getan. Als aber Marco ihm erzählte, dass er jemanden getroffen hatte – eine Frau aus der Villa, noch dazu auf ihren Terrassen – und sie eingeladen hatte, da ... Was auch immer er gehofft hatte, hatte sich in dem Moment zerschlagen, als diese Giulia bei ihnen aufgetaucht war. Er hatte doch nicht ahnen können, dass Pinas Tochter ihr so unglaublich ähnlich sehen würde! Genauso wenig, wie er sich hatte vorstellen können, dass ihn das so aus dem Gleichgewicht werfen würde. Wie damals, als Robert Zeidler aufgetaucht war und sich sein ganzes Leben geändert hatte.

ZWÖLFTES KAPITEL

Am Morgen nach der Wanderung schmerzten Giulias Beine von der ungewohnten Bewegung, aber es fühlte sich auch gut an, sich körperlich betätigt zu haben. Giulia hatte die gewanderte Strecke noch einmal auf Google Maps nachvollzogen und war stolz auf sich. Nach dem Aufwachen duschte sie rasch, schlüpfte in Jeans, T-Shirt und Sneakers und trank auf der Terrasse einen großen Milchkaffee, zu dem sie ein paar Kekse knabberte. Die Terrasse war längst zu einem ihrer liebsten Aufenthaltsorte geworden. Es war friedlich hier. Sie hatte einen wunderbaren Blick in den Garten und konnte, je nachdem, wie früh es war, dem Tag förmlich beim Erwachen zusehen. Sie war hier immer früher aufgewacht als gewohnt, als könne sie es nicht erwarten, sich der Schönheit des Tages und der Gegend hinzugeben.

Die Luft war auch heute meeresfrisch und füllte sich langsam mit weiteren Düften. Eine Morgenbrise bewegte Bäume und Sträucher. Vögel sangen und wechselten dann zu einem Warngezwitscher. Der Kater tauchte von seiner nächtlichen Jagd auf. Kurze Zeit später waren erste, vereinzelte Stimmen zu hören. Aus dem Tal schwebte Motorenlärm zu ihr herauf.

Heute fand der Markt statt, von dem Loretta gesprochen hatte. Enzos frühere Haushälterin ging immer früh am Morgen dorthin, doch sie hatte Giulia gesagt, dass es sich auch am späten Vormittag noch lohne, auch wenn in dieser Woche vor Ostern sicher mehr Touristen als sonst vor Ort sein würden.

Loretta würde, wie abgemacht, gegen sechzehn Uhr vorbeikommen, und dann wollten sie sich Pinas altes Zimmer vornehmen. Giulia wollte dort aktiv nach Spuren der Vergangenheit suchen, denn Pina wich ihr weiterhin beharrlich aus. Dennoch versuchte sie es mit einem weiteren Anruf bei ihr. Vergeblich, aber Giulia hatte auch nichts anderes erwartet. Sie frühstückte fertig, stellte dem Kater Futter und frisches Wasser hin, machte einen Rundgang durch den Garten, ließ die Hühner frei, pflückte ein wenig Jasmin, verteilte ihn in Vasen im Haus und schnappte sich dann ihren Rucksack, einen Einkaufskorb, zur Sicherheit eine kleine Kühltasche und den Autoschlüssel.

In Levanto dauerte es eine Weile, bis sie einen Parkplatz fand, aber schließlich hatte sie Glück: Jemand fuhr weg, und Giulia übernahm die Lücke. Sie parkte den Twingo und schlenderte zuerst durch den Park. Das Eiscafé war noch geschlossen, aber ein paar Kinder spielten bereits Ball auf einem kleinen, kreisrunden Platz. Ihr Weg führte sie am Supermarkt und am Kino vorbei, dann in die Fußgängerzone, die Marco ihr während ihres gemeinsamen Ausflugs nur kurz hatte zeigen können. Damals hatten sie beschlossen, dass an einem anderen Tag auch noch Zeit dafür war, dann war die Einladung zu Marco nach Hause gekommen und dann ...

Marco. Giulia dachte an den Zettel, den er ihr hinterlassen hatte. Und je mehr sie daran dachte, desto unsicherer wurde sie, was sie wirklich davon halten sollte. Sie empfand durchaus Ärger – wäre er nicht noch einmal gekommen, wenn sie ihm wichtig wäre? –, gemischt mit einer spürbaren Prise Traurigkeit. Sie wusste: Wenn sie ihn vergessen wollte, würde das viel Kraft erfordern. Das Gefühl für ihn ließ sich nicht so einfach abschütteln.

Ich bin verliebt. Giulia zuckte zusammen. Sie wollte das nicht, aber sie konnte nichts dagegen tun. Er hatte sie berührt, so, wie die Gegend sie berührt und verändert hatte ... *Ich glaube, ich bin wirklich verliebt.*

In der Fußgängerzone mischten sich Einheimische mit Touristen. Ein paar sorgsam gekleidete und frisierte ältere Damen standen zusammen und redeten angeregt, ein älterer Herr hatte sich auf seinen Spazierstock gestützt und musterte etwas in einem Schaufenster. Mehrere Kinder rannten lachend und schreiend hintereinander her. Sie hörte deutsche Stimmen. Ein bärtiger Hipster-Vater trug ein schlafendes Kind in einer Trage an ihr vorüber. Vor einem Fahrradladen waren Eltern mit der Auswahl eines ersten Fahrrads für ihr Kind beschäftigt, das sich allerdings vordringlich für die Superhelden-Klingel interessierte. Giulia bog nach rechts und dann wieder nach links ab, einen schmalen Weg an einem Wohnblock entlang, vor dem ein paar rostige Schaukeln standen. An einer Stelle war ein deutsches Großelternpaar mit seinem etwa eineinhalbjährigen Enkel stehen geblieben, der sich sehr für die Löcher in einem Kanaldeckel interessierte. Der Großvater war ungeduldig und drängte darauf, weiterzugehen. Die Großmutter sah ihrem Enkelsohn geduldig zu. Giulia ging an ihnen vorbei und erreichte nach wenigen weiteren Schritten die Markthalle.

Neugierig trat Giulia ein. Die Halle war gefüllt mit eher einfachen, aber gut bestückten Ständen, an denen Fisch, Wurst,

Käse und vieles mehr zum Verkauf dargeboten wurde, dazu Olivenöl, selbstgemachte Marmeladen und Gemüse, vermutlich aus eigenem Anbau. Giulia lief neugierig von Stand zu Stand und musterte das Angebot. Es war beeindruckend. Sie belauschte Verkaufsgespräche, französische, deutsche und italienische Stimmen. An einem Fischstand läutete ein kleiner Junge begeistert eine Glocke. Giulia fiel der winzige Stand einer älteren Dame ins Auge, der aus kaum mehr als einem wackligen Tisch und einem Klappstuhl bestand. Die Frau packte einem Pärchen gerade ein Gemüse ein, das Giulia vollkommen unbekannt war.

»Was ist das?«, erkundigte sie sich neugierig auf Italienisch, nachdem das Pärchen seinen Einkauf abgeschlossen hatte.

»Cima di rapa«, antwortete die ältere Dame freundlich.

Ah, Stängelkohl, davon hatte Giulia schon gehört. Eine Art Brokkoli, die ungewöhnlich würzig und etwas bitter schmecken sollte. Giulia erkundigte sich nach der Zubereitungsart, und die Verkäuferin schlug vor, die Stängel in Stücke zu schneiden, Blättchen und Blüten kleinzuzupfen oder zu schneiden und alles in Olivenöl, Knoblauch und Zwiebeln zu dünsten, um es dann mit Salz, Pfeffer und Zitronensaft abzuschmecken. Ihrer Beschreibung nach benötigte das Gemüse kaum fünf Minuten Garzeit. Giulia bedankte sich und kaufte ein wenig *cima di rapa*. Dann musterte sie das weitere Angebot und entschied sich für ein Glas selbstgekochte Orangenmarmelade und ein paar Zucchini mit schönen Blüten, wie sie sie in ihrem eigenen Garten noch nicht gesehen hatte. Endlich zog sie sich in eine ruhigere Ecke zurück und ließ alles auf sich wirken, während sie überlegte, welche Zutaten sie noch kombinieren, was sie noch kaufen und insbesondere zu Ostern in ihrer

Küche verarbeiten wollte. Sie hatte Lust zu kochen, und die würde sie sich nicht nehmen lassen. Am Herd zu stehen und etwas zu zaubern hatte ihr immer gutgetan.

Sie machte einen zweiten Rundgang, schnupperte an verschiedenen Obstsorten, begutachtete eingehend den Fisch und ging dann hinaus ins Freie, wo weitere Marktstände aufgebaut waren. Hier gab es ein buntes Angebot an Kleidung, Taschen, Schuhen, Küchengeräten und verschiedenen anderen Gütern. Das Geschehen war lebendig, aber nicht zu laut. Giulia ließ sich treiben, betrachtete hier und da ein Angebot genauer, beobachtete andere Käufer, lauschte und stellte zufrieden fest, dass sie das Italienisch der Gegend immer besser verstand. In den wenigen Tagen hier hatte sie schon deutliche Fortschritte gemacht. Sie dachte an das italienische Wiegenlied, das ihr gestern kurz vor dem Einschlafen eingefallen war – da ihre Mutter es ihr wohl kaum vorgesungen hatte, hatte sie es vermutlich in der Schule gelernt.

Nach einer Weile kehrte Giulia mit einer klaren Vorstellung von dem, was sie kochen wollte, in die Markthalle zurück. Sie entschied sich für Fisch zu Karfreitag – es sollte Burrida geben, eine ligurische Fischsuppe –, ließ sich Käse zum Probieren geben, kaufte schließlich ein Stück Provolone und zudem eine würzige Wildschwein-Salami, die die Verkäuferin als typisch für die Gegend anpries. Es machte Giulia Spaß, an einem Ort einzukaufen, an dem Essen ganz offensichtlich eine solch bedeutende Rolle spielte. Dies hier war nicht die Feinkostabteilung eines Kaufhauses, mit deren Besuch man irgendwie auch Eindruck zu schinden trachtete, hier gehörte gutes Essen ganz einfach zum Leben und zum allgemeinen Wohlbefinden dazu.

Giulia verstaute zufrieden und voller Vorfreude alles in ihrem Korb und im Rucksack und trat dann hinaus ins helle Tageslicht. Vielleicht hatte sie ihn da schon wahrgenommen, vielleicht geschah es just in diesem Moment, doch es brauchte noch eine gefühlte Ewigkeit, bis er ihr bewusst wurde: Marco. Zuerst war es nur eine vertraute Bewegung gewesen, dann fing sie seinen Blick auf, und dann stand sie ihm mit einem Mal gegenüber.

»Giulia ...«, sagte er.

»Marco«, entgegnete sie. Mehr nicht.

Wie lange war er jetzt schon in der Stadt unterwegs, wie viele Gespräche hatte er auf dem Markt geführt? Marco hatte keine Ahnung, alles zerfaserte und verband sich in seinem Kopf zu einem klumpigen Brei. Seit dem verpatzten Abendessen vor drei Tagen ging gedanklich alles durcheinander, und bisweilen hatte er Schwierigkeiten, sich zu konzentrieren. Nicht genug damit, dass er sich um seinen Vater und dessen Probleme Gedanken machte. Als er in Bologna studiert hatte, hatte er sich nicht wirklich vorstellen können, einmal wieder hier zu arbeiten, aber er spürte einfach eine Verpflichtung gegenüber seinem Vater und dem Hof und den Olivenbäumen, die Verpflichtung einem Heim gegenüber, das seine ganze Familie ernährt hatte, solange er denken konnte. Natürlich tat er all dies auch, weil er wusste, wie sehr es Alessandro treffen würde, den Hof und damit alles zu verlieren. Das konnte er seinem Vater einfach nicht antun.

Und jetzt auch noch Giulia. Sie hatte nicht auf seine Nachricht reagiert, und jetzt stand sie plötzlich vor ihm. *Giulia.* Warum hatte sie nicht reagiert? Er hatte es nicht verstanden, vielleicht aber hatte er auch alles falsch verstanden, was zwischen ihnen gewesen war: ihr Lächeln, ihre Blicke, ihr Interesse ...

Unwahrscheinlich war eine Begegnung nicht gewesen, Levanto war zwar nicht klein, aber doch übersichtlich. Irgendwann lief man sich zwangsläufig über den Weg, aber in diesem Moment war er nicht darauf vorbereitet. Einen Augenblick starrten sie einander an, dann räusperte Giulia sich, doch Marco öffnete den Mund als Erster.

»Giulia ...«

»Marco.«

»Schön, dich zu sehen«, brachte er als Nächstes hervor.

Sie nickte. »Ich habe mir den Markt angeschaut«, sagte sie und deutete auf ihren Korb. »Und ein bisschen eingekauft.«

Marco folgte ihrer Handbewegung mit dem Blick und nickte verstehend. »Sieht gut aus. Soll es frittierte Zucchiniblüten geben?«

»Vielleicht.«

Smalltalk, sie taten sich beide schwer damit. Marco schob eine Hand in seine Jackentasche und spielte mit seinem Schlüssel. Es klimperte. Hatte er jetzt etwa den Blick über sie wandern lassen? Es war, als habe er sich nicht ganz unter Kontrolle – ein ungewohntes Gefühl. Dann musste er an den Moment denken, als er sie zum ersten Mal zwischen den Olivenbäumen gesehen und sein Herz fast sogleich schneller geschlagen hatte. Er hatte das schon lange nicht mehr erlebt, und lange Zeit hatte er es gar nicht erleben wollen, um nicht noch einmal so tief verletzt zu werden. Aber als Giulia zwischen den Bäumen aufgetaucht war, hatte sich alles verändert, und er hatte gar nichts anderes machen können, als den Dingen ihren Lauf zu lassen.

Und jetzt stand sie schon wieder überraschend vor ihm. Ein zweites Mal und doch ganz anders, nach dem, was geschehen war. Sie sah gut aus, in der einfachen, aber hochwertigen Kleidung, die sie offenbar bevorzugte. Die Jeans umschloss ihre schlanken Beine, der Rotton des T-Shirts passte hervorragend zu ihren Haaren und zu ihrem Teint. Er dagegen trug ein altes Holzfällerhemd und Arbeitshosen, dazu schwere Schuhe, denn er war recht kurzfristig aufgebrochen, als der Vater ihn darum gebeten hatte, weil es ihm nicht gut gehe. Und es ging Alessandro nicht gut, weil die Erinnerungen zurück waren, gegen die er sich offenbar einfach nicht wehren konnte.

Hör auf, sie anzustarren.

Er wandte den Kopf ab und tat so, als überprüfe er das Angebot an einem der nähergelegenen Stände: Haushaltszubehör, Kinderunterwäsche, Schnürsenkel. Warum sagte sie eigentlich nichts zu dem Zettel? Vielleicht hatte Alessandro ja recht, und er musste vorsichtiger sein. Vielleicht vertraute er zu schnell. War ihm das nicht schon einmal passiert? An der Uni war es Michelle gewesen, für die er auch Übersetzungen angefertigt hatte, bis sie ihn mir nichts, dir nichts für einen anderen in die Wüste geschickt hatte. Der Moment, als er die beiden in seinem Bett erwischt hatte, war in der Erinnerung durchaus noch sehr frisch. Unwillkürlich verschränkte er die Arme vor der Brust. Dann blickte er Giulia wieder an und bemerkte erneut dieses Gefühl der Vertrautheit zwischen ihnen, und es kostete ihn einiges an Beherrschung, dem nicht nachzugeben und sie einfach zu fragen. Er wollte gerne wissen, warum sie nicht auf seinen Zettel reagiert hatte, aber er war auch zu stolz, um nachzuhaken. Er musste sich keine Abfuhr einhandeln, daran hatte er keinen Bedarf.

Giulia räusperte sich. »Ich bin jedenfalls froh, das hier einmal gesehen zu haben«, sagte sie jetzt.

»Hm«, brachte Marco hervor, dann schwieg er wieder, und für einen Moment sah sie tatsächlich verunsichert aus.

Nach ein paar Sekunden öffnete sie den Mund, als wolle sie noch etwas sagen, schwieg dann aber. »Ich muss dann mal wieder«, sagte sie endlich. Es klang, als breche sie ihren Satz irgendwie ab, als habe sie ihn etwas fragen wollen, aber vielleicht kam ihm das nur so vor. »Vielleicht sieht man sich«, fügte sie noch hinzu und hob grüßend die Hand.

Mehr als ein Nicken brachte er nicht zustande.

Marco ... Ich habe Marco wiedergesehen. Seit sie ihn hatte stehen lassen, drehten sich Giulias Gedanken um nichts anderes. Sie hatte ihn nach dem Zettel fragen wollen, und es dann doch nicht getan. Irgendwie waren ihr nicht die richtigen Worte eingefallen. Und wäre das nicht eigentlich seine Aufgabe gewesen? Er hätte sie zumindest fragen können, ob sie den Zettel gefunden hatte. War es nicht so? Oder zumindest versuchen können, das Verhalten seines Vaters zu erklären. Sie fand jedenfalls, dass er die Gelegenheit gehabt hätte, einiges aufzuklären, aber wahrscheinlich fand er das doch nicht so wichtig? Je länger sie darüber nachdachte, desto mehr fiel ihr auf, dass er recht wortkarg gewesen war.

Als ob er mir eigentlich nichts zu sagen hatte.

Vielleicht hatte er auch gar nicht mit ihr sprechen wollen? Er hatte nicht besonders enthusiastisch gewirkt, sie zu sehen. Giulia schaute auf die Uhr. Sie hatte noch Zeit, bis Loretta kam, und sie beschloss, auf dem Rückweg trotz des Gepäcks ein paar Umwege zu gehen und nach Fotomotiven Ausschau zu halten, um auf andere Gedanken zu kommen. Ihr Blick blieb an einem Plakat hängen, das auf einen historischen Umzug an Ostern hinwies. Den konnte sie sich doch anschauen. Es war gut, ein paar Pläne zu haben, damit sie nicht auf dumme Gedanken kam, und sie war schließlich auch eine Touristin. Sie war hier, um die Gegend kennenzulernen. Zuhause war Ostern immer ein schönes Familienfest gewesen, jetzt würde sie es sich hier nett machen. Bei dem Bäcker in der Fußgängerzone kaufte sie noch ein Weißbrot und süße Leckereien, die sie Loretta vorsetzen konnte.

Abschließend musterte sie noch einmal den Inhalt ihres Korbes. Zeit am Herd zu verbringen würde ihr ganz sicher helfen, sich über manche Dinge klarer zu werden. Irgendwie hatte sie sich einfach von den Entwicklungen mitreißen lassen, damit war jetzt Schluss. Sie würde ihre Gedanken ordnen, Entscheidungen treffen, wo das möglich war. Entschlossen betrat sie den Supermarkt und kaufte noch Mineralwasser, Milch und Joghurt. Ein paar Straßen weiter entdeckte Giulia im Schaufenster eines Lebensmittelladens verlockend leckeren Kochschinken und schlug kurzentschlossen auch hier zu. Eine Weile verfolgte sie danach noch neugierig den Verkauf in einem Nudelgeschäft. In den nächsten Tagen würde sie auch dort einmal einkaufen. Fürs Erste war sie aber ausreichend ausgestattet. Als sie endlich wieder am Park in der Nähe ihres Autos ankam, hatte die Eisdiele aufgemacht und sich davor bereits eine Schlange gebildet. Giulia entschied sich während des Wartens für *fragoline di bosco*, Walderdbeere, und eine neue Sorte mit kandierten Früchten, *cassata*. Sie bereute es nicht, denn das Eis schmeckte köstlich.

Aus dem kleinen Park gegenüber drang das Jauchzen von

Kindern zu ihr herüber. Giulia schlenderte Eis schleckend weiter, bis auf Höhe des Spielplatzes mit seinen Schaukeln, einer Rutsche und etwas, das aussah wie ein riesiges Wipp-Gerät in Form eines Schiffes. Eltern saßen ringsherum auf Bänken oder gingen ihren Kindern zu Hilfe. Das Sprachengewirr war europäisch. Die Ferienzeit zeigte sich hier deutlich. Giulia bemerkte eine Süßigkeitenbude, die sie beim letzten Mal nicht gesehen hatte, vielleicht war sie auch in der Zwischenzeit in Vorbereitung auf das Osterwochenende aufgebaut worden. Dahinter ließen sich Kinder auf einem Trampolin in die Luft schleudern. Auf dem Stückchen Himmel, das die Bäume frei gelassen hatten, kreisten Vögel. Noch etwas weiter hinten auf dem Rund spielten die älteren Kinder immer noch Ball. Ein paar Mädchen schlugen Rad. Zwei, drei Kinder waren mit dem Fahrrad unterwegs. Große und kleine Kinder wurden ohne Anstrengung in das Spiel integriert. Die Stimmung war gut und freundlich, und Giulia spürte, wie sie ruhiger wurde. Ein Mann herzte ein Baby, ein Mädchen in Rosa mit wilden, dunklen Locken schaukelte hoch hinaus. Giulia erinnerte sich plötzlich, wie es sich angefühlt hatte, in den Himmel hinaufzuschaukeln, und musste lächeln.

Und genau in diesem Moment erblickte sie Marco – zum zweiten Mal an diesem Tag.

Er stand mitten auf dem Spielplatz, an seiner Seite eine äußerst zierliche, beeindruckend hübsche Frau in Jeans, Bluse und Turnschuhen, daneben ein etwa neunjähriges Mädchen, das sehnsüchtig zu dem Trampolin schielte und dann etwas zu Marco sagte. Giulia beobachtete wie erstarrt, wie er sich zu dem Kind herunterbeugte, mit ihm sprach und dabei offenbar irgendetwas sagte, was das Kind zum Lachen brachte. In

Giulia zog sich von einem Moment auf den anderen schmerzhaft alles zusammen. *Weg, nur weg hier*, schoss es ihr durch den Kopf, *nur weg, bevor er mich sieht!* Sie stolperte davon. Der Appetit war ihr vergangen, sie warf ihr Eis auf dem Weg zum Auto kurzerhand in den Mülleimer. Die Entschuldigung, die ihr ein paar fußballspielende Jungs zuriefen, deren Ball sie um Haaresbreite verfehlt hatte, nahm sie kaum wahr. Sie wollte nichts hören, nichts sehen. Sie wollte nur weg. Wie hatte sie nur so dumm sein können, sich von einem gutaussehenden Italiener um den Finger wickeln zu lassen, wie in so einer dämlichen Schmonzette oder in einem der italienischen Mehrteiler aus den Achtzigern und Neunzigern mit Barbara de Rossi, die Trixis Mutter so gerne geschaut hatte. Von einem Moment auf den anderen brach Giulia der Schweiß aus. *Ach, Trixi, ich wünschte so sehr, dass du jetzt hier wärst. Du könntest mir bei allem helfen, bei allem ...* Ihre Hände zitterten, als sie versuchte, ihr Auto aufzuschließen.

Verdammt, warum ging der Mistschlüssel nicht ins Schloss?

»*Signorina?*«

Was sollte das denn jetzt? Giulia wollte nicht, dass sie jemand ansprach, nicht jetzt. Sie wollte nur weg. Wenn dieser verdammte Schlüssel nur endlich ins Schloss gehen würde!

»*Signorina*, Sie sehen traurig aus. Das macht mich traurig.«

Das war ja wohl der bescheuertste Anmachspruch, den sie je gehört hatte, und dann auch noch ausgerechnet in diesem Moment. Giulia wirbelte entnervt herum – und traute ihren Augen nicht: Vor ihr stand der Mailänder, der Mann, der ihr und Marco bei ihrem Ausflug nach Levanto begegnet war, der, den er so eisig angesehen hatte, mit dem er gesprochen hatte, der, den er voller Verachtung »die Heuschrecke« genannt hatte. *Halt*, mahnte sie sich selbst. *Eigentlich weiß ich nichts von ihm. Eigentlich weiß ich nicht, ob er eine Heuschrecke ist.* Alles, was sie über ihn sagen konnte, hatte ihr Marco eingeflüstert, der es ganz offenbar, wie sie jetzt wusste, mit der Wahrheit nicht so genau nahm. Giulia atmete tief durch.

»Alles o.k., *signorina*?«, hakte der Mann freundlich und interessiert nach.

»Klar, danke.«

»Wir haben uns schon gesehen«, fügte er mit einem Lächeln hinzu.

»Ja?« Sie tat unwissend.

»Sie sind mir aufgefallen, wissen Sie?«, fuhr er fort. »Schöne Frauen fallen mir auf.«

Wieder so ein bescheuerter Spruch, aber irgendwie tat es auch gut, das zu hören, gerade in diesem Augenblick, gerade nach dem, was sie gesehen hatte ... *Hatte Marco Frau und Kind, die er ihr verschwiegen hatte, hatte er beabsichtigt, sie beide zu betrügen? Das war jetzt vielleicht zu soapopera-mäßig, andererseits ... Ich weiß nicht, was ich denken soll.*

»Darf ich Sie einladen? Ich denke, Sie könnten eine Aufmunterung vertragen. Schöne Frauen sollten nicht traurig aussehen ...«

»O.k., warum nicht?«, hörte Giulia sich sagen. *Verdammt, warum sollte ich mich nicht einladen lassen? Was spricht dagegen? Nichts.* Sie musste auf niemanden Rücksicht nehmen, schon gar nicht auf Marco. *Wollte sie sich rächen? Ja, vielleicht wollte sie das: für das schlechte Gewissen, für Dinge, die sie naiver Weise geglaubt hatte.* Der Mailänder streckte die Hand vor. Sie schlug ein.

»Ihr Deutschen gebt euch die Hand, nicht wahr? Ich bin Paolo Messi aus Mailand.« Er hielt ihre Hand vielleicht etwas länger als nötig. Giulia war froh, dass er sie nicht auf die Wangen geküsst hatte, das wäre ihr nun doch zu nah gewesen. »Und ich will auch gleich ganz ehrlich mit Ihnen sein. Ich bin Makler. Nicht jeder in diesem schönen Städtchen mag mich. Sie könnten zur Aussätzigen werden, wenn man uns zusammen sieht.« Er zwinkerte ihr zu.

Giulia lachte auf. »Das nehme ich auf mich, wenn Sie mich denn gut unterhalten. Ich bin Giulia Zeidler, und ja, ich komme aus Deutschland.«

Oh ja, es fühlte sich gut an, dass er ihr gleich die Wahrheit sagte, nach allem, was bis hierhin und besonders heute geschehen war. Sein Händedruck war angenehm gewesen, nicht zu fest und nicht zu locker, einfach entschlossen, der Handdruck eines Mannes, dem man vertrauen konnte. Er beabsichtigte nicht, ihr etwas vorzumachen. Er war auch heute gut gekleidet, in leichten Chinos und einem sichtlich teuren Hemd. Seine Haare waren gut geschnitten. Er trug Loafer, ohne Strümpfe. Freizeitkleidung, aber doch nicht zu leger, ein Italiener, der Wert auf sein Äußeres legte, ein Mailänder eben.

»Sie tragen einen italienischen Namen, und Sie sprechen gut Italienisch«, stellte er jetzt fest. Sie sagte nichts darauf. Es war eine Floskel, und er erwartete keine Antwort, das wusste sie, aber sie wurde charmant vorgebracht, also lächelte sie zumindest.

»Also, wo darf ich Sie hinführen?«, fuhr er fort, indem er ihr Lächeln erwiderte.

Giulia zuckte die Achseln. »Ich bin noch nicht oft hier gewesen. Ich kenne mich nicht wirklich aus.«

»Dann haben Sie wohl kein Haus für mich?«, scherzte er und schlug dann die »Piper bar« vor, eine Strandbar unten am Meer Richtung Norden.

Giulia stimmte zu, und nachdem sie endlich ihre Einkäufe im Wagen und den Fisch in der Kühlbox verstaut hatte, folgte sie Paolo am Schwimmbad an der Piazza Colombo vorbei und dann an der Mauer entlang. Auch hier hatten sich wieder einige Leute versammelt, und am Strand warteten die Surfer auf bessere Wellen.

Paolo Messi wies sie auf die Punta di Mesco und die Punta di Levanto hin, gefolgt von den Worten »vielleicht haben Sie in den nächsten Tagen ja Lust auf einen Spaziergang?«.

Giulia reagierte auch darauf mit einem Lächeln.

Die Bar, die sie schließlich erreichten, war einfacher, als Giulia erwartet hatte, mit einem Holzboden aus groben Brettern, durch deren Fugen an einigen Stellen der Strand zu sehen war, ein paar einfachen Tischen und Stühlen sowie Fenstern aus Plastik, die man bei Bedarf gegen schlechte Witterung schließen konnte. Dabei bot sie einen ausnehmend schönen Blick auf das Meer und die Umgebung. Linker Hand führte eine Mole ins Meer hinaus, wo ein Pärchen Fotos voneinander schoss. Giulias Blick fing sich kurz an einem gelben Haus, während sie Paolo von dem Tunnel erzählen hörte, der durch den Berg nach Bonassola hinüberführte. Auch Marco hatte ihr davon erzählt.

Ich werde nicht an ihn denken.

Als ihre Bestellung kam, lehnte Paolo sich in seinem Stuhl vor und rührte mit einem Löffelchen in seiner kleinen Kaffeetasse. Giulia hatte einen Cappuccino bestellt, obwohl man das als Italienerin um diese Uhrzeit wahrscheinlich nicht tat.

Nun, ich bin ja auch nur Halbitalienerin. Ich darf das also.

»Das ist ein netter Weg durch die Tunnel. Früher musste man zu Fuß über den Berg, auch nett, aber eben anstrengend. Ich jogge dort gerne, wenn ich hier bin«, sagte Paolo. »Ich bin trotz allem überhaupt gerne hier, auch wenn mir hier manche regelrecht feindselig begegnen.«

Giulia überlegte, ob sie nachfragen sollte, entschied sich dann aber dagegen. Es ging sie nichts an. Das Touristenpärchen am Nachbartisch bekam eine Pizza, bei deren Anblick Giulia das Wasser im Mund zusammenlief.

»Haben Sie Hunger?« Paolo musste ihren Blick bemerkt haben. Er war wirklich sehr aufmerksam, dabei wirkte er nicht aufdringlich. Giulia war beeindruckt.

Sie warf rasch einen Blick auf ihre Uhr. Es war bereits nach dreizehn Uhr, und sie hatte seit dem Morgen nichts mehr gegessen. Oh ja, sie hatte definitiv Hunger, und sie würde sich den Appetit durch die heutigen Ereignisse auch gewiss nicht verderben lassen.

»Bestellen Sie ruhig eine, die Pizza schmeckt wirklich so gut, wie sie aussieht. Auch hier.«

»Na gut.« Giulia lächelte und spürte zugleich, dass sie sich weiter entspannte.

»Darf ich für Sie bestellen, und wir trinken noch einen Wein dazu?«

»Gut.« Sie nickte entschlossener, als sie war. *War es nicht etwas zu früh für Wein? Andererseits war sie durchaus erwachsen und konnte doch wohl selbst entscheiden …* Die Bedienung brachte die Weingläser, und sie prosteten einander zu. Kurz darauf stand eine duftende Pizza vor ihr. Sie war wirklich sehr einfach, ein eher unregelmäßiger Fladen aus sehr schmackhaftem

Teig, belegt mit sehr dünnen Schinkenscheiben und großen, saftig grünen Basilikumblättern.

»Wie unsere Fahne«, scherzte Paolo. Dann erzählte er von seiner Arbeit, und er tat es auf durchaus unterhaltsame Weise. Giulia erwischte sich dabei, ihn eindringlicher zu beobachten, während sie ihren letzten Schluck Wein trank. Der Mann sah wirklich gut aus, und er verströmte einen Charme, der das Gegenüber nicht überforderte, sondern seine Gegenwart äußerst angenehm machte. Sein Haar hatte den perfekten Schnitt. Schafften das eigentlich nur italienische Friseure? An den Schläfen mischte sich etwas silbriges Grau zwischen das Schwarz. Er trug einen sehr dezenten Dreitagebart. Auch er trank den letzten Schluck von seinem Wein.

»Diese Arbeit, aufgegebene Gehöfte oder auch ein Stück Land aufzukaufen und an meine, ja, durchaus wohlhabendere Kundschaft zu verkaufen, ist sehr befriedigend«, sagte er und legte eine Pause ein, offenbar dachte er über etwas nach. »Auf einer menschlichen Ebene, wissen Sie. Manchmal denke ich, sie – also meine Kunden – haben schon alles, aber dann sehe ich ihre Gesichter, wenn sie das hier sehen ... Wenn ich ihnen meine Häuser zeige, und dann weiß ich, dass ihnen etwas gefehlt hat und dass ich das Richtige mache.« Er machte eine ausladende Geste mit dem Arm. »Es ist schön hier, nicht wahr? Es ist einfach unglaublich schön, das haben Sie sicher auch bemerkt. Es berührt einen hier.« Er klopfte sich leicht auf die Brust. »Und es ist ja auch so, dass meine Käufer Geld in die Läden und damit potenziell wieder Leben in diese Orte bringen.«

Giulia schwieg. Warum sagte er ihr das? Oder hatte er einfach recht? Natürlich war ihr bewusst, dass es an vielen Orten dieser Welt ein Problem war, dass wohlhabende Menschen Häuser und Land kauften, dort aber kaum hinfuhren, während die alte Bevölkerung wegen der steigenden Preise gezwungen war, wegzuziehen, sodass die Orte letztendlich »starben«.

Paolos Stimme riss Giulia wieder aus ihren Gedanken. »Sie wirken nachdenklich. Habe ich etwas Falsches gesagt? Das täte mir sehr leid.«

»Nein, nein ...« Sie hatte Mühe, seinem forschenden Blick standzuhalten. Die mittägliche Sonne gab dem Ganzen irritierenderweise einen beinahe werbereifen Anstrich. Paolo lächelte sie wieder an, und Giulia erwiderte sein Lächeln. Und dann stand da plötzlich jemand unten am Strand und schaute zu ihnen hinauf: Marco.

Für Giulia war es, als kühle sich die Temperatur von einem Augenblick auf den anderen um mehrere Grad ab. Mit einem Mal war es ihr nicht mehr möglich, Paolos Schilderungen zu folgen. Der Ausdruck auf Marcos Gesicht ... Es gab keinen Zweifel, wie sie es auch drehte und wendete: Er sah verletzt aus. Und ihm zu begegnen, fühlte sich mit einem Mal nicht wie der Sieg an, den sie sich vielleicht erhofft hatte, im Gegenteil.

Falls ihn Giulias plötzlicher Wunsch, nach Hause zu fahren, verwunderte, ließ Paolo es sich nicht anmerken. Er begleitete sie sogar zurück zum Auto. Giulia öffnete die Tür.

»Vielleicht sieht man sich ja nochmal«, sagte sie in der Hoffnung, dass ihr Lächeln nicht zu gezwungen wirkte.

Er zuckte lächelnd die Achseln. »Die Welt ist klein, besonders hier«, sagte er dann auf seine charmante Art. Er schien nicht im Geringsten irritiert zu sein.

»Das stimmt«, entfuhr es ihr. Sie verabschiedeten sich per Handschlag, dann startete Giulia den Wagen und navigierte ihn aus der Parklücke. Sie sah Paolo Messi im Rückspiegel, der ihr hinterherblickte, bis sie um die Ecke bog.

»Ist das dein Ernst?«

Paolo drehte sich langsam um. Er war offenbar nicht überrascht.

»Ich wusste, dass du kommen würdest, Marco. Ich wusste, dass du mir hinterherschleichen würdest, nachdem du uns gesehen hast. Du kannst es nicht lassen, oder? Seit damals nicht. Aber wir alle treffen unsere Entscheidungen, jeder Einzelne von uns, und du musst damit leben. So ist das eben. Übernimm endlich die Verantwortung für das, was in deinem eigenen Leben passiert.« Paolo Messi schaute noch einmal in die Richtung, in der Giulias Twingo verschwunden war. Dann musterte er Marco eindringlich.

Der spürte, wie ihm die Kehle eng wurde, wie ihn ein Gefühl von Unbehagen und Ärger überkam. Er musste sich diese Vorwürfe nicht machen lassen, und doch reagierte er auf sie, so wie immer, wenn er Paolo gegenüberstand.

»Dir liegt also etwas an ihr?«, erkundigte sich Paolo und legte dann eine kurze Pause ein. »Sie gefällt dir, ja? Apropos: Willst du mich nicht vielleicht auch einmal fragen, wie es Michelle geht? Sie fragt immer mal nach dir.«

Marco sog tief die Luft ein und stieß sie dann hörbar aus. »Das interessiert mich ehrlich gesagt nicht mehr, Paolo.«

Michelle ... Eine Zeitlang war es tatsächlich so gewesen, dass Marco bei Paolos Anblick an nichts anderes hatte denken können. Das war am Anfang gewesen, kurz nachdem Michelle ihm überraschend den Laufpass gegeben hatte, unmittelbar nachdem er Paolo mit der Frau in seinem Bett erwischt hatte, mit der er selbst den Rest seines Lebens hatte verbringen wollen. Paolo hatte damals seine ersten großen Verträge als Makler abgeschlossen und ihn in Bologna besucht. Sie kannten sich schon lange, aus den Ferien, die Marco meist bei seinem Vater verbracht hatte, und hatten sich über die Jahre nie ganz aus den Augen verloren. Mit dem Älterwerden hatten sie sich vielleicht nicht wirklich gut verstanden, aber doch auch nicht schlecht, also hatten sie über all die Jahre Kontakt gehalten. Jetzt verzog Paolos Mund sich zu einem falschen Lächeln. *Wann hat er sich so verändert?*, fuhr es Marco durch den Kopf. Es musste irgendwann zwischen dem Schulabschluss, mit dem sie sich auch in den Ferien nicht mehr gesehen hatten, und ihrer ersten Begegnung danach gewesen sein.

»Bei meiner Abreise war Michelle in unserer Wohnung in Mailand«, beantwortete Paolo seine Frage selbst, als Marco schwieg, »aber ich denke, sie wird dann in eines unserer Ferienhäuser gefahren sein. Sie mag Abwechslung, das weißt du besser als ich. Weißt du übrigens, dass ein Modefotograf in unserem Loft Aufnahmen von ihr gemacht hat? Michelle ist ihm auf der Straße aufgefallen, beim Shoppen.«

Marco starrte Paolo an. »Nein, woher sollte ich das wissen?«, spie er dann hervor. Die Erzählungen ärgerten ihn, aber es hatte Zeiten gegeben, da hatte ihn die Erwähnung von Michelle stärker getroffen. Immerhin war sie seine erste große Liebe gewesen. Er hatte sie in einem seiner ersten Seminare kennengelernt, und sie war so lebensfroh gewesen, und so hübsch, dass sie allen Männern den Kopf verdrehte. Doch ausgewählt hatte sie ihn, und er hatte es erst kaum fassen können. Er hatte bis zu diesem Zeitpunkt wenig Erfahrung mit Beziehungen gehabt, hatte bis dahin nie so tiefe Gefühle empfunden wie die, die er für sie entwickelt hatte.

Paolo zuckte die Achseln. »Vielleicht hat sie es dir ja gesagt? Ich hatte zwischenzeitlich den Eindruck, ihr beiden habt doch noch Kontakt.«

Marco schüttelte den Kopf. Er war immer noch zu emotional, was diese Sache anging. Es waren nicht nur die Geschäfte, die Paolo als Makler machte, da war auch etwas zutiefst Persönliches zwischen ihnen, das er einfach nicht ignorieren konnte. Die große Kluft zwischen ihnen wurde schon in der Kleidung deutlich. Denn natürlich war Paolo, der Makler, auch heute erlesen gekleidet, was Marcos praktische Arbeitskleidung noch einfacher wirken ließ. Marco hasste diese Situation, zwang sich aber, Paolo anzusehen. »Nein, haben wir nicht, da kannst du dir sicher sein. Wir haben schon lange nicht mehr gesprochen. Es gibt nichts, was wir besprechen müssten.«

Paolo wandte den Blick ab und schaute sinnend in die Ferne. Marco starrte ihn von der Seite an. Paolos Gesicht war von ausgesprochen klassischer Schönheit. Marco erinnerte sich, dass es Zeiten gegeben hatte, da er darauf durchaus neidisch gewesen war, und das, obgleich ihn Michelle aus anderen Gründen verlassen hatte.

»Nicht? Kein Kontakt mehr?« Paolo runzelte die Stirn, als könne er das nicht glauben. »Wirklich, sie redet hin und wieder noch von dir. Manchmal denke ich, sie tut das, wenn sie mich ärgern will, wenn sie denkt, ich sollte mich etwas mehr anstrengen. Und immerhin lag ihr einmal etwas an dir. Sie hat dich nicht einfach vergessen. Sie hat eine Entscheidung getroffen, weil sie weiß, bei wem es ihr besser geht.«

Marco wandte den Blick ebenfalls in die Ferne. Ihm kam der Gedanke, wie das wohl aussah, wie sie da jetzt nebeneinanderstanden und in die Ferne schauten. Vielleicht wie zwei Freunde, die sich getroffen hatten? Vermutlich waren sie beide gut darin, zu verbergen, was sie fühlten.

Paolo räusperte sich. »Es sind übrigens sehr schöne Bilder geworden. Sie ist eine wunderschöne Frau, das weißt du ja.«

Marco wandte sich ihm zu. »Für dich sind Frauen immer noch Trophäen, was?«

Paolo zuckte nur die Achseln. »Frauen mögen es, wenn Männer etwas zu bieten haben, das hast du nur nie verstanden. Zu einer Beziehung gehört mehr als Liebe und Sex, denn davon kann man letztendlich nicht leben.« Er grinste süffisant. »Das wusstest du doch, oder?«, fügte er dann hinzu.

»Ich habe nie ...«

»Du musst Frauen auch etwas bieten, wenn du die Richtige haben willst. Sicherheit, Luxus, ein bisschen Spaß und Abenteuer und natürlich Auswahl ... Warum sollte man nur für sich selbst geliebt werden? Das tut man doch selbst auch nicht.« Paolo musterte ihn und schien auf eine Antwort zu warten. »Willst du nichts sagen?«

»Nein, will ich nicht. Im Übrigen habe ich jetzt keine Zeit mehr. Man sieht sich.«

»Darauf würde ich wetten.«

DREIZEHNTES KAPITEL

Als Giulia endlich in der Villa ankam, stand die Sonne schon leicht hinter dem Gebäude und ließ den Eingangsbereich dunkler und im ersten Moment auch ablehnend wirken, aber wahrscheinlich war das eher ihrer Stimmung geschuldet. Sie war immer noch überrascht, wie sehr es sie traf, dass Marco Paolo und sie zusammen gesehen hatte. Jetzt hätte sie sich ihm gerne erklärt, andererseits: Sollte es ihr nicht egal sein? Eigentlich hatte er ihr doch etwas zu erklären.

Giulia stieg langsam und erschöpft die ausgetretenen Stufen zum Haupteingang hinauf und schloss auf. Die Tür knarrte leise, als sie sie aufschob. Giulia nahm sich vor, sie spätestens morgen zu ölen. Sie durfte sich nicht zu sehr in Gedanken verlieren; in Gedanken an Marco und sein Verhalten ihr gegenüber, ihre Gefühle für ihn; die seltsame Reaktion seines Vaters; an ihren Großvater und die Vergangenheit ihrer Mutter; und nicht zuletzt Gedanken über ihre begrenzte Zeit hier und darüber, was sie wollte mit dem Haus, ihrem Leben und ihrem Job ...

Das ist doch alles viel zu kompliziert. Vielleicht war es doch an der Zeit, nach Hause zu fahren?

Aber schon im Flur verteilte sich der feine Duft des Jasmins, den sie am Morgen gepflückt hatte und der sie jetzt einen Moment innehalten ließ und trotz allem ein Lächeln auf ihr Gesicht zauberte. Ihre Laune besserte sich schlagartig.

Nein, wenn sie nach Hause fuhr, würde sie die offenen Themen nicht hierlassen, das wusste Giulia nur zu genau. Sie musste sich ihnen stellen – und sie würde mit ihrer Mutter anfangen.

Nachdem sie die Einkäufe in der Küche verräumt hatte, setzte sie sich auf die Terrasse und wählte Pinas Nummer. Als sich nach dem sechsten Signal die Mailbox einschaltete, legte Giulia auf, rief aber gleich noch einmal an. Doch Pina Zeidler ging auch dieses Mal nicht ran. Giulia legte das Handy nachdenklich vor sich. Wie lange sollte das denn jetzt noch so weitergehen? Sie hatte seit ihrer Ankunft hier schon so oft versucht, mit ihrer Mutter zu reden, aber ganz offenbar hatte die nicht die Absicht, ans Telefon zu gehen, zumindest nicht, wenn der Name ihrer Tochter auftauchte. Was erhoffte sich Pina von diesem Verhalten? Sie würde nicht weiter schweigen können, das musste ihr doch klar sein!

Aber so leicht entkommst du mir nicht. Giulia schaute entschlossen in den Garten hinab, wo die Nachmittagssonne zwischen dem Jasmin, den Oliven-, Mandel- und Orangenbäumen spielte. Sie ärgerte sich über das Verhalten ihrer Mutter, aber sie würde jetzt nicht mehr warten. Ganz sicher würden sich in ihrem Mädchenzimmer Dinge finden, die Aufschluss gaben über die Vergangenheit und über die Person, die ihre Mutter einmal gewesen war, darüber, was ihr gefallen hatte, was sie gelesen und getragen hatte. Das würde ihr vielleicht die Gelegenheit geben, endlich zu verstehen. Sie würde auch Loretta fragen, vielleicht hatte sie ihre Mutter zumindest ein wenig gekannt. Zumindest konnte sie ihr mehr über Enzo erzählen, mehr, als sie bis jetzt getan hatte. Wenn sie denn wollte.

Eine halbe Stunde später tauchte Loretta auf. Sie brachte Putzmittel, Handschuhe und sogar Schutzanzüge wie für eine Renovierung mit, inklusive Gesichtsmasken. Giulia fand das zuerst übertrieben, war dann aber doch froh über die Ausrüstung, auch wenn Pinas Zimmer im Vergleich zu den beiden anderen in relativ gutem Zustand war und die Möbel darin sich vielleicht sogar weiter benutzen ließen.

Loretta trat zuerst ein. Giulia atmete tief durch und folgte ihr dann. Als sie die Fensterflügel weit öffnete, um den Geruch eines seit langem leerstehenden Zimmers herauszulassen, flatterte eine Taube aufgeregt davon. Als Erstes warfen sie gemeinsam die Matratze aus dem Fenster in den Garten. Fulvio würde sich zu einem späteren Zeitpunkt darum kümmern. Dann begannen sie, den Vogelkot zu entfernen, was einige Zeit in Anspruch nahm, auch wenn es weniger war als in den anderen Zimmern. Dennoch war Giulia sehr dankbar für ihren Mundschutz. Schließlich nahm sie vorsichtig die Bilder von der Wand, die ihrer Mutter wahrscheinlich viel bedeutet hatten, und legte sie in eine Kiste, die Loretta bereitgestellt hatte, für den Fall, dass Pina diese Erinnerungsstücke doch noch einmal ansehen wollte. Sie räumten auch den Schrank aus, in dem sich ein paar aus der Mode gekommene, sorgfältig aufgehängte Kleider und so etwas wie eine Arbeitsuniform in Form eines dunklen Kostüms und einer weißen Rüschenbluse befanden. Ganz unten standen ein Paar Schuhe mit Blockabsätzen, eine Schachtel mit Steinen in intensiv roten, blauen und grünen Farben – offenbar hatte ihre Mutter also Steine gesammelt –, eine Schachtel mit billigem, aber wohlausgewähltem Schmuck und mehrere zerlesene Liebesromane.

Insgesamt fegten Loretta und Giulia Unmengen von Staub zusammen und wischten zweimal durch. Nach drei Stunden hielten sie erstmals inne. Das Zimmer war deutlich sauberer als vorher, aber noch nicht sauber genug. Das Metallbett stand jetzt noch darin, ohne Matratze, und der Schrank, dessen Türen weit geöffnet waren und in dem nur noch die Kleider hingen, weil Giulia nicht entscheiden konnte, was damit geschehen sollte. Alles andere, was ihr etwas über ihre Mutter erzählte – die Steine, die Bücher, der Schmuck –, hatte Giulia in die Kiste gepackt. In jedem Fall war ihre Mutter offenbar eine sehr ordentliche junge Frau gewesen.

Giulia schaute sich um. Einiges an Arbeit blieb noch. Insbesondere das kleine Waschbecken links neben der Tür würde Zeit in Anspruch nehmen, bevor es wieder sauber war. Leider war es ihnen nicht gelungen, den Wasserhahn zu öffnen, darum würde Fulvio sich kümmern.

Die Wände, dachte Giulia, *könnten auch einen neuen Anstrich vertragen.* Aber eigentlich gingen alle weiteren Aktivitäten hinsichtlich des Hauses über ein sinnvolles Maß hinaus, denn es gehörte ihr nicht, und sie wusste nicht, was damit geschehen würde. Trotzdem: Irgendwie fühlte es sich an, als ob es das Haus verdiente, aus seinem Dornröschenschlaf geweckt zu werden.

Sie schaute zu Loretta, die eine letzte Fuhre Dreck auf die Schaufel fegte, und sagte: »Genug für heute. Ich mache uns einen Tomatensalat.«

»In Ordnung.«

Während der Arbeit hatten sie nicht viel miteinander geredet, und Giulia hoffte, dass sie beim Essen Gelegenheit dazu bekommen würde. Sie verschwand nach unten, während Loretta das Fenster schloss und noch ein Stück Pappe vor die zerbrochene Scheibe setzte.

Loretta hatte wie Giulia den Schutzanzug ausgezogen und saß schon am Tisch auf der Terrasse, als Giulia wenig später den Salat aus frischen Tomaten und Kräutern aus dem Garten sowie das frisch gekaufte Weißbrot hinaustrug. Zum Nachtisch würde sie noch die in Levanto gekauften Küchlein servieren. Schade, dass Fulvio heute nicht kam. Giulia mochte den ruhigen Mann. Loretta ließ ihren Blick über den gedeckten Tisch gleiten.

»Sie kochen gerne«, stellte sie fest.

»Es ist ein guter Ausgleich zu meiner Arbeit.«

»Was arbeiten Sie?«

»Ich bin Rechtsanwältin.« Giulia verteilte den Tomatensalat auf zwei Teller, schenkte Mineralwasser in zwei Gläser.

»Oh. Sind Sie zufrieden mit Ihrem Beruf?«

Giulia zuckte die Achseln. Sie war zumindest nicht unzufrieden, aber so richtig erfüllend war der Beruf für sie auch nicht, das war ihr in den Tagen ihres Aufenthalts noch deutlicher geworden. Aber das würde sie hier und jetzt gewiss nicht mit Loretta besprechen. Zugegebenermaßen schüchterte die Frau sie immer noch etwas ein. Sie wirkte sehr streng mit ihrem kurzen, praktischen Haarschnitt und dem wie aus Holz geschnittenen Gesicht. *Habe ich sie schon mal lächeln sehen?*

Giulia fasste sich ein Herz. »Das mit dem Kochen habe ich von meiner Mutter. Kannten Sie sie eigentlich?«

Loretta hielt einen Moment inne, kaute dann weiter und schluckte schließlich. »Sie ist ein wenig älter als ich«, sagte sie endlich. »Ich war vierzehn, als sie ging. Sie war gerade neunzehn geworden. Wir hatten nicht wirklich viel miteinander zu tun. Ich habe natürlich gehört, was die Leute redeten, aber damals habe ich noch nicht für Ihren Großvater gearbeitet. Anfangs wollten meine Eltern das auch nicht. Aber wenn man erwachsen ist, trifft man irgendwann seine eigenen Entscheidungen, nicht wahr?« Sie trank einen Schluck Wasser. »Bis ich Enzo kennenlernte, wusste ich nicht, wie hart ihn das Verschwinden seiner Tochter getroffen hatte. Wir wussten alle nicht viel von ihm. Wissen Sie, dass er bis zuletzt gehofft hat, dass sie zurückkommt? Er war ja ganz alleine. Erst war seine Frau gestorben, dann ist seine Tochter gegangen. Sie war ja das Letzte, was ihm geblieben war.«

Giulia legte ihre Gabel nachdenklich zur Seite. Ob ihre Mutter ahnte, wie sehr er gelitten hatte? Sie hatte sicher einen Grund gehabt, zu gehen, und auch dafür, den Kontakt abzubrechen, aber ihr Großvater tat Giulia leid. »Das muss schlimm für ihn gewesen sein.«

»Es war schlimm.«

»Und wissen Sie, warum meine Mutter gegangen ist?« Giulia hielt den Atem an.

»Nein. Ich war, wie gesagt, zu jung, und auf das, was die Leute geredet haben, setze ich keinen Pfifferling. Das ist es nicht wert, erzählt zu werden, glauben Sie mir.«

Giulia war zwar neugierig auf die Gerüchte, spürte aber, dass sie an dieser Stelle nicht weiterkommen würde.

»Und seine Frau? Meine Großmutter?«, fragte sie stattdessen.

»Von ihr weiß ich fast nichts. Sie hieß Letizia. Meine Mutter hat mir erzählt, dass sie die Villa nur selten verlassen hat. Natürlich war sie einkaufen, aber ansonsten lebte sie sehr zurückgezogen. Sie wollte wohl einfach nichts mit uns zu tun haben. Sie hatte sehr feine, bunte Kleider, darüber sprachen meine Mutter und ihre Freundinnen. Sie war eben anders als die anderen. Meine Großmutter sagte immer, sie habe nicht hierher gepasst. Sie hat auch anders gesprochen. Ihr Großvater und sie waren von anderswo hierhergekommen. Sie haben die Villa gekauft. Ich denke, sie hatten Pläne ... Jeder, der ein großes Haus kauft, hat Pläne.« Loretta spießte eine Tomate auf und verspeiste sie, riss dann ein Stück Weißbrot ab und steckte es sich in den Mund. »Das haben Sie aus der Bäckerei in der Fußgängerzone«, stellte sie fest.

»Ja.« Giulia nahm ihre Gabel wieder auf und schob ein Stück Tomate auf ihrem Teller von einer Seite zur anderen. »Mehr wissen Sie also nicht über die beiden, und mein Großvater hat auch nie mehr erzählt?«

Loretta schüttelte den Kopf. »Nein, wie gesagt, ich war viel zu jung, und er war ein sehr privater Mensch. Er war ein guter Mensch, aber viel wussten wir nicht von ihm. Niemand wusste viel von ihm. Er behielt Dinge für sich. So war das.«

Giulia spießte die Tomate auf und schob sie sich in den Mund. Sie schmeckte himmlisch, süß, als bewahre sie alle Sonnenstrahlen in sich, die sie im Laufe ihres Wachstums getroffen hatte. Sie fragte sich, ob Enzo irgendwo in der Villa Erinnerungen an sein früheres Leben aufbewahrt hatte. Sie hatte bisher nichts gefunden. Wo hatte er mit seiner Frau und seiner Tochter gelebt, bevor er die Villa gekauft hatte? Giulia nahm die Serviette, wischte sich den Mund ab und schob ihren Teller von sich.

»Wann ist er denn eigentlich Witwer geworden?«

»Zwei Jahre, bevor Ihre Mutter gegangen ist, glaube ich. Die

Leute waren überrascht, dass seine Frau so plötzlich gestorben ist. Sie war ja noch sehr jung. Ich glaube, es war ein Unfall.«

Giulia runzelte die Stirn. Hatte der Tod ihrer Mutter eine Bedeutung für Pinas spätere Entscheidungen gehabt? Nachdenklich machte sie sich auf den Weg in die Küche und bereitete Espresso zu. Als sie mit den beiden Tassen und den süßen Leckereien zurückkam, hatte Loretta ihren Stuhl so zurechtgestellt, dass sie in den Garten schauen konnte.

»So haben wir hier abends oft mit Ihrem Großvater zusammengesessen. Wir haben gemeinsam gegessen und über den Tag geredet. Ich denke, für ihn waren wir seine Familie, nachdem er sonst alle verloren hatte.«

Giulia war zutiefst berührt. »Ich möchte Ihnen sehr dafür danken, dass Sie für ihn da gewesen sind«, sagte sie ehrlich.

Loretta nickte lediglich zur Antwort. »Er war ein guter Mensch. Er hat Tag und Nacht geschuftet, und er hat die Villa geliebt, auch wenn es nicht überall so aussieht.«

Giulia nickte und nippte an ihrem Espresso. »Ja. Ich bin mir auch sehr sicher, dass es ihn geschmerzt hat, das Zimmer meiner Mutter zu betreten. Trotzdem habe ich den Eindruck, dass es gegenüber den anderen in besserem Zustand ist.«

Loretta nickte. »Das war wohl so. Ich habe ihn zwar nie dort hineingehen sehen – ich war ja nie dort oben –, ich denke aber trotzdem, dass er manchmal dort gesessen hat. Ich fühle das.«

Loretta half ihr wie selbstverständlich, das Geschirr zusammenzuräumen und nach drinnen zu tragen.

Giulia entschied, die restliche *torta della nonna*, einen mit Pudding gefüllten Mürbeteigkuchen mit Pinienkernen und

Puderzucker, für Fulvio einzupacken. Dann holte sie tief Luft. »Loretta«, fragte sie vorsichtig, »wollen wir uns duzen?«

Abends im Bett ließ Giulia den Tag noch einmal Revue passieren. Überrascht stellte sie fest, dass sie am Nachmittag kaum noch an Marco gedacht hatte, doch jetzt kehrten ihre Gedanken unwillkürlich zum Spielplatz zurück. Die Szene stand Giulia noch immer plastisch vor Augen. Die Fremde in Marcos Begleitung war so unglaublich schön gewesen. Es gab nicht viele Menschen, die so schön waren. Wer war diese Frau? Und war das wirklich Marcos Kind? Und was kümmerte sie das, ging es sie denn überhaupt etwas an? Hatte sie die Situation nicht vielleicht von Anfang an einfach überinterpretiert: der gutaussehende Mann zwischen den Olivenbäumen, sein vermeintliches Interesse an ihr ... So etwas passierte doch nur in irgendwelchen Filmen, niemals aber im wirklichen Leben. Vielleicht war Marco ja auch einfach nur freundlich gewesen, und sie irgendwie bedürftig, denn normalerweise verfiel sie ja durchaus nicht jedem freundlichen Lächeln. Und trotzdem hatte sie sich verknallt ...

Giulia wälzte sich eine Weile unruhig hin und her, bevor sie wieder aufstand und sich einen Verveinetee zubereitete, den sie ebenfalls im Vorratsschrank gefunden hatte, doch auch der zeigte nicht die erwünschte, beruhigende Wirkung. Zurück im Bett, drehte sie sich weiterhin von der einen zur anderen Seite und wieder zurück. Je mehr sie sich anstrengte, nicht an Marco zu denken, desto mehr kreisten ihre Gedanken um ihn.

Sie rief sich das Gespräch mit Loretta noch einmal ins Gedächtnis. Loretta hatte das »du« tatsächlich angenommen, allerdings hatte sie Giulia kaum Antworten auf ihre vielen Fragen geben können, die würde sie anderweitig finden müssen. *Und Mama will nicht mit mir reden.*

Muss ich ihr doch von Angesicht zu Angesicht gegenübertreten? Ist das die einzige Möglichkeit, sie zu einem Gespräch über die Vergangenheit, aber auch über die Zukunft zu zwingen?

Es war bereits ein Uhr, als Giulia ihre Versuche, einzuschlafen, endgültig aufgab und aufstand. In der Küche schenkte sie sich zuerst ein großes Glas Wasser ein und ging dann kurzentschlossen in Enzos Büro. Sie öffnete die Tür zum Garten und ließ die laue Nachtluft hinein. Als sie sich auf den Schreibtischsessel setzte, tauchte der rote Kater auf und sprang auf ihren Schoß. Sie begann, ihn zu streicheln.

Was will ich?

Die Sache war, dass sie es nicht wusste, und doch spürte sie, dass sie sich im Moment gegen den Gedanken sträubte, nach Deutschland zurückzukehren. Sie war hier noch nicht fertig, und außerdem ... *Mir fehlt hier gerade nichts.* Andererseits konnte sie, was auch immer sie sich wünschte oder vorstellte, ihrer Arbeit in Deutschland nicht ewig fernbleiben, auch wenn ihr Chef ihr Vater war und sicherlich bereit, ein, zwei Augen zuzudrücken.

Giulia schüttelte den Gedanken ab. Noch musste sie gar nichts entscheiden, er hatte ihr vier Wochen Urlaub gewährt, und die würde sie sinnvoll nutzen.

Sie ließ ihren Blick über die Ordner gleiten, und plötzlich kam ihr ein Gedanke: Ob Großvater Fulvio und Loretta wohl in irgendeiner Weise bedacht hat? Als sie auf die Schnelle in Mamas Post gestöbert hatte, war ihr dazu nichts aufgefallen, und sie hatte bislang auch hier nichts in den Unterlagen gefunden, allerdings war sie auch noch lange nicht mit allen Papieren durch. Loretta und Fulvio hatten ihn als guten, umsichtigen Arbeitgeber beschrieben, und, so war jedenfalls Giulias Eindruck, die drei hatten sich auch über die Arbeit hinaus in gewisser Weise nahegestanden. Eigentlich konnte sie sich nicht vorstellen, dass Enzo die beiden ohne einen Cent zurückgelassen hatte – vielleicht war es aber auch so, dass sie sich wünschte, ihr unbekannter Großvater sei so großzügig gewesen.

VIERZEHNTES KAPITEL

Loretta klingelte Giulia am nächsten Morgen sehr energisch aus dem Schlaf, und die war zuerst so desorientiert, dass sie einen Moment brauchte, um aufzustehen und von oben über das Treppengeländer nach unten zu rufen: »Guten Morgen! Ich bin gleich da.«

»Guten Morgen«, grüßte Loretta gut gelaunt aus der Halle zurück. Es war das erste Mal seit Giulias Ankunft, dass sie das Haus mit dem Schlüssel betrat. Bis gestern hatte Giulia darüber nachgedacht, ihn von ihr zurückzufordern. Loretta hatte ihr keinen Grund geliefert, ihr zu misstrauen, und auch ihre Kompetenzen bislang nicht überschritten.

Außerdem hat Großvater ihr vertraut.

»Ich bin in der Küche«, war wieder Lorettas Stimme zu hören.

Giulia hörte sie durch die Halle gehen, dann wurde eine Tür knarrend geöffnet. Sie hörte das fordernde Miauen der Katze. Giulia huschte ins Bad, um sich fertig zu machen. Sie war erst spät ins Bett gekommen und erst in den frühen Morgenstunden eingeschlafen.

Als Giulia kurz darauf die Küche betrat, empfing Loretta sie mit einem breiten Lächeln. Sie hatte bereits Kaffee aufgebrüht und einen Teller mit Biscotti befüllt.

»Noch einmal guten Morgen, Loretta.« Giulia nahm den

Kaffee aus der Hand der Italienerin entgegen. »Oh gut, danke! Hast du dir auch einen genommen? Bitte, bedien dich.«

Loretta ließ sich nicht zweimal auffordern, trank den Kaffee anders als Giulia aber schwarz.

Giulia bot ihr dennoch Milch an. Loretta sollte nicht glauben, dass sie sich nicht auch an der Milch bedienen durfte. Ihre Erzählungen hatten gezeigt, dass sie sich zu Enzos Lebzeiten in der Villa wie zuhause hatte fühlen dürfen. Daran musste sich nichts ändern. »Vielen Dank. Ich hatte meinen *caffè latte* schon zuhause«, erklärte Loretta.

»Setzen wir uns noch ein bisschen raus, bevor wir loslegen?«, schlug Giulia vor.

»Gerne.«

Sie gingen auf die Terrasse zu dem großen Tisch aus Olivenholz. Es war bereits warm, auch wenn der Garten erst später richtig in der Sonne liegen würde. Schweigend genossen sie ihren Kaffee. *Wieder fühlt es sich an,* stellte Giulia fest, *als ob das mein Ort ist, als ob ich hierhergehöre. Ich will ihn behalten.* Giulia überlegte kurz, Loretta von der Funkstille mit Pina zu erzählen. Vielleicht hatte die ja einen Rat, wie sie ihre Mutter zur Rede stellen konnte.

Als die Tassen leer waren, ließ Loretta es sich nicht nehmen, sie zurück in die Küche zu räumen, während Giulia sich schon auf den Weg nach oben machte. Als sie die Tür zum Mädchenzimmer öffnete, schlug ihr dieses Mal der feine Duft des Orangenreinigers vom Vortag entgegen. Der Raum wirkte jetzt ganz anders als noch gestern Nachmittag. Ihre gemeinsamen Anstrengungen hatten ihn verändert, vermutlich erinnerte er in diesem Moment mehr daran, wie er gewesen war, als ihre Mutter als junges Mädchen noch darin gewohnt hatte. Giulia öffnete die Flügel des Fensters weit, um zu lüften und mehr Licht hereinzulassen, denn die Pappe, die das Loch verdeckte, ließ den Raum doch dunkler wirken. Fulvio würde sich baldmöglichst um die fehlende Scheibe kümmern und auch die Matratze und die stockfleckigen Decken und Kissen wegbringen.

Giulia musterte die Wände, an denen hellere Flecken davon erzählten, dass hier gestern noch Bilder gehangen hatten. Sie ging ins Bad, ließ Wasser in den Eimer und gab Reiniger hinzu. Unten war mit einem Mal Fulvios Stimme zu hören, und kurz darauf kam er mit Loretta die Treppe hinauf.

Er lächelte Giulia zur Begrüßung freundlich an. »*Buongiorno.* Loretta hat mir gesagt, ich soll mir das Waschbecken ansehen.«

»*Buongiorno.* Gerne!«

Fulvio hatte Werkzeug mitgebracht, und schon nach wenigen Handgriffen war ein Knirschen zu hören und ein paar Tropfen gelblich roten Wassers quollen aus dem Hahn. Dann gurgelte und spritzte es plötzlich, die Tropfen wurden zu einem festeren Strahl, der, erst noch verfärbt, immer klarer und klarer wurde.

»Alles gut«, sagte Fulvio in gebrochenem Deutsch und fügte dann auf Italienisch hinzu, dass mit dem Wasseranschluss in diesem Zimmer offenbar alles in Ordnung war. Dann stemmte er die Hände in die Seiten und sah sich um. »Die Wände könnten mal gestrichen werden. Und der Boden könnte auch was vertragen. Ein bisschen abschleifen und ölen ... Das ist schönes Holz.« Er bückte sich und strich sanft mit der Hand darüber.

Giulia verstand nicht jedes Wort, aber seine Begeisterung sprach Bände. Fulvio untersuchte noch das kaputte Fenster, dann rief er einen Freund als Helfer an, der glücklicherweise Zeit hatte und kaum eine halbe Stunde später auftauchte. Die Scheibe war schnell ersetzt. Giulia entschied nach kurzem Überlegen tatsächlich, die Wände in diesem Raum bald zu streichen. Es fühlte sich einfach richtig an. Fulvio und sein Freund entsorgten die Dinge, die Loretta und Giulia am Vortag aus dem Fenster geworfen hatten. Die anderen beiden Räume würden sie erst angehen, wenn klar war, was mit der Villa geschehen würde.

Gegen Mittag machten sie eine Pause und aßen Bruschetta, die Loretta zubereitet hatte. Giulia fand sie äußerst lecker und nahm sich vor, das Rezept in den nächsten Tagen auch einmal auszuprobieren. Es war bedauerlich, dass es zuhause selten so intensiv schmeckende Tomaten oder so herrliches Basilikum gab, denn beides machte den verführerischen Geschmack dieses einfachen Essens aus. Danach verabschiedete sich Fulvios Freund, und die drei machten sich wieder an die Arbeit. Langsam, sehr langsam verfärbte sich das Putzwasser nicht mehr dunkelgrauschwarz. Fulvio bot noch einmal an, ein Schleifgerät von einem Bekannten auszuleihen. Giulia bedankte sich und sagte nur, dass sie sich die Sache überlegen wolle. Fulvio lächelte ihr zu und machte sich auf den Weg in den Garten.

»Warum hat mein Großvater eigentlich alleine gelebt?«, begann Giulia vorsichtig ein Gespräch mit Loretta. »Er war Witwer, ja, und seine Tochter war ausgezogen und wollte keinen Kontakt, aber er muss doch noch mehr Familie gehabt haben?«

Lorettas Gesicht verfinsterte sich.

»Er war nicht alleine, er hatte uns.«

»Ja, natürlich, tut mir leid, so meinte ich das nicht … Ich weiß, dass ihr für ihn da wart, und dafür bin ich euch sehr dankbar. Trotzdem beschäftigt es mich, dass er scheinbar aus dem Nichts hierhergekommen ist und dann offenbar, so wie du es erzählt hast, keine Kontakte mehr hatte, keinen Besuch, keine Reisen zu Verwandten, nichts. Niemand ist doch vollkommen allein auf der Welt?«

Sie schaute Loretta fragend an und hoffte sehr, dass sie sich verständlich gemacht hatte. Natürlich war sie den beiden zutiefst dankbar. Es war schön, sich vorzustellen, dass ihr Großvater jemanden gehabt hatte und nicht als einsamer alter Mann in dieser Villa gesessen hatte. Nach allem, was sie bislang von ihm erfahren hatte, war er kein Unmensch gewesen, der das verdient hätte, was auch immer zwischen ihm und Pina passiert war. Dabei hatte er ihres Wissens selbst auch keinen Kontakt zu seiner Tochter aufgenommen, seiner starken Sehnsucht zum Trotz – oder hatte sie das vielleicht nur nicht mitbekommen?

Loretta hatte sich aufgerichtet und hielt jetzt inne, den schaumigen Schwamm, mit dem sie energisch die Ecken bearbeitet hatte, in denen sich der Dreck noch hartnäckiger hielt, in einer Hand.

»Als wir zu ihm gekommen sind, war er schon lange alleine. Und ich war noch jung. Ich interessierte mich nicht so sehr dafür, was ein älterer Mann machte oder wo er hergekommen war. Einmal habe ich meine Mutter gefragt, nachdem ich die Frauen aus dem Dorf hatte reden hören. Es gab ein paar, die der Meinung waren, dass er wieder heiraten sollte, schließlich gab es genug Frauen, die einen Mann suchten. Meine Mutter hat mir damals nur gesagt, er sei nicht von hier und dass wir uns darum nicht zu kümmern hätten.«

Sie zuckte die Schultern und wandte sich wieder den Bodenleisten zu. Giulia schaute ihr einen Moment bei der Arbeit zu, dann arbeitete auch sie weiter, in Gedanken weiterhin bei Enzo. Warum war er hergekommen und nach dem Tod seiner Frau und dem Auszug seiner Tochter allein geblieben? Nördlich von Genua sei er hergekommen, hatten Fulvio und Loretta ihr erzählt. Aus dem Norden also, aber hieß das die Küste entlang, oder eher aus Richtung Schweiz? Die Riviera erklärte vielleicht den Jasmin, der laut Fulvio seinerzeit von englischen Touristen dorthin gebracht worden war. Vielleicht führte ja ein Weg zur Vergangenheit ihres Großvaters über den Jasmin?

Es dauerte noch zwei Stunden, bis sie endlich die Lappen fallen lassen konnten. Die Scheiben spiegelten, und es waren keine schmierigen Streifen mehr zu sehen. Sonnenstrahlen fielen ungehindert herein und hoben Details des Bodens hervor: Schleifspuren, kleine Macken im Holz, Astlöcher. Einer der Sonnenstrahlen erfasste Loretta, die sich ebenfalls im Raum umsah.

»Sehr schön«, sagte sie so sanft, wie Giulia es von ihr noch nicht gehört hatte. Auch ihre strengen Züge wirkten weicher. In den nächsten Tagen würden sie sich der Grundierung der Wände widmen und sie anschließend streichen. Giulia musste sich nur noch eine geeignete Farbe aussuchen.

»Ich habe frische Nudeln mitgebracht«, sagte Loretta, »und heute Morgen in den Kühlschrank gelegt. Wie wäre es, wenn wir gemeinsam zu Abend essen?«

Ja, das war eine gute Idee. Giulia versorgte die Putzsachen und folgte Loretta in die Küche, wo diese schon die Zutaten zusammengesucht hatte. Es würde eine einfache *aglio e olio* zu den Nudeln geben und als Vorspeise den Stängelkohl und die Zucchiniblüten. Dazu schnitten sie gemeinsam Knoblauch

Ohne diese bunt zusammengewürfelte Truppe zu kennen, die sich hier alljährlich getroffen hatte, konnte Giulia gut nachvollziehen, was sie jedes Jahr hierher zurückgebracht hatte.

An diesem Abend saßen Loretta, Fulvio und Giulia nach dem abschließenden Espresso noch eine Weile in der lauen Luft draußen beisammen und redeten. Loretta und Fulvio erzählten etwas mehr von sich, und Giulia freute sich über diesen Vertrauensbeweis. Sie verstand das Pärchen jetzt besser. Sie hatten nie Kinder gehabt, obgleich sie sich beide das sehr gewünscht hatten. Dafür war Loretta eine sehr herzliche Tante und Fulvio ein sehr herzlicher Onkel für die Kinder ihrer Geschwister.

Irgendwann stand Fulvio noch einmal auf und pflückte wunderbar süße Orangen von einem Baum, und Loretta holte Wein aus der Vorratskammer und goss ihnen je ein Glas ein. Sie redeten weiter oder lauschten einfach auf die Geräusche der Umgebung: Grillengezirpe, manchmal ein Auto, einmal flog ein Vogel auf, und irgendwann jagten über ihren Köpfen Fledermäuse hin und her. Als Fulvio und Loretta schließlich aufbrachen, war Giulia angenehm bettschwer und schlief zum ersten Mal rasch und, ohne noch einmal aufzuwachen, bis zum nächsten Morgen durch.

Noch im Schlafanzug bereitete Giulia sich einen Milchkaffee und setzte sich damit nach draußen, an diesem Morgen auf eine Bank unter einen Mandelbaum in der Nähe des Nutzgartens. Anschließend duschte sie ausgiebig und zog sich bequeme Kleidung an. Mit dem letzten Blick in den Spiegel fasste sie einen Entschluss. Sie ging in Enzos Zimmer und wählte die Nummer ihres Vaters im Büro. Es ging gegen halb zehn, und

Robert Zeidler war schon immer ein Arbeitstier gewesen, auch an Feiertagen wie diesem. Gewiss erwischte sie ihn auch am Karfreitag an seinem Arbeitsplatz. Es klingelte dennoch fünf Mal, bis er den Hörer abnahm.

»Hallo, Papa!«

»Hallo, Kleines! Das ist aber schön, endlich von dir zu hören. Wie geht es dir?« Er war hörbar erfreut.

»Gut, danke, Papa.«

»Du hast dir Zeit gelassen.«

»Ein wenig. Tut mir leid. Es war einfach viel los.«

»Klar, kann ich mir vorstellen«, gab er ernst zurück, dann änderte sich sein Tonfall wieder. »Ist das Wetter auch so gut wie bei uns?«

»Besser.«

»Das war klar.« Sie hörte das Grinsen in seiner Stimme. Dann tauschten sie sich über ein paar weitere belanglose Kleinigkeiten aus. *Das ist immer so,* dachte Giulia, *es ist, als müssten wir erst ins Gespräch finden, als müssten wir uns warm reden.*

Robert Zeidler berichtete unvermittelt von einem großen Fall, den er in dieser Woche an Land gezogen hatte. Der Fall, den Giulia einem Kollegen überlassen hatte, war am Vortag zu einem guten Abschluss gebracht worden. »Dank deiner Vorarbeit«, lobte sie ihr Vater. »Das feiern wir, wenn du wiederkommst.«

»Hm.« Giulia hatte den Fall vollkommen vergessen, er schien meilenweit weg.

Robert schwieg einen Moment, dann räusperte er sich und fragte sie endlich, wie es ihr denn gefiel.

Vielleicht kam es ihr nur so vor, aber sie hatte jetzt den Eindruck, als ob seine Stimme brüchig klang. Giulia erzählte ein bisschen von Levanto und von der Villa und fragte sich nicht zum ersten Mal, was ihr Vater wohl wusste. Hatte er ihre Mutter hier kennengelernt? Kannte er dann auch die Villa?

Plötzlich fühlte sich ihre Kehle sehr trocken an, doch sie gab sich einen Ruck. »Wo und wie hast du Mama eigentlich damals genau kennengelernt?«

Sie hörte es im Hintergrund rascheln. Es klang, als ob ihr Vater Papiere auf seinem Tisch hin und her räumte, und sie fragte sich, ob er nervös war. So kannte sie ihren Vater nicht, eigentlich war er immer nur konzentriert zurückgelehnt in seinem Stuhl, wenn er telefonierte, oder über Akten gebeugt, während er die Lage auf einen Blick und präzise wie mit einem Skalpell zerlegte. Er war ihr nie unsicher erschienen, niemals.

»Ich habe deine Mutter in Italien kennengelernt«, sagte er dann, »auf einer Reise, die mir meine Eltern zum Abschluss meines Studiums geschenkt hatten. Wusstest du das nicht?«

Woher sollte ich das wissen, fuhr es Giulia durch den Kopf, und sie verspürte eine Spur von Ärger, *wir haben nie darüber geredet*. Sie musste an die Bilder denken, die sie von ihrem jüngeren Vater in einem Fotoalbum gesehen hatte: zur Einschulung, als junger Student, lachend auf irgendeiner Familienfeier. Fotos aus Italien waren ihr dabei nicht aufgefallen. Ganz sicher fanden sich keine Bilder aus Levanto in den Familienalben.

»In Levanto?«, hakte sie nach. »Habt ihr euch hier kennengelernt?«

»Hm. Sie war Serviermädchen in einem Hotel.«

Was für ein Klischee, wirklich eine wahre Aschenputtelgeschichte. So hatte sie es doch schon Trixi gegenüber genannt ... Ihre Mutter war also arm gewesen, und er der reiche Prinz aus dem Norden. Hatte Pina ihn geliebt, oder die erstbeste Chance ergriffen? Giulia wechselte das Handy von einem ans andere Ohr.

»Kennst du denn die Villa? Bist du je hier gewesen?«

»Nein. Deine Mutter wollte damals nicht, dass ich sie mir anschaue. Sie sagte, es sei eine Bruchbude.« Robert schwieg einen Moment, und durch das Schweigen vernahm Giulia ein Geräusch, das sie nicht einordnen konnte, wie ein rhythmisches Klicken. »Ist es eine Bruchbude?«

Nein, die Villa ist die Art Haus, das seinen Charme nie verlieren wird. Ein Haus, das einen willkommen hieß mit seinen warmen Farben und der Erinnerung an frühere, großartigere Zeiten. »Ich weiß nicht, wie die Villa damals aussah, aber wenn, dann war es zumindest keine kleine Bruchbude.«

»Aha.«

»Es ist eine Villa, wie gesagt. Natürlich kann es sein, dass an dem Gebäude danach viel gemacht wurde, aber trotz allem muss es auch damals schon ein großes, durchaus schönes Haus gewesen sein.«

»Das freut mich.« Ihr Vater klang jetzt sehr beherrscht, als habe er die Situation wieder unter Kontrolle. »Du hör mal, wegen dieses neuen Falles ... Ich könnte dich hier gut gebrauchen«, wechselte er plötzlich das Thema. »Denkst du, du wirst die volle Zeit brauchen, um die Dinge zu klären?«

Giulia verspürte Ärger darüber, dass er ihr ausweichen wollte. »Das weiß ich nicht«, beschied sie knapp und ehrlich.

Am anderen Ende der Leitung blieb es für einen Moment still. »Was denkst du, wie lange du brauchen wirst?«

»Ich weiß es nicht. Wirklich«, wiederholte sie. Das entsprach durchaus der Wahrheit. »Es gibt da noch mehrere Dinge, die ich klären möchte.«

Zum Beispiel die Sache mit Marco? Es war tatsächlich Marco, der ihr jetzt in den Kopf kam, wie sie verwundert feststellte. Die Gedanken an ihn hatte sie über die Arbeit in Pinas Zimmer irgendwie recht erfolgreich verdrängt. Aber er war doch noch da, in ihrem Herzen.

»O.k.«, sagte ihr Vater schlicht.

»Bitte, Papa, es ist wichtig«, entgegnete Giulia und hörte selbst, dass sie ein wenig wie ein Teenie klang, aber natürlich stimmte es auch: Das hier war wichtig. Nicht nur die Sache mit dem Haus und allem, was damit zusammenhing. Sollte sie sagen, dass sie jemanden kennengelernt hatte? Möglicherweise freute sich ihr Vater. Nachdem er sich erst darüber gefreut hatte, dass sie ihren letzten Freund in den Wind geschossen hatte, war er danach etwas besorgt gewesen, als sie sich immer »einsiedlerischer« betragen hatte, wie er es nannte.

Sie hörte ihn schlucken. »Ich schaue, wie ich das bis dahin regeln kann«, sagte er dann, in dem Tonfall, den er solchen Dingen vorbehielt.

»Danke, Papa, das ist super!« Giulia beschloss, die Chance zu nutzen: »Sag Mama schöne Grüße. Ich erreiche sie leider nicht.«

Wieder kam es zu einer kaum merklichen Verzögerung. »Sie war viel unterwegs«, sagte Robert dann. »Meist mit Freundinnen. Shopping. Cafés ... Jetzt hat sie eine Wellnesskur angefangen. Sie ist ein paar Tage weg, und soweit ich verstanden habe, sind Handys verboten ... Handy-Detox oder so etwas ...«

»Ja, ich weiß.« Ihre Mutter war auf Kur, das hatte sie sogar erzählt ... Allerdings war Giulia sich ziemlich sicher, dass ihre Mutter das Handy trotzdem dabeihatte, und das bedeutete ...

»Ach, du weißt es, o.k.« Ihr Vater brach ab. Wenn er noch etwas hinzuzufügen hatte, so entschied er sich, es nicht zu tun. Sie beendeten das Gespräch, und Giulia beschloss, die eigene Nachdenklichkeit mit harter Gartenarbeit zu bekämpfen.

FÜNFZEHNTES KAPITEL

»Sie sind wieder sehr pünktlich«, stellte Alessandro fest und widerstand dem Impuls, nervös an seinem Anzug zu zupfen, den er sich an diesem Karfreitag angezogen hatte. Es war sein bester, aber er war es nicht gewohnt, ihn zu tragen. Tatsächlich trug Alessandro ihn sehr selten. Er sah nicht gut aus, war an den Ärmeln zu kurz und an den Beinen zu lang, und hatte überhaupt einen Stil, der schon lange aus der Mode war. Insgesamt war er sehr schmal geschnitten und von einem Braunton, den man heute überhaupt nicht mehr kannte. Alessandro mochte ihn nicht. Er war ohnehin am liebsten in seiner Arbeitskleidung unterwegs. In anderer Kleidung fühlte er sich nicht besonders wohl.

Wenn Signor Messi sich an dem Anblick störte, ließ er sich nichts anmerken. Alessandro fand jedes Mal, dass er ein freundliches, einnehmendes Lächeln hatte, vermutlich half ihm das in den Verhandlungen mit seinen Kunden. Heute war das dritte Mal, dass er ihn hierher eingeladen hatte, aber es war das erste Mal, dass er ihn ins Haus lassen würde. Er hatte wie immer überlegt, ihn vielleicht doch beim Vornamen zu nennen, aber die Ferienzeiten, die Paolo und Marco gemeinsam verbracht hatten, lagen lange zurück. Außerdem waren sie beide sich nie nahe gewesen. Alessandro machte eine einladende Bewegung mit der Hand und ließ Messi an sich vorbeitreten.

Dann führte er ihn in das Wohnzimmer, das auch er heute früh zum ersten Mal seit langer Zeit betreten hatte. Normalerweise hielten Marco und er sich hier nicht auf. Der Raum war klein, mit einer beigen Couch mit blauem Blumenmuster, die sie irgendwann günstig aufgetrieben hatten, einem dunkelbraunen Couchtisch, der noch von seinen Eltern stammte, und einem großen, gerahmten Druck an der Wand, den wahrscheinlich Marco irgendwann einmal mitgebracht hatte. Der Boden bestand aus hellen Dielen, die weniger abgetreten waren als im Rest des Hauses. Durch ein Fenster konnte man die Anfänge der Oliventerrassen mit ihrem silbergrünen Blättergefunkel sehen und, wenn man sich reckte, einen Streifen Meer. Als er das Zimmer kurz nach Sonnenaufgang betreten hatte, um einmal durchzulüften, hatte er einen vertrockneten Strauß Blumen auf dem Tisch gefunden. Er hatte eine Ahnung, wer ihn dort gelassen hatte, war sich aber nicht sicher. Zu viel war passiert, zu drückend waren die Sorgen, die ihn Tag und Nacht beschäftigten.

Jetzt wandte er sich Signor Messi zu und bat ihn, sich einen Platz auszusuchen. Paolo Messi setzte sich auf die Sofaseite, die einen Blick durch das Fenster zuließ. Alessandro nahm im Sessel ihm gegenüber Platz.

»Ich freue mich, dass Sie wieder so schnell kommen konnten, Signor Messi. Und das, obwohl heute Feiertag ist. Das muss lästig sein, wenn Kunden so unentschieden sind …«

»Das gehört zu meinem Beruf. Ich stehe gerne zur Verfügung, wenn potenzielle Klienten rufen. Es braucht Zeit, um zusammenzukommen, nicht wahr? Ein Geschäft will gut überlegt und vor allem nicht überstürzt sein. Das gilt doch für beide Parteien.« Signor Messi blickte für einen Moment zum

Fenster hinaus, und Alessandro fragte sich, was er wohl von dem Haus hielt. Ob er schon darüber nachdachte, wie er es umbauen lassen konnte, oder würde er es einfach abreißen lassen? Der Gedanke stach in Alessandros Magen, aber Entscheidungen mussten getroffen werden. So, wie es jetzt war, konnte es kaum weitergehen. So, wie es jetzt war, schleppte er sich von Jahr zu Jahr weiter, ohne dass etwas besser wurde. Und als dann Marco mit dieser Frau hier aufgetaucht war, hatte Alessandro erkannt, dass er schon bald eine Entscheidung treffen musste. Er wusste, dass Marco versuchte, ihn zu beschützen, aber er selbst war auch ein erwachsener Mann, der der Realität durchaus ins Auge sehen konnte. Das alles hier reichte auf Dauer nicht zum Leben und nicht zum Sterben. Er hatte entschieden, dass es jetzt endgültig vorbei war, und sie konnten das Geld gut gebrauchen. Er musste eben stärker sein als sein Stolz.

Paolo Messi rutschte auf dem Sofa ein Stück vor, die Hände locker auf den Knien, und blickte Alessandro aufmerksam an.

»Weshalb genau haben Sie mich vor zwei Tagen wieder angerufen, Signor Signorello?«

Alessandro starrte auf den Tisch vor sich. *Als ob du das nicht weißt.* Signor Messi kannte sich in der Region schließlich blendend aus, und Alessandro war sicher, dass er sich nach den ersten kurzen Gesprächen bereits über seine derzeitige Lage informiert hatte. Er hob den Blick, der an der Uhr hinter Messis Kopf hängenblieb. Kurz nach acht Uhr war es. Alessandro hatte um einen frühen Termin gebeten, weil er ohnehin Frühaufsteher war und außerdem wusste, dass sein Sohn dann, wie jeden Morgen, auf seiner Inspektionsrunde durch die Olivenplantage sein würde. Es war besser, wenn Marco nicht da war. Er würde es nicht gutheißen, dass Messi hier war. Messi und er waren ... Alessandro tauchte aus seinen Gedanken auf. Wie lange wartete Messi schon auf die Beantwortung seiner Frage? Er räusperte sich. Es war schwerer, als er erwartet hätte, die folgenden Worte auszusprechen: »Ich möchte Haus und Grundstück schätzen lassen.«

Paolo Messi lächelte. »Das ist immer eine gute Idee. Manche wissen gar nicht, auf welchen Schätzen sie sitzen.« Er beugte sich leicht zur Seite und zog ein schmales Notizbuch aus der Tasche, blätterte darin, klappte es dann wieder zu und hielt es locker zwischen beiden Händen, die nun wieder auf den Knien lagerten.

Alessandro rutschte an die Sesselkante nach vorne. »Wollen wir? Sie müssen sich das Haus doch sicher ansehen?«

»Das ist vorerst nicht nötig.« Paolo lächelte wieder freundlich und sehr einnehmend, während er sich ebenfalls leicht vorbeugte. »Sie wissen ja, dass ich mich hier gut auskenne. Außerdem lasse ich neuen Klienten nach dieser Entscheidung gerne Zeit. Es gibt viele Dinge zu bedenken, und nicht alle betreffen den direkten Verkauf. Das Herz hängt am Land, oder?«

Alessandro nickte, während er für einen Moment wieder den leichten Stichen in seinem Magen nachspürte. Er blickte aus dem Fenster, dachte an Haus und Land, die ihm immer etwas bedeutet hatten, auch in schweren Tagen. Er spürte, wie seine Anspannung zunehmend stieg, und versuchte, sich zu beruhigen. Messi war ein erfahrener, erfolgreicher Makler, wahrscheinlich konnte er in ihm lesen wie in einem Buch. Gut fühlte sich das nicht an.

Paolo Messi hatte den Wagen ein Stück vom Grundstück der Signorellos entfernt geparkt, denn er ging durchaus gerne zu

Fuß. In der Bewegung kamen ihm oft die besten Gedanken. Er hatte gewusst, dass auch heute keine Entscheidung fallen würde, damit hatte er gerechnet. Die ersten, äußerst knappen Gespräche hatten sie im Hof geführt. Vielleicht, weil Alessandro Signorello einfach zu unentschlossen war, vielleicht, weil er fürchtete, sein Sohn könne zurückkommen. Alessandros Herz war in jedem Fall fest mit seinem Land verbunden. Und da war er nicht der Einzige, manche musste Paolo zunächst unverfänglich selbst ansprechen, oft sogar mehrfach, manche riefen ihn dann zwei- oder dreimal zu sich, andere noch öfter. Auch in Paolo war die Gegend tief verwurzelt, ob er das wollte oder nicht. Er war hier aufgewachsen. Das hier würde immer ein Teil von ihm sein, auch wenn er schon seit langer Zeit in Mailand wohnte und manche gerne vergaßen, dass er einmal einer von ihnen gewesen war.

Nun, war ich das? War ich einer von ihnen? Paolo straffte die Schultern. Es machte keinen Sinn, sich Gedanken um Dinge zu machen, die aus und vorbei waren.

Alessandro Signorello würde ganz sicher zu den Leuten gehören, die ihn noch mehrfach anriefen. Dabei hatte er ihn heute zu sich hereingebeten, das war meist ein Schritt, ein Zeichen, dass sich die Dinge für sein Geschäft in die richtige Richtung bewegten. Aber das war Alessandro sicher nicht leichtgefallen, auch wenn er etwas anderes vorgab und so entschlossen er sich auch gegeben hatte. Dass er ganz offensichtlich die Abwesenheit seines Sohnes eingerechnet hatte, hatte das Treffen leichter gemacht.

Wahrscheinlich hätte Marco mich gar nicht zur Tür hereingelassen.

Paolo Messi blieb einen Augenblick stehen, legte den Kopf

in den Nacken und schaute am Stamm der Kiefern entlang in den tiefblauen Himmel hinauf. Fast alle Kiefern hier waren mit Schädlingen behaftet, es war also nicht alles gut hier. Dann schloss er die Augen und horchte auf die Vögel, auf die Geräusche des Windes, auf Stimmen und Motorgeräusche, die in der Luft weitergetragen wurden, auf Kirchenglocken. Die Gefühle, die er dieser Gegend entgegenbrachte, waren immer noch gemischt, aber er hatte gelernt, damit umzugehen. Manchmal schlug ihm das Herz vor Sehnsucht, manchmal pochte die Wut in ihm über die, von denen er sich verraten fühlte.

Paolo Messi ließ die Sonnenstrahlen noch einen Augenblick auf sein Gesicht fallen, dann öffnete er die Augen und ging entschlossen weiter, den schmalen, teils steinigen Weg an den Terrassen entlang, bis zu seinem kleinen Sportwagen.

SECHZEHNTES KAPITEL

Zwei Tage waren seit dem Gespräch mit ihrem Vater vergangen. Giulia hatte weiter in Haus und Garten gearbeitet, dem Osterwochenende zum Trotz. Mit Fulvios Hilfe hatte sie am Vortag ein paar der reichlich funzeligen Glühbirnen in der Villa ausgetauscht. Sie hatten am Abend gemeinsam gegessen. Fulvio hatte sogar gekocht und ein wahrlich herrliches Pesto Rosso fabriziert. Auch der heutige Ostersonntag war schön, und dennoch enthielten diese Tage immer irgendeinen Wermutstropfen: Giulia wusste immer noch nicht, warum ihre Mutter die Villa verlassen hatte und nicht zurückgekehrt war oder ob Pina inzwischen Entscheidungen über ihr Erbe getroffen hatte.

Außerdem meldete Marco sich einfach nicht. Ja, sie hatte ihn vergessen wollen, aber das wollte ihr nicht gelingen. Was machte er? Wo war er? Warum meldete er sich nicht? Sie hätte die Dinge zwischen ihnen inzwischen sehr gerne geklärt. Sie überlegte, noch einmal über das zur Villa gehörige Gelände zu den Signorellos zu wandern, in der Hoffnung, ihm dabei zufällig zu begegnen. Und dann? Was sollte sie ihm sagen? Dass er die falschen Schlüsse gezogen hatte, als er sie mit Paolo Messi gesehen hatte? Sie musste sich nicht rechtfertigen, aber wenn keiner von ihnen einen ersten Schritt tat ... Und wenn er die falschen Schlüsse über sie und Paolo ziehen konnte, konnte sie das vermutlich auch bezüglich dieser Frau. Aber was war, wenn sie doch recht hatte, was, wenn er sie betrogen hatte? Würde das nicht furchtbar wehtun? Musste sie das wissen? Sie musste zugeben, dass sie Angst vor der Wahrheit hatte. Trotzdem ... Am Anfang war ihr ein Treffen vollkommen unmöglich vorgekommen, aber mittlerweile war sie sich nicht mehr so sicher. Was sollte sie tun?

Am Abend saß Giulia eine Weile mit einem Glas Rotwein auf der Terrasse. Als es dunkel wurde, ging sie noch einmal ins Arbeitszimmer ihres Großvaters und setzte sich wie so oft an seinen Schreibtisch. Hatte sie sich anfangs stets wie ein Eindringling gefühlt, war ihr mittlerweile alles immer vertrauter. Sie hatte inzwischen die gut gefüllten Schubladen gründlich durchstöbert und einige Dinge entsorgt. In der obersten Schublade des großen Schreibtischs hatte Giulia Ersatzstifte, Radiergummis und andere Schreibutensilien gesammelt. Die mittlere war nach ihrem letzten Einsatz inzwischen fast leer, die unterste Schublade umfasste alles, was sie noch nicht hatte ein- oder zuordnen können. Darum wollte sie sich jetzt kümmern, sie hatte ohnehin noch nicht die nötige Bettschwere. Giulia zog den ersten Stapel Papiere heraus und ging ihn langsam durch. Da gab es Notizen und Nachrichten zu Abläufen auf Enzos Hof, die ihr inzwischen, auch dank Loretta und Fulvio, bekannt waren. Ein Zettel war handschriftlich verfasst und mit *Enzo* unterschrieben. Giulia betrachtete ihn eine Weile und fand, dass ihr Großvater eine schöne Schrift hatte. Sie erzählte von einem Mann, der den Stift nicht selten benutzte und vielleicht auch gerne schrieb. Auf einem weiteren Stück Papier war eine Menüabfolge für ein Sommerfest notiert, daneben gab es noch Abrechnungen für Saisonarbeiter und einen Einkaufszettel. Giulia hatte Letzteren schon zusammengeknäult, um ihn in den Mülleimer zu werfen, dann strich sie ihn unwillkürlich wieder glatt und legte ihn, gemeinsam mit dem unterschriebenen Papier, in eine leere Mappe.

Erinnerungen, dachte sie, *wer weiß, ob man sie irgendwann einmal braucht*. Sie ertappte sich bei einem Gähnen, konnte sich jedoch nicht dazu durchringen, für heute Schluss zu machen. Gut möglich, dass sie im Bett doch wieder zu grübeln begann. Wenn sie grübelte, drehte sie sich ohnehin nur im Kreis, einer Lösung kam sie damit keinen Schritt näher. Aber genau die brauchte sie endlich. Sie war jetzt zehn Tage hier. Nicht zuletzt durch das Gespräch mit ihrem Vater war ihr wieder deutlich geworden, dass sie Entscheidungen treffen musste.

Wir alle müssen Entscheidungen treffen.

Und ich muss nachdenken. Mit dem Finger versuchte Giulia, die scharfe Kerbe zu glätten, die sich an ihrer Nasenwurzel gebildet hatte. Ihr Nacken schmerzte inzwischen vom langen Sitzen an Großvaters Tisch. Sie stand auf und ging ein paar Schritte, reckte und streckte sich. Autunno stolzierte zur Tür herein und streckte sich ebenfalls. Als Giulia an den Schreibtisch zurückkehrte, sprang der Kater wie selbstverständlich auf ihren Schoß und schnurrte los. Sie kraulte ihn, während sie mit der freien Hand weiter die Unterlagen durchforstete. Und fast wäre das Foto auch dieses Mal ihrer Aufmerksamkeit entgangen, denn sie musste ihm schon einmal nahe gewesen sein, hatte es vielleicht sogar in der Hand gehabt ... Es war ein eher kleines, etwas unscharfes Schwarz-Weiß-Foto, so, wie Fotos früher waren. Giulia verspürte ein Kribbeln, als sie es unter das diffuse Licht der Glühbirne hielt und konzentriert betrachtete.

Eine junge Frau und ein Mann waren darauf zu sehen, fein herausgeputzt, wahrscheinlich in ihren besten Kleidern. Sie blickten angemessen ernst und doch auch ein wenig verschmitzt in die Kamera. Der Mann lächelte. Sie schmiegte sich an ihn und hielt seinen linken Arm mit beiden Händen umfasst. Die Frau war schön, sehr jung noch, mit weichen, etwas kindlich-rundlichen Gesichtszügen. Giulia beugte sich näher über das Bild. Es war inzwischen verdammt dunkel, auch die Lampe half nicht viel, aber die Frau ... Da war etwas in ihrer Haltung, das Giulia bekannt vorkam. Konnte das ihre Mutter sein? Das Gesicht war jung, aber einfach zu verschwommen, um wirklich etwas zu erkennen, und je mehr sich Giulia anstrengte, desto undeutlicher erschien es ihr. Und der Mann? Irgendetwas an ihm erinnerte sie an ... an ... ja, an wen? An ihren Vater? Nein, das passte nicht, dafür war die Frau viel zu jung, damals kannten sie sich noch nicht.

Giulia ließ den Blick in die Ferne wandern, während sie sehr angestrengt nachdachte. Dann, endlich, fiel es ihr ein. Marco. Er erinnerte sie an Marco. Und der wiederum glich seinem Vater. Konnte das Alessandro in jungen Jahren sein? Wieder betrachtete sie eingehend das Bild. Ja, der junge Mann erinnerte tatsächlich an Alessandro, oder bildete sie sich das ein? Wahrscheinlich ging jetzt die Fantasie vollkommen mit ihr durch, sie hatte ihn schließlich nur kurz gesehen. Ihre Mutter und Alessandro ... Das würde zumindest erklären, warum er sich so abweisend verhalten hatte.

Nun, es gab eine Möglichkeit, das herauszufinden. Sie schaute zur Uhr. Es ging bereits auf Mitternacht zu. Heute also leider nicht mehr. Morgen aber würde sie ihn aufsuchen, und dann musste er ihr ein paar Fragen beantworten.

Als Giulia früh am nächsten Morgen aufwachte, entschied sie, die Sache lieber doch nicht zu überstürzen und den Morgen zunächst einmal ruhig anzugehen. Sie hatte unruhig geschlafen und dabei viel verwirrendes Zeug geträumt, konnte sich aber nur an einzelne Fetzen erinnern, die ihrem Gedächtnis gleich wieder entglitten. Sie stellte sich ans Fenster und atmete ein paarmal tief durch, dann duschte sie lange und trank einen Milchkaffee. Danach las sie sich eine Weile durch ihre E-Mails – Trixi und ihr Vater hatten sich gemeldet, ihre Mutter natürlich nicht – und surfte anschließend ein bisschen im Internet. Während sie dem Wetterbericht auf Enzos betagtem Radio lauschte, dachte sie, dass sie sich unbedingt bei Trixi melden musste. Dann machte sie sich auf den Weg.

Sie war immer noch unsicher, und eigentlich wollte sie Alessandro nicht mit ihren vielleicht falschen Überlegungen überfallen, noch dazu am Ostermontag, aber sie brauchte endlich Antworten.

Auf dem Weg zu ihm kam es ihr vor, als schlage ihr Herz mit jedem Schritt schneller. Sie schauderte, als sie an den Abend der Einladung dachte, jenen Abend, der alles verändert hatte. Zum wiederholten Male steckte sie die Hand in ihre Handtasche und berührte das Bild.

Das Erste, was ihr auffiel, als sie den Hof betrat, war, dass Marcos Auto nicht da war. Vielleicht war das aber auch gut so. Sie hatte kaum drei weitere Schritte getan, da stand Alessandro auch schon vor der Tür. Hatte er sie beobachtet, sie zufällig bemerkt, oder wollte er einfach nur gerade das Haus verlassen? Er beschied ihr knapp, Marco sei nach Bologna abgereist, sie könne also sofort wieder gehen.

Giulia war überrascht. Er war abgereist? Warum? Wartete

jemand in Bologna auf ihn? Vielleicht die schöne Frau, vielleicht seine Tochter? Sie kämpfte für einen Moment gegen den Impuls an, den Hof zu verlassen, atmete dann aber tief durch. Sie war heute hier, um Dinge mit Alessandro zu klären, und genau das würde sie jetzt in Angriff nehmen. Entschlossen schritt sie auf ihn zu. Sie sah, wie er zusammenzuckte, und freute sich insgeheim ein wenig über den Gedanken, dass sie ihn vielleicht nervös machte. Als er sah, dass sie ein Bild hervorzog, entspannte sich sein Gesichtsausdruck.

Giulia hielt ihm das Foto direkt vor die Nase. »Wer ist das?«

Er starrte das Foto an, zögerte einen Augenblick und nahm es dann aus ihrer Hand, um es sich genauer anzusehen. Eine lange Weile starrte er auf das Bild, dann sah er wieder sie an, dann noch einmal das Foto und dann wieder sie.

»Das ist Pina, Ihre Mutter«, sagte er schließlich mit rauer Stimme. »Aber das wissen Sie bestimmt. Und das daneben bin ich.« Auf Alessandros Gesicht erschien ein schmerzliches Lächeln. »Wissen Sie eigentlich, wie unglaublich ähnlich Sie ihr sehen?«

Alessandro bat sie nach längerem Zögern doch herein, und kurz darauf saßen sie sich am Küchentisch gegenüber. Giulia sah sich neugierig um. Es war eine kleine Küche, deren Einrichtung davon zeugte, dass hier schon lange gekocht wurde. An einer Seite war die Wand schwarz von den Zeiten, in denen der Herd noch mit Holz befeuert worden war. An einer anderen Seite standen auf einem Bord Gläser über Gläser mit getrockneten Gewürzen, an einem Seil trockneten weitere Sträuße von Salbei, Thymian und Rosmarin. Auf dem Herd stand ein riesiger Topf für Pasta. Die Spüle war eckig und so groß, dass man gut und gerne ein Kleinkind darin hätte baden können. Der Boden war mit großen, vielleicht über Jahrhunderte glatt gelaufenen Steinplatten belegt und etwas uneben. Auf dem Tisch stand ein Schälchen mit Oliven, vermutlich aus eigener Ernte. Durch das Küchenfenster war der Platz vor dem Haus gut einzusehen, wahrscheinlich hatte er sie von dieser Stelle aus entdeckt. Am Herd hingen Küchentücher zum Trocknen. Als Giulia sich schließlich Alessandro zuwandte, sah sie direkt in seine grünbraunen Augen. *Marco*, dachte sie, *hat diese Augen auch.*

»Gut«, sagte Alessandro langsam, »wo soll ich anfangen?«

Als Giulia gut zwei Stunden später in die Villa zurückkehrte, kreisten die Gedanken in ihrem Kopf. Alessandro hatte ihr alles erzählt: Ihre Mutter und er waren verlobt gewesen. Sie hatten ein gemeinsames Leben geplant, doch dann hatte Pina den Deutschen kennengelernt, Giulias Vater, und ihre Pläne abrupt geändert. Alessandro hatte sich nie erklären können, warum sie das getan hatte. Sie sagte ihm nicht, dass sie ihn nicht mehr liebte. Waren es also Sicherheit und Geld, für die der Deutsche für sie stand, oder hatte sie sich wirklich in ihn verliebt? Auch nach so vielen Jahren wusste Alessandro letztendlich nicht, warum sie ihn verlassen hatte, auch nach so vielen Jahren war die Wunde noch offen. Zumal sie ohne ein Wort ging. Sie verschwand einfach.

Trotzdem heiratete er einige Jahre später eine andere Frau: Carlotta, die Mutter seiner Kinder. Eine Weile war die Ehe gut, doch dann lebten sie sich irgendwie auseinander. »Wahrscheinlich habe ich sie nie so unglaublich geliebt wie Ihre Mutter, Giulia. Vielleicht war ich nicht gerecht zu ihr, vielleicht habe ich sie zu sehr mit dem Menschen verglichen, den ich verloren hatte. Irgendwann ist sie nach Genua gezogen.« Er schwieg einen Moment. »Vielleicht war es ihr hier aber auch einfach zu klein und zu eng ... Man ist Frauen gegenüber strenger, macht ihnen mehr Vorschriften. Manche Menschen brauchen aber mehr Freiheit. Carlotta war so jemand.«

Giulia fragte sich, ob es ihrer Mutter in ihrem Leben hier auch zu eng gewesen war. Eigentlich glaubte sie das nicht, denn Pina hatte feste Strukturen und Sicherheit immer der Freiheit vorgezogen.

Giulia und Alessandro schwiegen eine Weile, dann bat sie Alessandro, ihr noch mehr von ihrer Mutter zu erzählen. Er stimmte zu, obwohl ihm das sichtlich nicht leichtfiel. Und obwohl es über vierzig Jahre her war, musste er nicht überlegen: »Ihre Mutter war ein sehr liebenswertes Mädchen, Giulia«, setzte er an. »Sie war hübsch und einfühlsam und hatte, wie man so sagt, einen guten Charakter. Nicht lange, nachdem wir einander näherkamen, starb ihre Mutter, Letizia. Ab da war sie also eine Halbwaise, ihr Vater Witwer. Dazu war die Familie Martini schon immer ziemlich auf sich gestellt, denn sie kamen nicht aus der Gegend. Sie hatten hier niemanden, bemühten sich aber auch nicht wirklich um Kontakt. Sie blieben viel für sich. Manche der Älteren erzählten, die Familie sei einmal recht wohlhabend gewesen, aber das können sie meiner Meinung nach nicht durch den Anbau von Oliven erreicht haben, denn sie wussten nicht wirklich, wie man damit sein Brot verdiente. Eigentlich hatten sie überhaupt keine Ahnung. Als ich Pina richtig kennenlernte, war sie gerade sechzehn, ging putzen und arbeitete als Serviermädchen. Ihr Leben war ein ständiger Kampf, denn ihr Vater, so bekam ich bald mit, hatte immer neue Ideen, wie er an Geld kommen konnte, und eine war absurder als die andere, das kann ich Ihnen sagen. Pina musste früh viel Verantwortung tragen. Vermutlich hat sie sich nach mehr Sicherheit gesehnt, als sie glaubte von einem einfachen Olivenbauer wie mir zu erhalten ...«

Alessandro hatte diese Sätze voller Verständnis ausgesprochen, und doch klang er auch ein wenig hart.

Nur Stück um Stück tauchten sie beide wieder aus den Erinnerungen auf. Nach dem, was Alessandro erzählt hatte, war Giulia ihrer Mutter gegenüber etwas sanfter eingestellt. Immerhin kannte sie jetzt einen weiteren Teil der Geschichte. Verstehen konnte sie das Verhalten ihrer Mutter dennoch immer noch nicht ganz. Und es gab letztlich nur einen Menschen, der ihr darüber Aufschluss geben konnte: Pina selbst. Giulia musste herausfinden, warum sie damals so gehandelt hatte und zudem so rigoros alle Brücken abgebrochen hatte. Denn das hatte mit Sicherheit Einfluss auf Pinas Entscheidung darüber, was mit dem Haus geschehen würde, und das wiederum, das wurde Giulia zunehmend deutlich, war von wesentlicher Bedeutung für ihre eigenen Entscheidungen und ihr eigenes Leben. Unbewusst stieß sie einen Seufzer aus. Noch war ihre Mutter nicht zu erreichen. Giulia hoffte, dass sich das nach deren Wellnesstagen änderte.

Als sie den Schlüssel ins Schloss der Jasminvilla schob und die Tür öffnete, kam Autunno sofort aus einer Ecke gerannt. Giulia dachte kurz daran, dass sie auch noch nach Eiern suchen und die Hühner füttern musste, dann wanderten ihre Gedanken wieder zu ihrer Mutter, die ihr Leben hier aufgegeben hatte. »Es war Pinas Entscheidung«, hatte Alessandro beim Abschied gesagt und hinzugefügt: »Jeder Mensch darf seine Entscheidungen treffen. Es tut mir leid, dass ich Sie neulich so angegangen bin, aber ich konnte nicht anders.«

Giulia nickte. »Das verstehe ich jetzt.«

Alessandro sah sie lange an. »Danke«, sagte er dann.

Giulia nickte zur Antwort wieder nur kurz und hatte dann gewagt, die Frage zu stellen, die sie im Nachhinein lieber nicht gestellt hätte, jedenfalls fühlte es sich jetzt so an: »Ist Marco alleine gefahren?«, hatte sie gefragt, obgleich sie das doch einfach gar nichts anging und obgleich es nichts war, was sie mit seinem Vater besprechen sollte.

»Warum?« Alessandro hatte fragend eine Augenbraue hochgezogen, und dann leichthin gesagt: »Ach ... Nein, Laura war bei ihm.«

Laura hieß die Schöne also. Laura ...

SIEBZEHNTES KAPITEL

Am frühen Nachmittag hatte Giulia sich zur Ablenkung einen Platz im Garten ausgesucht, im Schatten einiger prächtiger Jasminsträucher. Den Unterlagen nach gehörten sie zu den ersten, die hier gepflanzt worden waren. Das war zu einer Zeit gewesen, in der ihre Mutter ihr altes Leben hinter sich gelassen und jeden Kontakt abgebrochen hatte. Aber warum? Das verstand sie auch nach dem Gespräch mit Alessandro nicht. Hatte Pina Angst gehabt, dem Charisma ihres Vaters nicht gewachsen zu sein, wenn sie sich ihm wieder aussetzte? Soweit Giulia von Loretta und Fulvio erfahren hatte, war Enzo ein durchaus charmanter, einnehmender Mensch gewesen, der stets vielen Ideen nachgeeifert und eine hohe Überzeugungskraft gehabt hatte. Das hatte auch im Alter nicht nachgelassen, allerdings hatte er später darauf geachtet, dass sein Betrieb solide war, und hatte nicht mehr versucht, jede seiner Ideen umzusetzen. Loretta und Fulvio hatten einen Mann beschrieben, den Giulia nur zu gerne kennengelernt hätte.

Jetzt schaute sie sich um. Noch am Samstag hatte sie hier mit Fulvio und Loretta gesessen, die nach einem holprigen Start in kurzer Zeit zu guten Freunden geworden waren. Auch heute hoffte Giulia auf ihren Besuch, denn nach dem Gespräch mit Alessandro drehte sich das Gedankenkarussell nur noch wilder und unaufhaltsamer.

Giulia starrte in das Gezweig des Jasmins. Seit dem Vormittag musste sie eine weitere Realität endgültig akzeptieren: Marcos und ihre Liebe hatte nie eine Zukunft gehabt. Er war nicht alleine abgereist und war damit von Anfang an nicht ehrlich mit ihr gewesen.

Laura hieß die Schöne seines Herzens. Plötzlich kam ihr ein Gedanke: Was, wenn Marco vielleicht doch von Anfang an Bescheid gewusst hatte? Was, wenn er von seinem Vater und ihrer Mutter gewusst hatte? Hatte er sich für die Entscheidungen rächen wollen, die ihre Mutter vor so vielen Jahren getroffen hatte? War sie ihm also gar nicht zufällig in die Arme gelaufen?

Das ist jetzt vielleicht wirklich zu weit hergeholt. Aber ich weiß einfach nicht, was ich denken soll.

Das einzig Ehrliche an ihm war vermutlich die Idee gewesen, die Olivenbäume von Enzo Martini zu pachten. Vielleicht konnten die Olivenbäume als »Wiedergutmachung« zu einem sehr günstigen Preis an Alessandro abgegeben werden. Geschenkt würde er sie ohnehin nicht nehmen, dazu kannte sie ihn inzwischen zu gut.

Hat Mama etwas gutzumachen?

Das charakteristische Geräusch eines der für die Gegend typischen motorisierten Dreiräder riss sie aus den Gedanken. Das Geräusch kam näher, wurde lauter und lauter und verstummte dann plötzlich. Offensichtlich war das Dreirad in den Hof eingefahren, und das konnte nur eines bedeuten: Sie hatte Besuch. Giulia seufzte auf und begab sich schwerfällig zur Vorderseite des Hauses. Dort standen Loretta und Fulvio. Der rundliche Fulvio lächelte wie so oft, doch Loretta schien Giulias Stimmung sogleich zu bemerken und eilte mit ausgebreiteten Armen auf sie zu.

»Oh, *poveretta*«, sagte sie warmherzig, und Giulia lächelte bei dem Gedanken, dass sie bei der ersten Begegnung bestimmt nicht gedacht hätte, dass Loretta sie jemals »armes Ding« nennen würde. »*Poveretta*, was ist denn los?« Loretta wandte sich an Fulvio. »Sie sieht aus, als könnte sie etwas Abwechslung gebrauchen. Findest du nicht?«

Fulvio legte den Kopf schief. »Was ist, Loretta? Du führst doch was im Schilde?«

»Der Umzug!«, rief Loretta. »Sie muss sich einfach den Umzug ansehen, stimmt's?« Sie wandte sich wieder Giulia zu. »Und wenn du reden willst, dann redest du.«

Giulia zögerte, dann stimmte sie mit einem Nicken zu. Sie erinnerte sich an die Plakate, die sie im Ort gesehen hatte. Bestimmt war es gut, sich ein wenig abzulenken. Warum nicht mit einem Festumzug? Etwa zehn Minuten später saßen sie alle gemeinsam in Giulias Twingo auf dem Weg nach Levanto.

Loretta leitete sie zu einem Parkplatz vor der Garage einer Freundin, und bald darauf eilten sie durch die Gässchen des Ortes zur Piazza Cavour hinüber, in deren Nähe der Umzug beginnen würde. In einer Gasse hinter dem Platz sammelten sich bereits die Mitglieder des Vereins Gruppo Storico Borgo e Valle in ihren der Renaissancemode entlehnten Kleidern. Stattliche junge Männer schwenkten blau-weiße Fahnen, warfen sie in die Höhe, drehten sich und fingen sie wieder auf. Kinder fieberten aufgeregt ihrem ersten Auftritt entgegen. Große Trommeln gaben den Rhythmus vor. Giulia fühlte sich an Bilder vom Palio di Siena erinnert. Bald traten Männer und Frauen paarweise zusammen. Die Fahnenwerfer nahmen mit ernsten Gesichtern Haltung an, die Trommeln wurden entschlossener geschlagen. Ein Mann gab letzte Anweisungen, dann setzte sich der Zug in Bewegung. Loretta nickte Giulia zu, die sich einem Impuls folgend für einen Moment bei ihr unterhakte. Die späte Nachmittagssonne strahlte angenehm vom tiefblauen Himmel, bis hinunter in die Gassen der Stadt, die Fahnen flogen von neuem empor, wirbelten herum und wurden wieder aufgefangen. Auf den Schultern eines Vaters war mitten im größten Lärm dessen kleiner Sohn eingeschlafen.

Der Zug nahm einen großen Bogen durch die Gassen und Gässchen von Levanto und endete dann wieder an der Piazza Cavour, wo Schaulustige bereits ungeduldig auf die kleine Abschlussvorführung warteten. Loretta hatte Giulia in knappen Worten berichtet, dass Ostersüßigkeiten verteilt werden würden, die sich in einem überdimensionierten Osterei mitten auf dem Platz befanden. Kinder spielten auf der Piazza übermütig Fangen, in freudiger Erwartung der Gaben. Ringsum auf Bänken und auf den Einfassungen von Blumenkästen saßen ältere Italiener und Italienerinnen, hier und da schleckte jemand ein Eis. Ein paar Kinder hatten sich kleine Fahnen besorgt und übten unermüdlich das Werfen. Manche von ihnen würden in einigen Jahren vielleicht auch im Zug mitlaufen und stolz ihr Können zeigen.

Loretta führte Giulia in Richtung des abgesperrten Runds, wo sie hinter den Reihen der Kinder zurückblieben, die sich vorne versammelten. Die folgenden Vorführungen der Fahnenschwenker waren beeindruckend, und Giulia gelang es, die eine oder andere fliegende Fahne auf einem Foto festzuhalten. Nach der Vorführung wurden die Gewinner einer Lotterie verlesen, und endlich ging es dem Ei an den Kragen. Ein Haufen fröhlich kreischender Kinder stürzte nach vorne.

Giulia wandte sich an Loretta: »Danke für diese Idee. Danke, dass ihr mich überredet habt.«

»Mussten wir dich denn überreden?«, fragte Loretta ernst.

Giulia musste lachen. »Nein, eigentlich nicht.«

Bevor sie wieder zurückfuhren, lud Giulia Loretta und Fulvio auf einen *caffè* ein. Sie wählten dafür die kleine Antica Pasticceria Bianchi, die Giulia durchaus schon bei ihren vorherigen Besuchen ins Auge gesprungen war. Loretta und Fulvio hatten eine wirklich angenehme Art, miteinander umzugehen, und in Momenten wie diesen wurde besonders gut deutlich, wie sehr sie einander zugeneigt waren. Loretta hatte von Anfang an keinen Zweifel daran gelassen, wer in ihrer Beziehung das Sagen hatte. Sie war die Aktivere, er der Ruhigere in ihrem Gespann. Dennoch passten sie gut zusammen. Fulvios sanfte Zurückhaltung war wie gemacht als Gegenstück zu Lorettas Forschheit. Er konnte sie zähmen, während sie ihm dabei half, nicht zu schnell klein beizugeben. Giulia dachte an ihren Vater und ihre Mutter, die sich vollkommen anders verhielten. Und an Alessandro und Pina – wie waren sie wohl miteinander umgegangen?

Schließlich entschuldigte sich Loretta: »Wir haben versprochen, später auf die Kinder meiner Nichte aufzupassen. Wir müssten uns jetzt leider verabschieden.«

»Kein Problem, ich bringe euch zu eurem Fahrzeug.«

»Das ist doch nicht nötig.«

»Keine Widerrede. Ich muss auch noch ein paar Dinge in der Villa erledigen.«

Etwa zwanzig Minuten später winkte Giulia den beiden zu, als sie den Hof verließen. Dann ging sie in die Küche und wählte endlich Trixis Nummer.

ACHTZEHNTES KAPITEL

»Das wurde aber auch Zeit. Ich sitze hier seit Tagen quasi neben dem Telefon und warte auf die neuesten Nachrichten«, sagte Trixi schon nach dem zweiten Klingeln.

Giulia lachte. »Hast du etwas zu trinken?«, fragte sie dann. »Das könnte ein längeres Gespräch werden.«

Trixi schnalzte mit der Zunge. »Ich hoffe mal, du hast genügend zu trinken, denn ich lasse dich erst aus der Leitung, wenn ich alles weiß.«

»Hab ich. Ich bin in der Küche, quasi an der Quelle.«

»Du weißt, dass ich ein Nachtmensch bin?«

Giulia hob den Kaffeebecher mit dem kläglichen Rest Kaffee an die Nase und schnupperte an dessen Inhalt. Sie liebte diesen Duft. »Weiß ich.«

»O.k., schieß los.«

Giulia wusste gar nicht recht, wo sie anfangen sollte: bei der Villa, die sich in ihr Herz gestohlen hatte, bei den Menschen, die sie kennengelernt hatte; oder bei dem, was sie inzwischen über die Vergangenheit ihrer Mutter wusste. Sollte sie mehr von Marco erzählen? Sie konnte ihn nicht vergessen. Sie konnte es einfach nicht.

»O.k., Punkt eins. Wie geht es unserem schönen Unbekannten?«, kam ihr Trixi zuvor. »Auch wenn es natürlich auf die inneren Werte ankommt?«

»Es ist ... kompliziert«, setzte Giulia an, schwieg dann aber.

»Was ist das Problem?«

Giulia kämpfte um eine Erwiderung, die auch in ihren Ohren nicht nur seltsam klingen würde, doch ihr fiel einfach nichts ein. »Sein Vater und meine Mutter waren wohl mal ein Paar. Sie hat ihn sitzenlassen«, sagte sie schließlich.

»Oho.«

Giulia hörte, wie Trixi mit tiefen Schlucken trank. »Er ist Olivenbauer«, fuhr sie fort. »Ihm gehört das Nachbargrundstück. Ich denke darüber nach, ob wir ihm unsere Olivenbäume verpachten können.«

»Nun mal langsam, die Bäume und all das gehören doch wohl deiner Mutter, oder?«

Trixi hatte natürlich recht, trotzdem spürte Giulia einen leichten Unwillen darüber, von ihr ausgebremst zu werden.

»Ja, schon.«

»Du müsstest also zumindest mit ihr darüber reden.«

»Ja, Mami.« Giulia stand auf und schaute durch die Tür nach draußen in den Garten. »Und da kommen wir zum zweiten Punkt. Mama nimmt meine Anrufe nicht an.«

»Kürzlich habe ich deinen Vater getroffen, der sagte, deine Mutter ist auf Wellness ...«

»Ja, stimmt, aber vorher auch nicht ...«

»Mhm.«

Sie schwiegen beide, dann nahm Trixi den Faden wieder auf: »Du willst also die Sache zwischen deiner Mutter und diesem Nachbarn irgendwie ins Lot bringen, Giulia? Ist es das? Denkst du denn, dass das nötig ist? Oder hat das etwas mit deinem Kerl zu tun? Wir wissen nicht wirklich, was damals geschehen ist, oder? Deine Mutter hat eine Entscheidung getroffen, was auch immer ihre Beweggründe waren. Es ist ihr Leben. Sie muss darüber keine Rechenschaft ablegen, finde ich.«

»Ich weiß nicht. Ja, vielleicht nicht.« Giulia stieß einen Seufzer aus. »Ich finde nur, die Sache sollte geklärt werden. Weißt du, es gibt so viele Dinge, die mir durch den Kopf gehen, seit ich hier bin ...«

»Okay«, gab Trixi gedehnt zurück. »Was könnte denn unserer gradlinigen Giulia durch den Kopf gehen? Hat es etwas mit deinem, hm ...«

»Er heißt Marco.« Giulia wechselte das Handy auf die andere Seite. »Es ist die Gegend, es ist Marco ... Und ich vermisse meine Arbeit nicht.« Da ist es wieder, fuhr es ihr durch den Kopf: Ich vermisse meine Arbeit nicht.

»Das tue ich auch nicht, wenn ich Urlaub mache.«

»Dieses Mal ist es anders. Und deshalb muss ich unbedingt mit meiner Mutter reden.«

»Und mit deinem Vater. Das wirst du ohnehin müssen, wenn ich richtig deute, was du gerade gesagt hast.«

Giulia bemerkte, dass sie inzwischen im Garten stand und starr zum Meer hinüberschaute, vermutlich schon eine ganze Weile. Trixi hatte die Sache wieder einmal glasklar erkannt und benannt. Giulia zog die Schultern hoch. »Ich weiß ehrlich nicht, was ich ihm sagen soll.«

»Na, das kann ich mir vorstellen.«

Trotzdem fühlte es sich mit einem Mal an, als offenbare sich hier eine Möglichkeit. Sie hatte es vermieden, eingehender mit ihrem Vater zu sprechen, weil sie ihm sein Schweigen nachtrug und weil er ihr auswich, aber natürlich war das keine Lösung. Sie seufzte. »Du hast recht, Trixi.«

»Natürlich habe ich recht. Und jetzt erzähl mir noch ein bisschen von Marco und der Gegend.«

Nachdem Gespräch saß Giulia noch eine Weile im Garten und dachte nach. Dann ging sie in Enzos Arbeitszimmer und skizzierte ihre Vorschläge zu den Olivenbäumen, wenn auch unter Vorbehalt. Noch am gleichen Abend ging sie bei Anbruch der Dämmerung zum Hof der Signorellos hinüber und warf die Papiere in den Postkasten. Falls Alessandro sie bemerkte, ließ er es sie nicht wissen.

NEUNZEHNTES KAPITEL

Früh am nächsten Morgen erreichte sie ihren Vater in seinem Büro.

»Warum hat Mama ihren Vater verschwiegen?«, kam Giulia ausnahmsweise sofort zur Sache. Sie saß an Enzos Schreibtisch und blickte durch die breiten Fensterscheiben hinaus in den Garten.

Robert Zeidler atmete hörbar aus. »Ich weiß es nicht«, sagte er dann überraschend ruhig, trotzdem meinte Giulia, noch etwas anderes in seiner Stimme zu hören. »Ehrlich. Sie wollte nie viel davon erzählen, Giulia. Das musste ich akzeptieren, denn ich hatte wirklich den Eindruck, dass ich sonst Gefahr lief, sie zu verlieren. Du weißt, wie entschieden deine Mutter sein kann. Sie war besonders entschieden, was das anging.«

Sie hörte, wie er seinen Drehstuhl etwas vom Tisch zurückschob. »Und dir gefällt es, ja?«, wechselte ihr Vater abrupt das Thema, und Giulia bemerkte erfreut, dass aus seiner Stimme jetzt echte Neugier klang. Vielleicht fand er sich ja allmählich mit ihrer Reise ab.

»Ja, es gefällt mir«, sagte sie ehrlich. »Es gibt einen wunderschönen Garten, selbstangebautes Gemüse und Hühner. Großvater hat Jasmin angebaut. Ich finde das faszinierend.«

Sie hörte selbst, wie anders ihre Stimme klang.

Ihr Vater hatte das auch gehört, sie erkannte es an seinem Räuspern. »Giulia«, sagte er dann langsam, »du wirst mir doch sagen, wenn sich etwas ändert, ja?«

»Ja, Papa, das werde ich.« Giulia nahm ihren Mut zusammen. »Also, ich glaube, ich ... Ich möchte gerne länger hierbleiben.« Angespannt hielt sie den Atem an, während ihr Vater schwieg.

Und er schwieg lange. »Über welchen Zeitraum sprechen wir?«, fragte er dann.

»Ich ... Es hängt auch von Mama ab ... Vielleicht ein paar Monate?«

Wieder schwieg er längere Zeit, dann räusperte er sich. »Ein Sabbatjahr? Meinst du das?«

Sie überlegte. »Ja, so ungefähr.«

Er atmete erneut hörbar aus. »Ist das denn wirklich von deiner Mutter abhängig?«, fragte er ruhig.

Und damit hatte er den Nagel auf den Kopf getroffen. Giulia gab keine Antwort, sie wusste ohnehin, dass er sie kannte.

»In Ordnung«, sagte er schließlich, »aber du wirst dich irgendwann dennoch entscheiden müssen. Bitte sag mir Bescheid, wenn es so weit ist.«

»Ich weiß, Papa. Und das werde ich. Danke.« Sie war ihm wirklich zutiefst dankbar. Etwas von der Ruhe und dem Vertrauen war in ihre Beziehung zurückgekehrt, das über eine unverhoffte Nachricht aus Italien vor ein paar Wochen verloren gegangen war.

Am Abend lag Alessandros Antwort im Briefkasten. Marcos Vater hatte eine sehr ordentliche Schrift. Giulia starrte ihren Namen auf der Anschrift eine Weile an, als sei den Schwüngen und der Art des Drucks der Inhalt zu entnehmen, dann öffnete sie noch vor der Tür den Umschlag und überflog den Brief.

Abgelehnt! Er hatte abgelehnt. Giulia las noch einmal, langsamer, vielleicht hatte sie ja etwas falsch verstanden, aber nein. Alessandro schrieb, dass er eine Lösung gefunden habe und keine Hilfe durch *ihre* Familie brauche. Der ich damals nicht gut genug gewesen bin, schwang deutlich in seinen Zeilen mit.

Der Abendhimmel färbte sich mit einem Mal dramatisch orange-rot, als wolle er sich ihrer Stimmung anpassen.

Giulia ließ den Brief sinken. Offenbar hatte sie die Situation nach ihrem letzten Gespräch doch falsch eingeschätzt. So ruhig er ihr von allem erzählt hatte, so tief war er doch auch nach so vielen Jahren immer noch verletzt.

Aber von welcher Lösung sprach er? Giulia runzelte die Stirn. Spielte bei dieser Lösung etwa Paolo Messi eine Rolle, der Makler aus Mailand? *Jetzt denke ich schon wie Marco*, fuhr es ihr durch den Kopf. Sie erinnerte sich noch gut, was Marco ihr zu den Geschäften des Maklers erzählt hatte, und ja, sie war sich auch sicher, dass Alessandro mit einer solchen Entscheidung nicht glücklich werden würde.

Alessandros Herz war mit diesem Land verbunden – wenn er es verlor, war auch er verloren. Was konnte sie nur tun?

ZWANZIGSTES KAPITEL

»Trixi, was machst du denn hier?«

Giulia war vollkommen überrascht, als es an diesem Mittwochabend noch einmal klingelte. Über den Tag war sie kurz auf dem Markt gewesen und hatte anschließend ein wenig mit Fulvio im Garten gearbeitet. Loretta war wieder bei ihrer Nichte und deren Kindern. Giulia hatte überlegt, mit Fulvio über Alessandro und das Angebot zu reden, die Idee aber dann verworfen.

Trixi grinste, dann schaute sie sich um. »Du hast das vorgestern alles so wunderbar beschrieben, dass ich es einfach sehen musste, und da ich gerade ohnehin Urlaub habe ... Allerdings habe ich mir eine etwas enthusiastischere Begrüßung vorgestellt.«

»Oh Mann, Trixi, klar doch, herzlich willkommen!« Giulia umarmte ihre Freundin. »Ich freue mich, dich zu sehen. Wie hast du es denn hierher geschafft?«

»Zug und Taxi. In etwa vier Stunden bis Zürich, letzter Kaffee aus meiner Thermoskanne. Danach in Richtung Mailand, fast hätte ich das Aussteigen verpennt ... Ciabatta im Bahnhof, aber sehr lecker ... Zug nach Levanto, über Dörfer, Dörfer und mehr Dörfer ...« Trixi grinste.

»Und dein Arbeitgeber?«

»Hab an Ostern gearbeitet und jetzt eine Woche frei. Aber

jetzt lass mich erstmal gucken.« Trixi ließ den Blick an der Villa nach oben wandern, drehte sich dann um und starrte Giulia an. »Hier ist deine Mutter also aufgewachsen«, sagte sie schließlich. »Warum verschweigt man so was?«

Giulia zuckte die Schultern. »Ja. Und keine Ahnung. Aber jetzt komm doch erstmal rein. Willst du was essen?«

»Mit dir? Immer! Was gibt es denn?«

»Penne con salsiccia e finocchio.«

»Nudeln mit italienischer Bratwurst und Fenchel?«

»Genau.«

Bald saßen sie draußen auf der Terrasse. Trixi sah sich staunend um. »Giulia, das ist echt schön hier! Ich bin ja eher ein Stadttyp, aber das ist echt, echt schön hier, echt, echt schön ... Hier kann man es durchaus ein paar Tage aushalten.«

Giulia schmunzelte. »Nicht wahr?«

Nachdem sie sich gestärkt hatten, zeigte Giulia Trixi ausführlich die untere Etage des Hauses und den Garten. Die Freundin kam aus dem Staunen kaum noch heraus. »Das ist echt ganz schön viel Jasmin!«, merkte sie an, als sie schließlich in dem kleinen, eingemauerten Bereich standen. Sie ging die Stufen in den etwas tiefer gelegenen Garten herunter und noch ein paar Schritte weiter in die Plantage. »Hm, das erinnert mich jetzt doch an die Zeit, in der ich mich hobbymäßig ein bisschen mit der Herstellung von Naturkosmetik beschäftigt habe, weißt du noch?«

»Klar.« Giulia grinste. »Es gab selbstgemachte Cremes zu Weihnachten. Ich hatte plötzlich keinen Platz mehr im Kühlschrank.«

Trixi lachte, dann ging sie zu einem der Sträucher und

streifte sanft mit den Fingern daran entlang. »Echtes Jasminöl ist schon eine tolle Sache. Ich konnte mich leider nie dazu durchringen, es zu kaufen, dabei liebe ich den Geruch total.«

»Vielleicht kannst du es ja hier kriegen«, überlegte Giulia, »auch wenn ich leider immer noch nicht weiß, wie es mit dem Jasmin und allem dieses Jahr weitergeht.«

»Das wäre super!« Trixi klang begeistert. Natürlich machte sie sich wie immer keine Gedanken darum, ob etwas nicht funktionieren konnte. Das tat sie nie.

Nachdem sie sich den Garten ausgiebig angeschaut hatten, entschieden sie sich, noch einen Espresso auf der Terrasse zu trinken, wie es Giulia schon in den Wochen ihres Aufenthaltes hier zu einer lieben Gewohnheit geworden war. Danach erst brachten sie endlich das Gepäck nach oben. Giulia zeigte Trixi das alte Schlafzimmer ihres Großvaters, in dem sie selbst schlief, und dann das frisch renovierte, ehemalige Zimmer ihrer Mutter. An den Fenstern waren seit gestern Gardinen aus einem gelben Stoff mit kleinen blauen Blüten angebracht. Auf dem Bett lag eine neue Matratze, und es war frisch mit zitronengelber Bettwäsche bezogen.

Trixi sah sich um. »Du hast hier offenbar einiges gemacht«, stellte sie fest.

»Hm.«

»Einfach so, obwohl du gar nicht weißt, was mit diesem Haus werden wird? Das ist aber eigentlich nicht deine Art, oder? Ich frag ja nur.«

Giulia zuckte die Achseln. »Ich habe versucht, etwas über meine Mutter und ihre Zeit hier herauszufinden.« Sie schluckte. »Und es fühlte sich einfach richtig an«, fügte sie dann hinzu. »Ich mag dieses Haus. Ich möchte mich darum kümmern.«

»Na, das wiederum kann ich verstehen. Das alles ist in der Tat ziemlich beeindruckend.« Trixi schaute sich um. »Ich schlafe also hier?«

»Wenn das okay ist?«

»Klaro! Ist das für dich auch in Ordnung?«

»Ja, natürlich.« Giulia öffnete den Schrank aus braunem glänzenden Holz. »Hier ist jedenfalls genug Platz für deine Sachen. Soll ich Mamas Sachen rausnehmen?«

»Nicht nötig.«

»Okay.«

Giulia dachte an die Dinge, die ihre Mutter zurückgelassen und die sie beim Aufräumen für später in eine Kiste gepackt hatte. Für wann »später« eigentlich?

»Danke.« Trixi ließ ihre Tasche fallen, dann lief sie zum Fenster, sah hinaus und schwieg. Giulia erinnerte sich daran, wie sie zum ersten Mal selbst dort gestanden hatte.

»Das ist ja traumhaft!«

»Das ist es. Ich glaube übrigens, dass dieser Anblick bei meiner Ankunft hier das Zünglein an der Waage war. Als ich das gesehen habe, war es einfach um mich geschehen.«

»Das kann ich verstehen.« Trixi blickte weiter aus dem Fenster. »Und du schläfst direkt nebenan?«

»Ja.« Giulia lachte.

»Gut. Ich kann es kaum erwarten, ans Meer zu fahren«, fuhr Trixi dann fort.

»Oh ja. Das machen wir morgen.« Giulia lächelte. »Ich werde dir gerne alles zeigen.«

EINUNDZWANZIGSTES KAPITEL

Natürlich war Giulia am nächsten Morgen vor Trixi wach. Sie hinterließ der Freundin einen Zettel, fuhr rasch nach Levanto hinunter, besorgte frische Brötchen in der Bäckerei und suchte auch noch den Feinkostladen auf, um Koch- und Parmaschinken, Salami und Gorgonzola zu kaufen. Gestern auf dem Markt hatte sie eher zurückhaltend eingekauft. Als sie zurückkam, schlief Trixi immer noch. Giulia machte sich daran, den Tisch auf der Terrasse zu decken und Kaffee aufzubrühen. Bisher hatte sie sich nicht dazu durchringen können, mit Alessandro zu reden. Vielleicht war sie auch feige. Aber immerhin hatte sie endlich ihren Vater angerufen.

Sie hatte bereits zwei Tassen Kaffee getrunken, als eine äußerst verschlafen aussehende Trixi noch in ihrem Schlafshirt zu ihr auf die Terrasse hinaustapste.

»Hm, Frühstück, und ich habe erstaunlicherweise schon wieder einen Bärenhunger. Muss an dem guten Essen liegen. Deine Penne mit Fenchel waren echt unübertrefflich.«

»Danke. Die Nudeln habe ich aus einem Spezialgeschäft in Levanto, besser geht es nicht. Sie verkaufen nur Nudeln und verschiedene Saucen. Kaffee?«

»Unbedingt.«

Giulia schenkte ihrer Freundin eine Tasse ein, die gab großzügig Milch dazu, belegte sich dann das Brötchen mit Kochschinken und nahm dazu ein Ei. »Hm, köstlich. Wer hätte gedacht, dass du mal eigene Hühner hast?«, sagte sie grinsend.

Giulia lachte. »Ich habe nicht nur Hühner, sondern auch einen Kater, vergiss das nicht.« Als habe er gehört, dass über ihn gesprochen wurde, tauchte er in diesem Moment auf und stolzierte vor ihnen über die Terrasse, um dann mit einem eleganten Sprung in den Garten zu entschwinden.

»Das ist aber ein hübscher Kerl.«

»Allerdings. Das ist Autunno.«

Sie sahen dem Kater nach, der selbstbewusst mit hocherhobenem Schwanz aus ihrem Sichtfeld stolzierte.

»Herbst? Ich vermute, seiner Farbe wegen? Er lässt jedenfalls keinen Zweifel daran, dass er hierhergehört.«

»Nein, wirklich nicht.«

Trixi schob den Eierbecher beiseite. »Und jetzt freue ich mich schon einmal sehr auf mein nächstes Frühstücksei von wirklich glücklichen Hühnern«, sagte sie, um dann krachend in den Rest ihres Brötchens zu beißen.

»Du wirst kein besseres finden«, gab Giulia zurück. Und eigentlich meinte sie es sogar ernst. Es machte Spaß, die Hühner zu füttern, und sie fand wirklich, dass die Eier viel, viel besser schmeckten als alle, die sie bisher gegessen hatte.

Nach einer Weile lehnte sich Trixi zurück. »Mann, am liebsten würde ich ja ewig hier sitzen bleiben, aber irgendwie möchte ich langsam auch das Meer sehen. Ich bin in einer Luxus-Zwickmühle, fürchte ich.« Sie lachte.

»Verständlich«, stimmte Giulia zu. »Wie wär's, wenn wir uns auf den Weg machen, kurz bevor die Geschäfte wieder aufmachen? Wir müssen später bestimmt noch ein paar Sachen einkaufen.«

»Klingt vernünftig. Und bis dahin gibt es ja noch ein paar andere Sachen zu klären, oder? Wie willst du die Sache mit Alessandro angehen?«

»Ich muss wohl zu ihm gehen.«

»Soll ich dich begleiten?«

»Dazu bist du doch gar nicht munter genug, du Eule.« Giulia grinste.

»Stimmt auch wieder.« Trixi kämpfte gegen ein Gähnen an, und sie beide lachten.

»Nein, im Ernst«, sagte Giulia dann. »Ich weiß dein Angebot zu schätzen, aber ich muss da alleine durch.«

Entschlossen machte sie sich auf den Weg. Doch schon eine halbe Stunde später war sie unverrichteter Dinge wieder zurück. Alessandro war nicht zuhause. Oder öffnete ihr einfach nicht. Dummerweise hatte sie damit nicht gerechnet und folglich auch nichts zu schreiben mitgenommen. Sie würde wohl oder übel einen weiteren Versuch unternehmen müssen.

Kurz bevor die Geschäfte nach der Mittagspause wieder öffneten, machten sie sich zu Fuß auf den Weg nach Levanto, auf genau dem Pfad, den Marco Giulia seinerzeit empfohlen hatte. Giulia zeigte Trixi kurz die Stadt, dann tranken sie einen Kaffee in der Pasticceria Bianchi. Auf ihrem anschließenden Weg durch den Park in Richtung Strand entdeckte Giulia plötzlich Marco ein paar Meter entfernt. Sie war so überrascht, dass sie auf der Stelle stehen blieb. Trixi lief zunächst ein paar Schritte weiter, in die Betrachtung ihrer Umgebung vertieft.

»Was ist denn los?« Sie hielt an und schaute sich um. »Ah, verstehe.«

Giulia starrte Marco immer noch an. Seine Miene war düster, auch er war überrascht und wusste offenbar nicht, wie er mit dieser unerwarteten Begegnung umgehen sollte.

Giulia schluckte. »Hallo, Marco!«, sagte sie dann fröhlicher, als sie es tatsächlich empfand. *Ich muss mir keine Vorwürfe machen,* begehrte eine Stimme in ihrem Kopf auf.

Sie spürte Trixis Hand auf ihrem Arm. Sie hatten am Vorabend noch über ihn gesprochen, und Trixi wusste über alles Bescheid. »Brauchst du Hilfe?«

»Nein, ist schon in Ordnung.«

Trixi ließ ihren Blick von Giulia zu Marco und zurück gleiten. »Ich dreh dann mal eine Runde«, sagte sie. »Ich denke, ihr solltet reden.«

»Hm.« Giulia blickte wieder zu Marco, der bislang nichts gesagt hatte. Schließlich gab sie sich einen Ruck. »Können wir sprechen, Marco?«

»Wenn es sein muss.«

»Wollen wir uns irgendwo hinsetzen?«

Ihm war deutlich anzusehen, dass er am liebsten abgelehnt hätte, dann aber nickte er. Nebeneinander gingen sie los, an der Mauer entlang, ein Stück über den Strand, bis zur Mole und der Strandbar. Vor deren Eingang wechselten sie einen Blick. Was hatte sie hierhin geführt? Wieso hatten sie ausgerechnet dieses Ziel gewählt, das ihr jetzt so falsch vorkam? Giulia erinnerte sich mit übergroßer Deutlichkeit an den Tag, als sie mit Paolo aus Mailand hier gesessen hatte. Das war auch das letzte Mal gewesen, an dem sie Marco begegnet war. Jetzt sah er sie abwartend an. Sie spürte, dass es Fragen gab, die er gerne stellen wollte, aber er stellte sie nicht.

»Bitte«, sagte er stattdessen. Er ließ sie die Holztreppe vor sich her nach oben laufen. Die Stufen knarrten leise mit jedem

Schritt. Sie fanden einen Platz im vorderen Bereich, von wo aus man das Meer sehen konnte. Für einen Moment ließ Giulia den Blick über die Umgebung wandern, sah einen Deckenverkäufer, der eine Pause eingelegt hatte, während auf der Mole ein Kind an der Hand seiner Mutter vorantapste. Die Wellen waren heute stärker und sorgten für einprägsame Bilder. Die Bedienung kam. Giulia bestellte einen Cappuccino, Marco einen *caffè*. Sie dachte an den Moment, in dem sie ihn unten an der Treppe gesehen hatte und er zu ihr hochgeschaut hatte, und daran, wie schlecht sie sich gefühlt hatte ... Aber warum eigentlich? Sie waren kein Paar, sie hatten lediglich ein paar schöne Stunden miteinander geteilt. Sie hatten also nichts voneinander zu erwarten. Also konnte sie sich ja wohl mit jedem treffen, mit dem sie wollte. Ganz abgesehen davon, dass auch er ihr nicht die Wahrheit gesagt hatte. Er hatte ihr Laura verschwiegen. Nein, es gab eigentlich nicht den geringsten Grund, sich schuldig zu fühlen. Und sie war auch nicht ihre Mutter. Sie hatte diese Entscheidungen damals nicht getroffen. Sie nahm allen Mut zusammen, um ihre erste Frage zu stellen, doch er kam ihr zuvor.

»Warum hast du nicht auf meine Nachricht reagiert?«

Giulia erinnerte sich an den zerpickten Zettel, den sie gefunden hatte. Hatte sie in einem ersten Anflug von Verletztheit vielleicht die falschen Schlüsse gezogen? Sie hatte gedacht, er würde sich nochmal melden, wenn ihm wirklich an ihr lag. »Ich ... Da war ein Zettel im Hof, als ich zurückkam ... Ich fürchte, die Hühner ... Ich konnte es nicht lesen ...«

Sie hielt inne und bemerkte, wie Marcos Gesicht sich aufhellte, aber er sagte vorerst nichts weiter. Sie wartete noch einen Moment, dann räusperte sie sich. »Warum hast du es denn nicht nochmal versucht, als ich mich nicht gemeldet habe?«, wollte sie wissen.

Er schwieg. »Ich dachte ... dass mein Vater dich so verschreckt hat, dass du nichts mehr mit uns zu tun haben willst.« Er schluckte. »Dabei finde ich unsere Idee mit den Olivenbäumen immer noch gut.« Marco deutete ein Lächeln an und griff nach seiner Tasse.

Giulia war erstaunt. »Warum habt ihr ihn dann abgelehnt?«

Marco hielt kurz inne, die Tasse an den Lippen. »Wie, abgelehnt?«

Giulia musterte ihn aufmerksam. Er klang wirklich, als wisse er nicht, wovon sie sprach. War er so ein guter Lügner? Nein. Sie entschied sich, ihm zu glauben.

»Na, ich habe deinem Vater in der Zwischenzeit einen konkreten Vorschlag bezüglich unserer Olivenbäume gemacht. Also, ich habe ihm einen Brief geschrieben und ihm von unserer Idee erzählt, vorbehaltlich ... Hat er dir denn nichts davon gesagt?«

Nein, das hatte Alessandro nicht, das konnte sie in Marcos Gesichtsausdruck lesen. Er sah zuerst etwas verwirrt aus und im nächsten Moment nachdenklich. Dann setzte er die kleine Tasse ab. Es klirrte, als sie die Untertasse berührte.

»Nein, das hat er tatsächlich nicht«, sagte er langsam.

Giulia war fassungslos, dass Alessandro seinem Sohn das Angebot verschwiegen hatte. Sie umriss in knappen Worten, was sie ihm – selbstverständlich vorbehaltlich der Entscheidung ihrer Mutter – vorgeschlagen hatte.

Marco war sichtlich überrascht. Als sie geendet hatte, war es an ihm, für einen Moment lang zum Meer hinzuschauen, zu den Surfern, die auf Wellen warteten, und zu den Kindern, die nach einer Pause jauchzend wieder Ball spielten.

»Nein«, wiederholte er langsam, »das hat er mir alles nicht gesagt.«

Giulia räusperte sich. »Er hat dir wohl vieles nicht gesagt«, stellte sie fest, und zum ersten Mal war da wieder etwas Vertrautes zwischen ihnen, das sie eigentlich gar nicht wollte. Nicht so schnell jedenfalls, nicht so schnell ... Aber es lag etwas in seinem Blick, das ihr Herz leichter werden ließ, und sie merkte, dass sie sich sehr anstrengen musste, sich davon nicht umgarnen zu lassen.

Ich weiß nicht, ob ich ihm trauen kann, rief mahnend eine Stimme in ihrem Kopf.

»Hm«, setzte er an und öffnete den Mund, um etwas hinzuzufügen, doch in diesem Moment klingelte sein Telefon. Er schaute auf das Display und sprang dann auf, eine Entschuldigung auf den Lippen. »Einen Moment. Ich muss da rangehen.«

Sein Gesichtsausdruck zeigte, dass es wirklich dringend war.

»Klar.«

Sie sah, wie er auf Annehmen drückte.

»*Pronto!*«

Er nickte ihr einmal zu, blieb kurz stehen und lauschte, sprang dann aber die Holztreppe zum Strand herunter, wo er sich ein Stück entfernte. Giulia blickte ihm alarmiert nach. Sollte sie dieses Gespräch etwa nicht mitbekommen? Marco war stehen geblieben. Er starrte zu Boden, während er sprach und zuhörte. Ab und an malte er mit der Fußspitze Muster in den Sand, die er sofort wieder auslöschte. Giulia rief kurzentschlossen die Bedienung herbei und bezahlte. Sie ließ sich dennoch Zeit, ihre Sachen zusammenzuräumen, dann folgte sie ihm zum Strand hinunter.

Eigentlich will ich ihn nicht belauschen.

Marco sah sie nicht kommen, so sehr war er in sein Gespräch vertieft. Sie aber hörte seine Worte deutlich.

»Laura«, sagte er gerade, »Laura« und so etwas wie »beruhige dich doch.« Er sprach schnell, sodass es nicht ganz leicht war, ihm zu folgen.

Aber Giulia hatte genug gehört. Sie entfernte sich hastig und eilte die Stufen hinauf, die zu dem kleinen Weg unterhalb der Mauer führten. Nein, sie wollte nicht, dass er mitbekam, dass sie ging. Sie hatte ihm alles gesagt, was er wissen musste. Sie hatte sich bemüht, die Dinge ins Lot zu bringen. Was er und sein Vater daraus machten, war jetzt deren Sache.

Laura ... Schon wieder Laura ... Wer war diese Frau? Wollte sie das wissen? Hätte sie ihn fragen sollen? Laura war eine Schönheit. Zumindest das wusste sie. Der Gedanke wühlte Giulia auf. Während sie ihre Schritte beschleunigte, rief sie Trixi an und gab ihr Bescheid.

Laura hatte sehr plötzlich aufgelegt, wie so oft, wenn sie gestresst oder überfordert war. Marco wusste, dass ihr dann rasch alles zu viel wurde und sie nachdenken wollte. Alleine. Er schaute noch einmal auf das Display, als könne er darauf eine Antwort auf die drängendsten Fragen finden. Sie hatte dennoch versprochen, später noch einmal anzurufen, um noch ein paar Dinge zu klären, wenn sie sich beruhigt hatte. Er zögerte, dann schickte er ihr eine Nachricht hinterher, bevor er zur Strandbar zurückging. Giulia wartete jetzt bestimmt schon gut zehn Minuten. Er machte sich Vorwürfe, ihr nicht irgendwie zwischendurch Bescheid gegeben zu haben. So holprig sich ihr Treffen bislang gestaltet hatte, so froh war er doch, dass sie wieder miteinander gesprochen hatten.

Sie ist fort. Für einen Moment verharrte Marco reglos, als sein Gehirn begriff, was seine Augen bereits wahrnahmen, dann stopfte er das Handy in die Hosentasche und sprang die Stufen hinauf, als würde sich etwas ändern, wenn er nur näher an den Ort heranging, an dem er Giulia zuletzt gesehen hatte, als würde sie sich dann irgendwie wieder materialisieren, als habe er vielleicht versehentlich am falschen Tisch gesucht oder sie sei an die Bar gegangen, um noch einmal etwas zu bestellen.

Nein, er irrte sich nicht. Sie war weg. Dort, wo sie gesessen hatten, sortierte gerade ein deutsches Touristenpärchen in Funktionskleidung und Wandersandaletten seine Habseligkeiten. Sie hatten Campari Orange bestellt. Marco runzelte die Stirn. Wieso um Himmels willen war sie denn jetzt einfach verschwunden? Weil er so lange telefoniert hatte? Er entschied, dass es am einfachsten war, sie später in der Villa aufzusuchen. Zuerst aber musste er unbedingt mit seinem Vater über Giulias Vorschlag reden, sonst würde er platzen. Und dann musste er noch etwas erledigen, das keinen Aufschub duldete.

ZWEIUNDZWANZIGSTES KAPITEL

»Wo warst du?«

Manchmal klang sein Vater, als sei Marco noch fünfzehn und ihm Rechenschaft schuldig. Und manchmal musste Marco sich beherrschen, nicht wie ein fünfzehnjähriger Junge aufgebracht zu reagieren. Heute bestand diese Gefahr durchaus, denn er war ohnehin wütend und wusste gar nicht recht, wo er beginnen sollte. Auf dem Weg zurück zum Haus hatte er noch einmal Zeit gehabt, über das nachzudenken, was er von Giulia erfahren hatte.

Jetzt atmete er zunächst noch einmal tief durch und schlüpfte aus seiner Lederjacke. Er nahm sich Zeit, sie an den Haken zu hängen, um noch weiter runterzukommen. Er spürte die Unruhe seines Vaters in seinem Rücken. Wahrscheinlich ahnte er, dass etwas nicht stimmte, und wappnete sich für die nächste Auseinandersetzung. Endlich ließ Marco die Jacke los. Wie sollte er das Gespräch anfangen, wie seine Fragen stellen? Je länger er überlegte, desto deutlicher wurde ihm, dass es keine gute Art dafür geben würde. Also drehte er sich einfach um und fragte geradeheraus: »Ich habe Giulia getroffen. Kannst du mir sagen, warum du ihr Angebot abgelehnt hast?«

Alessandro runzelte die Stirn. »Du hast sie getroffen? Zufällig?«

»Ja, das kommt vor. Was denkst du denn, was sonst zwischen uns ist, nachdem du sie vom Hof geworfen hast?«, platzte Marco heraus und mahnte sich im nächsten Moment zur Ruhe. »Ja, wir haben uns zufällig getroffen. Und sie hat mir von ihrem Vorschlag erzählt.«

Alessandro wurde für einen Moment blass, dann färbte sich seine wettergegerbte Haut dunkler. »Geht dich nichts an, der Vorschlag«, presste er hervor. »Es ist mein Land, und es geht dich, verdammt noch eins, nichts an, warum ich abgelehnt habe. Ich kann meine Entscheidungen immer noch selbst treffen.«

Marco zwang sich zur Ruhe, obwohl sein Herz jetzt schneller klopfte und er einen Kloß in der Magengegend verspürte. »Aber ich wüsste es gerne, *papà*. Warum hast du das getan? Kannst du mir das sagen? Wir kämpfen seit Jahren gemeinsam um diesen Hof. Ich weiß, dass du die meiste Arbeit tust und die Verantwortung trägst, aber ich war doch immer an deiner Seite. Dieses Land bedeutet mir genauso viel wie dir. Was sie uns angeboten hat, könnte uns retten. Das muss dir doch klar sein!« Marco war fest entschlossen, nicht lockerzulassen. Er würde sich von seinem Vater nicht abspeisen lassen. Er hatte ein Recht darauf, zu erfahren, was hier vorging.

»Ich brauche keine Brosamen, ganz besonders nicht von *denen*«, brummte Alessandro. »Sie hat nichts gutzumachen. Niemand von denen muss etwas gutmachen. Pina hat sich damals entschieden, und ich hoffe sehr, sie ist glücklich geworden mit ihrem *Deutschen.*« Er machte eine Pause. »Wo ist Giulia denn jetzt? Ist sie mit dir hergekommen?«

»Giulia? Nein.« Marco musterte ihn skeptisch. »Hast du das denn erwartet?«

»Vielleicht«, sein Vater sah ihn listig an, »aber was weiß ich schon. Vielleicht hätte es mich ja auch gewundert?«

Marco war sofort alarmiert. »Wieso?«

»Weil sie mich vor ihrem Abschied nach Laura gefragt hat.«

»Sie hat dich nach Laura gefragt?« Marco traute seinen Ohren nicht.

Alessandro lächelte lediglich zur Antwort.

Und plötzlich fiel es Marco wie Schuppen von den Augen. »Was hast du ihr geantwortet?«

»Dass du abgereist bist, und dass Laura bei dir ist.«

»Laura ist meine Schwester«, merkte Marco an. »Ich habe sie lediglich begleitet.«

Alessandro zuckte die Achseln.

»Das weiß Giulia doch«, wiederholte Marco, »oder etwa nicht?«

Alessandro schwieg immer noch. Marco spürte mit einem Mal eine noch stärkere Woge von Wut, Enttäuschung und Hilflosigkeit in sich aufsteigen als zuvor.

»Was hast du dir dabei gedacht, *papà*?«, platzte es aus ihm heraus. »Ich liebe sie. Ich liebe Giulia. Sie ist mir wichtig. Es ist lange her, dass ich so etwas gefühlt habe, eigentlich kann ich immer noch nicht fassen, dass es passiert ist ... Ich dachte, das würde nie wieder geschehen. Wie kannst du nur den Menschen, den ich liebe, einfach anlügen?«

»Ich habe nicht gelogen. Sie hat nicht gefragt.« Alessandro verzog unwillig das Gesicht. »Und Laura? Du weißt, dass sie krank ist. Sie braucht uns. Sie braucht ihre Familie. Du kannst sie nicht einfach alleinlassen wegen ... wegen so einer. Laura hat niemanden außer uns.«

»Sie hat uns, und sie hat Mutter.« Marco schüttelte den

Kopf. »Außerdem hatte ich niemals vor, Laura alleinzulassen. Das würde ich niemals tun.«

Alessandros Miene wirkte steinern, als er die nächsten Worte sprach: »Weiß man es, wenn du demnächst mit deiner Deutschen abhaust?«

Mit deiner Deutschen, wie er das sagte ... Marco war längst klar, dass es hier nicht um Giulia ging, sondern um ihre Mutter. Alessandro hatte es offensichtlich nicht geschafft, seine Vergangenheit loszulassen, aber er, Marco, würde gewiss nicht zulassen, dass diese Vergangenheit sein Leben bestimmte.

»Du wirst mit ihr reden und ihr die Wahrheit sagen.«

»Ich habe schon mit ihr geredet.«

»Ich möchte, dass du über das sprichst, was damals geschehen ist.«

Alessandro zuckte zusammen. »Das habe ich schon. Sie weiß genug.«

Es lag Schmerz auf seinem Gesicht. Marco konnte ihm ansehen, wie sehr er immer noch litt. »Es ist schon sehr lange her, *papà*«, sagte er sanft. »Denkst du nicht, es wäre an der Zeit, damit abzuschließen?«

Alessandro verschränkte abwehrend die Arme vor der Brust und schwieg.

»Und dann musst du ihr von Laura erzählen.«

Alessandro sagte immer noch nichts.

Marco atmete tief durch. »Ich werde Giulia noch einmal einladen, ob du das gut findest oder nicht. Wir schulden ihr ohnehin noch ein Abendessen.«

»Ich werde nicht da sein.« Alessandro hielt seine Arme weiterhin fest verschränkt.

»Das werden wir sehen.«

Vater und Sohn maßen sich mit Blicken. Dann verließ Alessandro die Küche ohne ein weiteres Wort, und Marco fiel auf, dass er gar nicht dazu gekommen war, seinem Vater zu sagen, dass Laura wieder einmal ins Krankenhaus musste und er ihre Tochter Aurora gleich am Bahnhof abholen würde. *Ich möchte doch nur*, dachte Marco, *dass diese Last der Vergangenheit von deinen Schultern genommen wird.*

Er verharrte noch einen Moment nachdenklich auf der Stelle, bevor er in den Flur ging. Giulia war also weggelaufen, weil sie etwas von seinem Gespräch mitbekommen hatte. Hatte sie ihn auch vorher mit Laura gesehen? Er dachte nach. Da war dieser eine Tag gewesen, an dem er mit seiner Schwester unterwegs gewesen war. Am selben Tag waren Giulia und er sich auf dem Markt begegnet – das war nach der Katastrophe beim Abendessen gewesen –, und er hatte sie später am Tag mit Paolo Messi gesehen. Nun, es half nicht, Vermutungen anzustellen. Er musste sie aufsuchen und die Dinge klären. Ob sie inzwischen wieder in der Villa war?

Er schaute auf sein Handy. Nein, für einen Besuch sofort blieb leider keine Zeit.

Marco schnappte sich die Jacke vom Haken, tastete nach seinem Autoschlüssel und war schon wieder auf dem Weg nach draußen. Von seinem Vater war nichts zu sehen oder zu hören. Aber ihr Gespräch war noch nicht beendet, auch mit ihm würde er noch ausführlicher reden müssen – später. Jetzt fuhr er den Weg nach Levanto hinunter, und das heute schon zum zweiten Mal. Er erreichte den Bahnhof, eilte in die kleine Halle und überflog die Liste der ankommenden Züge auf dem Bildschirm. Gerade noch rechtzeitig sprang er die Stufen zum Gleis hinauf. Sein Blick flog nervös die lange Reihe der Wagen entlang, dann entdeckte er seine Nichte Aurora auch schon, und sie tat es fast im gleichen Moment. Es gab nicht der Hauch eines Zögerns, sie stürmte sofort auf ihn zu und warf sich ihm in die Arme. Er fühlte ihren schmalen Körper, das Beben, das sich auf ihn übertrug.

»Geht es dir gut, mein Täubchen?«, fragte er in ihr Haar. Er spürte ein Nicken. Dann standen sie voreinander und sahen sich an. Die Neunjährige sah blass aus. Ihre blonden, leicht lockigen Haare fielen ihr in einem Zopf zusammengefasst auf den Rücken. Einzelne kürzere Strähnen waren dem Haargummi entkommen und rahmten ihr Gesicht. Für einen Moment musterten sie einander beide ernst. *Je älter sie wird*, fuhr es Marco durch den Kopf, *desto ähnlicher sieht sie ihrer Mutter.*

»Gut, dass du da bist«, rief er, schlang seine Arme um sie und hob sie hoch. Sie war immer noch leicht, aber schwerer als früher, er musste sich inzwischen etwas mehr anstrengen.

»Hallo, Onkel Marco! Ich bin auch sehr froh«, sagte sie. Dann begann sie plötzlich, zu weinen.

»Nicht weinen«, flüsterte er in ihr Ohr, »nicht weinen.«

»Aber, ich will wieder nach Hause«, stieß sie mit einem Mal schluchzend hervor. »Ich will zu Mama.«

Das hatte sie bisher noch nicht häufig gesagt, und es traf Marco wie eine Messerspitze. Sie musste Angst haben, und sie tat ihm so leid.

»Aurora«, setzte er vorsichtig an.

»Ja, ich weiß, Mama muss sofort ins Krankenhaus, und sie wird sich wieder erholen, wie immer und ...« Aurora presste die Lippen so fest aufeinander, dass sie ganz weiß wurden. »Was, wenn nicht?«

»Doch, sie wird sich wieder erholen«, sagte Marco.

Aurora sah noch einen Moment zu Boden, dann hob sie den Kopf und blickte ihren Onkel an. *Was wenn nicht*, konnte er in ihren Augen lesen.

Er legte ihr ermunternd die Hand auf die Schultern. »Komm, wir fahren zu Opa Sandro. Er wartet bestimmt schon sehnsüchtig auf uns.«

Aurora war immer noch wie erstarrt. »Aber warum konnte ich nicht zuhause bleiben? Ich bin jetzt groß genug. Oma ist da, und ich kann doch alleine auf mich aufpassen. Ich kann ja auch alleine Zug fahren. Was, wenn Mama stirbt? Ich will bei ihr sein.«

»Deine Oma muss sich um ihr Geschäft kümmern.«

»Ich könnte zu einer Freundin ...«

»Wir können ihre Hilfe nicht immer ausnutzen, Aurora.«

»Ich will zu Mama.«

Marco wusste nicht, was er noch sagen sollte. Er begann, zu laufen, und zog seine Nichte einfach mit sich. Sie wurde älter, und ihre Sorgen wurden andere. Sie ließ sich nicht mehr so einfach beruhigen oder ablenken. Die Zeiten änderten sich. Natürlich war es nicht das erste Mal, dass sie zu Alessandro und ihm kam, während Laura im Krankenhaus behandelt wurde. Laura bemühte sich immer, so lange wie möglich durchzuhalten, aber manchmal ging es nicht. Manchmal machte ihr Körper nicht mehr mit. In Levanto hatten sie die Situation, so gut es ging, geregelt. Hier gab es Erwachsene, die auf sie aufpassen konnten, und sie konnte zur Not auch die Schule besuchen.

Marco ging noch etwas schneller, und Aurora fügte sich endlich in ihr Schicksal. Er umarmte sie mit dem rechten Arm, während er mit dem linken ihr Gepäck trug. Inzwischen hatten sie die Treppe erreicht, die in den Tunnel hinabführte, über den man die Bahnsteige oder die Bahnhofshalle erreichte. Aurora zitterte. Sie stiegen aus dem Tunnel nach oben und fanden sich in der Eingangshalle des Kleinstadtbahnhofs wieder.

»Sie stirbt nicht, Aurora. Im Krankenhaus helfen sie ihr doch immer. Das weißt du doch.« Marco drückte seine Nichte noch einmal fester an sich. Wie immer würde sie einen Augenblick brauchen, um sich an die Situation zu gewöhnen.

Aber bevor sie zu Alessandro fuhren, würde er zuerst Giulia aufsuchen. Auf dem Weg dorthin würde er Aurora das Nötigste erklären.

DREIUNDZWANZIGSTES KAPITEL

Wo war sie? Wo sollte er nur mit der Suche beginnen? Leider hatten Marco und Aurora Giulia in der Villa nicht angetroffen. Loretta war an die Tür gekommen, mit einem Kochlöffel in der Hand, offenbar bereitete sie gerade das Abendessen zu. Sie hatte ihn äußerst misstrauisch angesehen und bekundet, Giulia und ihre Freundin seien noch unterwegs. Die Freundin hatte er ja schon gesehen, ihren Namen kannte er nicht. Giulias Wagen stand im Hof, also waren die beiden zu Fuß nach Levanto gegangen, wie er es ihr vor gar nicht langer Zeit selbst einmal für ein zukünftiges Treffen vorgeschlagen hatte. Aurora an seiner Seite gähnte bereits zum zweiten Mal und flüsterte ihm dann zu, sie habe großen Hunger und sei auch müde. Marco entschied, seine Nichte rasch zu seinem Vater zu bringen.

Sie beide mochten im Streit auseinandergegangen sein, jetzt aber schloss Alessandro seine Enkelin in die Arme und überhäufte sie mit Koseworten.

»Warum hast du nichts davon gesagt, dass sie kommt?«

»Ich bin nicht dazu gekommen, oder?«

»Dann ist Laura also wieder im Krankenhaus. Wie geht es ihr?«

»Den Umständen entsprechend. Es wird ein paar Tage dauern.«

Sie stritten nicht vor Aurora, das hatten sie nie getan.

»Ich muss nochmal los. Kannst du ihr bitte was zu essen machen?«

»Natürlich.« Alessandro wandte sich liebevoll an Aurora. »Was hältst du von Opas Pesto?«

Aurora nickte, und Marco machte sich über die Olivenbaumterrassen erneut in Richtung Jasminvilla auf. Jetzt würde er eben so lange bei der Villa warten, bis Giulia und ihre Freundin aus Levanto zurückkamen. Er würde diese Sache ein für alle Mal klären, es hatte schon zu viele Missverständnisse gegeben.

Marco musste zugeben, dass er auch durchaus überrascht gewesen war, Loretta und ihren Mann in der Villa anzutreffen. Natürlich wusste er, dass sie für Giulias Großvater gearbeitet hatten, aber ihm war nicht klar gewesen, dass sie ihre Arbeit offenbar wieder aufgenommen hatten. War das jetzt vorübergehend, oder hatte Giulia doch mehr mit dieser Villa vor? So, wie die Dinge standen, musste er doch eigentlich davon ausgehen, dass sie die Villa verkaufen wollte? Dafür sprach schließlich einiges, unter anderem, dass er sie gemeinsam mit Paolo Messi gesehen hatte. Der Gedanke an Messi versetzte ihm einen Stich. Ach, er wusste einfach nicht, was er denken sollte. Die letzten Olivenbäume wichen vor ihm, die Jasminvilla tauchte vor seinen Augen auf, und er erreichte den Weg, der um das ummauerte Gelände herum zum großen Tor führte. Das Abendlicht war jetzt rotgolden. Er liebte diesen Anblick, doch heute beschleunigte er seine Schritte, statt ihn zu genießen. Er musste sich beeilen. Er hatte schon viel zu viel Zeit verschwendet.

Sie war da. Marco sah Giulia als Erste, an ihrer Seite diese Freundin. Dann erst bemerkte er Paolo Messis Auto und dann Paolo Messi selbst. Sie waren offenbar gerade erst in den Hof eingefahren, denn Messi schloss in diesem Moment die Fahrertür. Die Heuschrecke. Die Krake. Der Verräter. Marco beschleunigte seine Schritte. Paolo bemerkte ihn fast sofort, Giulia und ihre Freundin standen noch mit dem Rücken zu ihm, doch im nächsten Moment drehte Giulia sich um und starrte ihn an, wobei sie ein einziges Wort hervorbrachte: »Marco?«

»Die Villa steht nicht zum Verkauf«, platzte es aus Marco heraus, der jetzt vor Paolo Messi stand und ihn kalt fixierte. Die beiden Frauen hatte er noch nicht einmal gegrüßt.

Giulia baute sich aufgebracht vor ihm auf. »Was denkst du dir eigentlich, nach allem, was geschehen ist, hier einfach aufzukreuzen?« Sie hatte ihre Überraschung sehr rasch überwunden und war offenbar sehr wütend.

Marco wich einen Schritt zurück. Er hatte eindeutig schon wieder etwas falsch gemacht, trotzdem musste er sie irgendwie überzeugen, dass er auf ihrer Seite war. »Bitte, Giulia.« Er suchte ihren Blick. Sie musste ihm jetzt glauben, sie musste ihm vertrauen, auch wenn aus ihrer Sicht vielleicht alles dagegen sprach. »Bitte, Giulia. Es tut mir leid, ich ... Ich werde dir alles erklären. Ich kann dir wirklich alles erklären. Ich verspreche es. Bitte glaub mir.« Er schaute sie eindringlich an, als könne er sie damit überzeugen, aber ihr Gesichtsausdruck war immer noch angespannt. Ihre Freundin stand ihr wartend zur Seite, hatte sich bisher aber nicht zu Wort gemeldet. Es war Paolo Messi, der sich räusperte. Marco bedauerte kurz, dass er Aurora nicht mitgenommen hatte, aber der Tag war wirklich anstrengend genug für die Kleine gewesen.

»Glaub mir«, wiederholte er eindringlich, »die Villa steht nicht zum Verkauf.« Er maß Paolo Messi mit dem Blick. *Er sieht gut aus*, dachte Marco, *das war schon immer so* ... Ob Michelle dieses Mal dabei war? Nein, vermutlich nicht, Michelle mochte die Gegend eigentlich nicht. So sagte sie jedenfalls immer. Sie war nie mitgefahren, wenn es nicht absolut notwendig gewesen war oder mit etwas anderem verbunden werden konnte, zum Beispiel einem Ausflug nach Rom. *Michelle wird das hier nie als einen Teil deines Lebens anerkennen, Paolo*, fuhr es ihm durch den Kopf, *niemals*.

»Signor Messi war lediglich so freundlich, uns nach Hause zu fahren«, durchfuhr Giulia mit sehr präziser, klarer Stimme seine Gedanken, die Marco sehr deutlich zeigte, dass ihn das alles rein gar nichts anging. Er spürte, wie er rot anlief.

Es war Paolo, der sich in diesem Moment gewandt und mit einem charmanten Lächeln von Giulia und ihrer Freundin verabschiedete. »Signorina Zeidler?«, sagte er. »Es war schön, Sie und Signorina Bauer getroffen zu haben.«

»Vielen Dank, dass Sie uns mitgenommen haben. Es wäre für heute doch anstrengend gewesen, die ganze Strecke noch einmal den Berg hinaufzulaufen.«

»Nach dem Schwimmen schon gar nicht mehr«, fügte Trixi hinzu.

»Es war mir ein Vergnügen. Wirklich.« Paolo nickte Marco zu und stieg in seinen Wagen.

Marcos Wangen fühlten sich immer noch heiß an. Sie verfolgten alle drei, wie Paolo Messi seinen Sportwagen geschickt wendete und aus dem Tor hinausfuhr, wo er bald zwischen den Bäumen verschwand.

Dann wandte sich Marco noch einmal Giulia zu: »Bitte

verzeih mir, Giulia, und bitte, lass mich endlich alles erklären.«

Seine Schwester! Laura war seine Schwester und Aurora seine Nichte. Die Lösung war so einfach, und Giulia hatte beschlossen, sich nicht länger über den Irrtum zu grämen, der sie so viel Energie gekostet hatte. Gestern Abend hatte er ihr das kurz gesagt und versprochen, heute mit Aurora zum Mittagessen zu kommen und weitere Dinge zu besprechen. »Ich habe dir ja schon einiges erklärt, und ich denke, ich muss dir noch einiges erklären«, hatte Marco gesagt. »Mein Vater hat mich erst auf den Gedanken gebracht, dass du uns gesehen haben könntest, und offenbar hat er es nicht für nötig gehalten, dir die Wahrheit zu sagen. Es tut mir leid, dass du die falschen Schlüsse ziehen musstest.«

»Wie du vielleicht auch?«, hatte Giulia auf Paolo Messi angespielt.

»Ja.« Sie hatten sich einen Augenblick länger angeschaut und sich endlich ein Lächeln geschenkt, das sie beide schon viel zu lange vermisst hatten.

Als jetzt Marcos Wagen zur verabredeten Zeit in den Hof einfuhr, war Giulia so aufgeregt, dass sie sich dazu anhalten musste, ruhiger zu atmen. Er stieg aus und grüßte, lief dann einmal um das Auto herum und öffnete die rechte hintere Tür, um seine Nichte herauszulassen. Giulia erkannte sie sofort – das war das Mädchen vom Spielplatz. Unsicher griff die Kleine nach Marcos Hand, und die beiden liefen auf Giulia und Trixi zu.

»Hallo, Giulia, hallo Trixi.« Dann wandte Marco sich zu dem Mädchen an seiner Seite, das für diesen Moment aufmerksam zu ihm hochschaute. Er legte eine Hand auf ihre Schulter und schob sie sanft etwas vor sich. Sie sträubte sich leicht und lehnte sich dann rücklings gegen ihn, während sie die beiden Frauen sehr genau musterte. Es war deutlich sichtbar, dass er ihr Halt gab. Giulia hielt ihrem Blick stand und verstand gleichzeitig, dass Marco in Aurora auch immer eine entschlossene Verteidigerin an seiner Seite hatte. Sie liebte ihren Onkel.

»Das ist Aurora, meine Lieblingsnichte«, sagte er mit großer Ernsthaftigkeit. »Ich möchte, dass ihr euch kennenlernt.«

Aurora drehte den Kopf zu ihm hin, sah halb zu ihm hoch und grinste ihn fröhlich an. »Aber ich bin doch deine einzige Nichte«, stellte sie glucksend fest, und Giulia fand sie in diesem Moment vollkommen befreit kindlich. Das gefiel ihr.

»Ach, wirklich?« Marco tat überrascht.

»Ja, wirklich.« Aurora verdrehte die Augen.

Trixi trat einen Schritt vor. »Willst du die Hühner sehen, oder wollen wir vielleicht mal nach dem Kater suchen?«, fragte sie auf Italienisch. »Ich glaube«, sie zwinkerte Aurora zu, »die beiden hier brauchen etwas Zeit für sich.«

Marco nickte Aurora aufmunternd zu, die nach kurzem Zögern ebenfalls nickte. Oh ja, das wollte sie gerne. Giulia hörte, wie sie sagte, dass sie Katzen möge. Trixi antwortete langsam, nach Worten suchend. Die Kenntnisse aus dem Italienischunterricht, der jetzt viele Jahre zurücklag, würden kaum für alles ausreichen, aber Trixi wusste sich schon zu helfen. Eines war Trixi nämlich gewiss nicht: auf den Mund gefallen.

Giulia und Marco blickten Trixi und Aurora nach. An der Hausecke drehte Aurora sich noch einmal um und winkte ihrem Onkel zu, und Marco winkte lächelnd zurück. Doch als das Mädchen um die Ecke verschwunden war, wurde sein Ausdruck ernster.

»Aurora ist, wie gesagt, die Tochter meiner Schwester Laura. Es tut mir leid, dass du einen anderen Eindruck bekommen hast. Wenn ich das gewusst hätte ...« Er schüttelte bedauernd den Kopf.

Giulia bemerkte, dass sie die Arme um den Oberkörper geschlungen hatte, und ließ sie sinken. »Wollen wir uns setzen? Es spricht sich so seltsam hier im Hof, finde ich.«

Marco schaute sich um, als falle ihm erst in diesem Moment auf, wo sie sich befanden, und nickte dann mit einem leichten Grinsen.

Sie entschieden, auf die Terrasse zu gehen. Giulia stellte eine Karaffe Wasser und zwei Gläser auf den Tisch, neben die Orangen, die sie am Vortag vom Baum gepflückt hatte. Marco wartete höflich, bis sie sich setzte, und tat es dann auch. Für einen Moment saßen sie nur da und schauten in den Garten hinunter.

Giulia spürte, wie sie ruhiger wurde. »O.k.«, sagte sie, »lass uns reden. Erzähl mir von deiner Schwester und davon, warum Aurora bei dir ist?«

Marco blickte in den Garten hinaus. Seine Stimme war leise, als er zu sprechen begann: »Meine Schwester ist alleinerziehend, und sie hat eine kranke Niere. Sie hat diese Krankheit schon sehr lange. Das erste Mal wurde sie als Jugendliche krank, aber sicher war da schon als Kind etwas, eigentlich ...« Marco runzelte die Stirn. »Sie war immer sehr zart«, fügte er nachdenklich hinzu.

Giulia erfuhr, dass Laura in den letzten Jahren immer wieder bei Ärzten gewesen war und verschiedene Therapien durchlaufen hatte, schon länger musste sie regelmäßig zur Dialyse. In letzter Zeit war aber immer deutlicher geworden, dass kein Weg an einer Transplantation vorbeiführte. Die schwierigen Phasen nahmen zu, die Krankenhausaufenthalte wurden länger. Laura bedrückte es sehr, immer häufiger nicht für Aurora da sein zu können, aber bisher hatte sich kein passendes Spenderorgan gefunden.

»Mutter und wir kümmern uns gemeinsam um Aurora, wenn es nötig ist, aber meine Nichte ist meistens hier, um ihr eine gewisse Stabilität zu geben. Sie geht dann auch hier zur Schule.« Er schwieg einen Moment. »Du fragst dich sicher ...«, setzte er an.

»Was?«

»Ich habe mich testen lassen«, fuhr er fort, »aber ich bin nicht kompatibel, und Vaters oder Mutters Hilfe hat Laura bislang kategorisch zurückgewiesen. Sie meint, unser Vater brauche seine Kraft für unseren Hof, und dass sie ihn nicht noch stärker belasten will. Unsere Mutter steht jeden Tag in ihrer Boutique. Das ist ihr Lebenswerk, und ihr Einkommen. Sie hat keinen, der sie vertreten kann, sagt Laura. Dennoch steht außer Frage, dass in naher Zukunft etwas geschehen *muss* ...« Er stieß einen tiefen Seufzer aus. »Ich weiß inzwischen wirklich nicht mehr, was ich tun soll. Ich habe schon so oft versucht, sie davon zu überzeugen, Vater oder Mutter die Gelegenheit zu geben, ihr zu helfen. Die beiden wären bereit, natürlich, es ist ihre Tochter. Und was soll uns überhaupt an unserem Hof liegen oder an einer Boutique, wenn sie nicht mehr da ist? Laura aber besteht darauf, dass sie es sich nicht verzeihen könnte, sollte etwas schiefgehen, und dass es ein zu großes Opfer wäre. Was, wenn mein Körper die gesunde

Spenderniere abstößt?, sagt sie immer. Sie könne sich das niemals verzeihen. Sie will nicht mal, dass die beiden sich testen lassen.«

Giulia überlief ein leiser Schauder, als ihr aufging, wie schwer das für ihn sein musste. Sie konnte deutlich nachempfinden, wie viel ihm an seiner Schwester lag. Überhaupt waren die Signorellos offenbar eine Familie, die eng zusammenhielt. Dieser Gedanke bereitete ihr ein warmes Gefühl. Sie mochte ihre eigene Familie, aber die Zeidlers gingen doch sehr viel nüchterner miteinander um, und das empfand sie in Momenten wie diesem auch als schade.

Marco hob jetzt kurz den Kopf und lauschte, doch von Trixi und seiner Nichte war weder etwas zu sehen noch zu hören. *Er muss sich keine Sorgen machen*, dachte Giulia, die seine Gedanken erriet. Trixi konnte gut mit Kindern umgehen.

Nachdem sie einen Augenblick lang geschwiegen hatte, atmete Marco schließlich tief durch. »Aurora ist mittlerweile ein großes Mädchen und bewältigt die Strecke von Genua schon ganz alleine. Sie ist sehr tapfer.«

»Deine Schwester wohnt noch in Genua?«

»Ja. Inzwischen wohnt sie schon seit längerem wieder in der Wohnung unserer Mutter, es ging einfach nicht mehr anders.«

In diesem Moment drang Kinderlachen zu ihnen herüber. Marco sah gleich entspannter aus. »Wie praktisch, dass deine Freundin auch Italienisch spricht«, merkte er an.

Giulia lachte. »Wir hatten den Kurs zusammen belegt. Es wird etwas rostig sein, aber ich denke, das ist kein Problem für sie.«

»Nun«, sagte Marco mit einem ebenso breiten Lächeln,

»die beiden haben offenbar schon einen Draht zueinander gefunden.«

»Trixi findet zu jedem einen Draht«, gab Giulia lachend zurück, dann kam ihr plötzlich ein Gedanke: »Was ist eigentlich mit Auroras Vater?«, wagte sie zu fragen.

»Der ist ein Mistkerl.« Marco spuckte die Worte geradezu aus. »Sie sind früh zusammengekommen, da waren beide noch Teenager. Ich konnte ihn noch nie leiden«, sagte er aufgebracht. »Letztendlich hat er ihr immer etwas vorgemacht. Für ihn war sie nichts als eine Trophäe. Meine Schwester ist sehr hübsch, das weißt du ja ...«

Oh ja, das weiß ich, fuhr es Giulia durch den Kopf.

»Als ihm später klar wurde, wie krank sie ist, war sie nicht mehr interessant für ihn. Da war sie aber schon schwanger.« Marco schlang die Arme um den Oberkörper. »Die Schwangerschaft war eine Tortur für sie. Das kannst du dir nicht vorstellen. Ich weiß nicht, wie sie das überlebt hat, oder Aurora ... Und er war nicht da, zu keiner Sekunde. Na ja, zwei- oder dreimal hat er sie besucht, eigentlich immer, um sie anzuschnorren. Sie hatte nicht viel, nur ein Stipendium für eine Kunsthochschule – sie ist Fotografin –, und natürlich war sie oft krank und konnte nicht viel arbeiten, aber das hat ihn nicht daran gehindert ...« Marco seufzte. »Und sie hat ihm immer wieder die Tür aufgemacht. Immer wieder. Sie hätte jeden haben können, weißt du? Jeden! Aber er machte auf *bad boy*, einsamer Wolf, *hard to get*, und irgendwie ... Es tat jedes Mal weh, zuzusehen, wie er sie immer wieder um den Finger wickelte.« Marco blickte Giulia eindringlich an. »Laura ist nicht dumm, das darfst du nicht denken ... Ich bin mir sogar sicher, sie würde dir gefallen. Wahrscheinlich würdet ihr euch blendend verstehen.«

Giulia dachte daran, wie sie sich gefühlt hatte, als sie die beiden auf dem Spielplatz gesehen hatte, und musste schmunzeln. Gott, sie hätte dieser hübschen Frau die Augen auskratzen wollen.

»Warum grinst du?«

»Ich habe euch doch gesehen. Sie ist wirklich hübsch.«

»Oh ja«, aus Marcos Stimme klang brüderlicher Stolz, »und ihre Tochter kommt nach ihr. Gott sei Dank. Es wäre entsetzlich, wenn sie etwas von ihm hätte.« Er atmete tief durch. »Ich wäre echt froh, wenn ich Auroras Erzeuger nie wieder sehen müsste, aber zu allem Überfluss taucht der Kerl auch noch immer wieder auf, wenn er denkt, es gäbe etwas zu holen. Ich habe Laura immer wieder gewarnt, aber ...«

»Aber sie wollte nicht auf den großen Bruder hören?«

Marco blickte sie an und musste dann doch lachen. »Genau. Sie will einfach nicht auf ihren großen Bruder hören.« Er schüttelte den Kopf. »Und als wäre das nicht genug, gibt es noch jemanden, mit dem ich dringend sprechen muss und der offenbar auch nicht auf mich hören will.«

»Dein Vater?«, riet Giulia.

Er nickte.

VIERUNDZWANZIGSTES KAPITEL

Trixi und Giulia hatten sechs wunderbare Tage miteinander verbracht. Es war viel geschehen, aber sie hatten ihre Zeit gut genutzt und sogar Pinas altes Zimmer gestrichen, das jetzt in einem zarten, aber dennoch warmen Gelbton leuchtete. Vor allem aber hatten sie geredet, auch bis tief in die Nacht. Trixi hatte ihr ans Herz gelegt, noch einmal mit ihrem Vater zu reden und ihn auch um Unterstützung bei der Kontaktaufnahme mit Pina zu bitten, und Giulia hatte es ihr versprochen.

»Es bringt nichts, wenn du deine Gefühle weiter verbirgst. Ich sehe doch, was diese Gegend und all das hier mit dir gemacht hat, und jetzt, wo sich das mit Marco geklärt hat ...« Trixi zwinkerte ihr zu, »gibt es noch einen Grund weniger.«

»Denkst du, es ist richtig, wenn man sein altes Leben verlassen will?«

»Wenn es sich richtig anfühlt, sollte man es zumindest versuchen.«

»Bei dir klingt das immer so leicht.«

Trixi zuckte die Achseln. »Du wirst schon das Richtige machen, das weiß ich.«

Giulia hatte Trixi früh an diesem Dienstagmorgen zum Bahnhof gebracht, zum ersten Zug, der nach Mailand fuhr, wo sie dann ein paar Stunden später in den Direktzug nach Frankfurt steigen würde.

»Grüß Marco von mir, ihr seid so ein süßes Pärchen.«

»Mach ich.« Giulia lächelte.

Der Zug fuhr pünktlich ein, noch einmal umarmten sie einander fest. Dann verschwand Trixi, und kurz darauf fuhr der Zug ab. Giulia blieb noch einen Moment auf dem Bahnsteig stehen und schaute ihm hinterher, auch als er längst schon im Tunnel verschwunden war, die Arme in den langen Ärmeln ihrer Strickjacke vergraben, bevor sie den Bahnsteig verließ. Sie trank in der Bahnhofsbar noch einen Espresso und erstand dort schließlich auch eine kunterbunte Süßigkeit für Aurora. Die meisten Geschäfte hatten noch geschlossen, aber Giulia wollte auch nicht zur Villa zurückfahren, wenn sie denn schon einmal hier war. Sie verließ den Bahnhof, stieg linker Hand die Treppe hinunter und folgte der Straße, die in einer langgezogenen Kurve in Richtung Zentrum führte. Bald bog sie ein paarmal ab, bis sie schließlich die Fußgängerzone erreichte. Sie steuerte direkt auf den Bäcker zu und deckte sich mit Brot ein, außerdem kaufte sie *torta al limone*, einen saftigen Zitronenkuchen, für den Nachmittag. Dann schlenderte sie weiter durch die am frühen Morgen noch recht ruhigen Gassen. Giulia war jetzt doch froh, dass sie die Strickjacke angezogen hatte, zu deren Kauf Trixi sie gestern überredet hatte. Eigentlich waren ihr Schnitt und Länge etwas zu extravagant vorgekommen, doch inzwischen war sie zufrieden mit ihrem Kauf, denn das Beige mit leichten Anteilen von Glitzer passte hervorragend zu ihrem Haar und ließ ihre Augen geradezu erstrahlen. Noch dazu hielt die Jacke Giulia in der morgendlichen Frische ausreichend warm.

Sie bog wieder nach rechts ab, vorbei an dem kleinen Kino, das sie gerne einmal besuchen wollte, und dem Schuhladen, dessen Auslage sie mit Trixi bewundert hatte. Als sie die Piazza Cavour überquerte, wurde ihr klar, dass sie auf dem Weg zum Meer war. Es wunderte sie nicht, denn das Meer hatte immer einen beruhigenden Einfluss auf sie. Es erdete sie förmlich, auch wenn das im Zusammenhang mit Wasser natürlich etwas seltsam klang. Sie entschied sich für den Strandabschnitt links vom Schwimmbad. Sie stand schon eine Weile da und lauschte den Wellen, als ihr eine nur zu bekannte Gestalt ins Auge stach: Paolo Messi.

Giulia war überrascht, den Mailänder zu dieser frühen Stunde am Strand anzutreffen. Und sie war durchaus erleichtert, dass Marco Trixi und sie doch nicht begleitet hatte, denn bisher hatte er auf Paolo Messi immer reagiert wie ein Stier auf ein rotes Tuch. Noch überraschender fand sie es allerdings, dass Paolo die Beine seiner feinen Hose hochgekrempelt hatte und mit nackten Füßen im Wasser stand. Kalt war ihm offenbar nicht. Sie registrierte den feinen Kaschmirpullover über dem farblich passenden Hemd und die teuren Schuhe, die er ein Stück vom Meer entfernt sorgfältig nebeneinander abgestellt hatte. Sie wollte sich gerade langsam zurückziehen, als er plötzlich zu ihr hinsah. Einen Moment lang wirkte er noch abwesend, dann fokussierte er seinen Blick.

»Giulia?« Ein Lächeln breitete sich auf seinem Gesicht aus. »Signorina Zeidler, was machen Sie denn hier zu dieser Stunde?« Er stieg aus dem Wasser und streckte ihr die Hand hin. »Ich hoffe, es geht Ihnen gut und alles hat sich noch geklärt? Ich habe Ihnen doch keine Schwierigkeiten bereitet?«

»Ja, es ist, ich ...« Sie wusste nicht, was sie zu diesem Thema sagen sollte. Es gab keinen Grund, ihm irgendetwas zu erklären. Sie war ihm zu nichts verpflichtet. Sie wusste von Marco, dass Alessandro den Makler angerufen und sich Bedenkzeit erbeten hatte. Er hatte die Entscheidung über einen Verkauf vorerst aufgeschoben und Marco sogar versprochen, ehrlich über Giulias Idee nachzudenken.

Jetzt muss ich nur endlich mit Mama sprechen.

Paolo winkte ab. »Ist schon o.k. Sie müssen mir nichts erklären. Das ist mir schon klar. Ich habe außerdem auch nicht damit gerechnet, dass Sie sich eventuell mein Angebot für die Villa anhören, nur, weil ich Sie nach Hause fahre ...«

Jetzt wirkte er nicht mehr nachdenklich, sondern auf das Geschäft konzentriert. Es war erstaunlich, wie schnell er von einer Persönlichkeit zur anderen wechseln konnte.

»Nein, ich bin wirklich nicht interessiert.«

Er lächelte. »So ist das Leben«, fuhr er dann fort, »und alles andere wäre doch ziemlich langweilig. Ich mag es übrigens, wenn die Dinge mal nicht so einfach laufen. Sie nicht? Mir gibt das richtig Ansporn. Ich fürchte also, dass ich Ihre Villa im Blick behalten muss.«

Sie sah das Lächeln auf seinem Gesicht, und kurz kam er ihr vor wie ein Haifisch. Ganz sicher war es gut, dass er nicht wusste, dass die Villa ihrer Mutter gehörte.

»Fädeln Sie denn gerade neue Geschäfte ein?«, fragte sie.

Paolo Messi schüttelte den Kopf. »Nein.«

»Sie sind einfach so hier?«

Die Neugier in ihrer Stimme fiel auch ihm auf. Er musterte sie prüfend. »Denken Sie, ich kann nur ans Geschäft denken? Glauben Sie, dass jedes meiner Worte einen Preis hat? Was hat Ihnen Signor Signorello denn noch von mir erzählt?«

»Nichts.«

»Wirklich?« Er schien ihr nicht zu glauben.

»Nein, nichts«, wiederholte sie. »Wir sprechen eigentlich nicht über Sie.«

»Schade.«

Giulia entschied, nicht darauf zu antworten. »Sie wohnen in Mailand, ja?«, fragte sie stattdessen.

»Ja, ich habe meinen Hauptwohnsitz dort, aber ich habe auch noch andere Häuser, zum Beispiel auf Sardinien, an der Côte d'Azur und sogar in Cornwall.«

Kam es ihr nur so vor, oder versuchte er gerade, sie zu beeindrucken? Er ging ein paar Schritte den Strand hinauf und ließ sich dann in den Sand fallen. Giulia folgte ihm zögerlich. Da sie kaum einfach neben ihm stehen bleiben konnte, raffte sie ihre überlange Strickjacke und setzte sich neben ihn. Sie zog die Beine an und betrachtete für einen Moment ihre Füße, als gäbe es daran etwas zu entdecken.

»Eigentlich war ich dieses Mal nur zum Teil geschäftlich hier«, sagte Paolo Messi unvermittelt. »Ich besuche nämlich meine Familie, wissen Sie.« Er schaute sie an und fügte dann hinzu: »Ach, das hat er Ihnen nicht gesagt, nicht wahr? Nun gut, davon bin ich eigentlich auch nicht ausgegangen, aber Marco und ich kennen uns schon eine ganze Weile. Ich bin auch nicht der böse Eindringling aus Mailand. Ich komme von hier.«

Giulia wandte ihren Blick rasch zum Meer, durchaus auch, um ihn zu verbergen. Nein, das hatte Marco ihr tatsächlich nicht gesagt, aber eigentlich hatten sie auch wirklich nicht über Paolo gesprochen.

Paolo räusperte sich. »Ich bin hier aufgewachsen, wissen Sie? Zuerst bei meinen Eltern in Montale«, er deutete kurz in Richtung der Berge, »dann bei meiner *nonna* ... Meine Eltern sind nach England ausgewandert, als ich zehn Jahre alt war. Eigentlich wollten sie mich später nachholen, aber dazu ist es nie gekommen. Irgendwann war klar, dass ich hier und dass sie dort bleiben würden, in England. Mit ihrem Eiscremeladen und meinen Schwestern und Brüdern, die ich nie kennengelernt habe. Als Marco und ich Jungs waren, kam er immer in den Ferien her, und dann waren wir gemeinsam unterwegs. Sonst war er ja in Genua. Wir waren ziemlich gute Freunde, finde ich. Später, während seines Studiums, wohnten wir eine Zeitlang zusammen in Bologna. Ich bin ihm dankbar dafür, meine erste Zeit war hart, aber dann ging es Schlag auf Schlag. Meine *nonna* wohnt übrigens immer noch hier.«

Giulia blickte ihn nachdenklich an. Warum hatte Marco ihr nicht gesagt, dass er Paolo über das Geschäftliche hinaus kannte? Und was sagte die *nonna* wohl zu den Geschäften ihres Enkels?

»Meine *nonna* liebt mich«, sagte Paolo, als habe er ihre Gedanken gelesen, und vielleicht hatte er das ja auch. Gedanken lesen zu können war einem Geschäftsmann wie ihm sicher zuträglich. Es war bestimmt kein Nachteil, die Wünsche und Bedürfnisse seiner Kunden erkennen zu können. »*Nonna* und ich, wir hatten es nie leicht. Ich musste immer arbeiten, schon als Kind. Ich habe mir immer etwas verdient, und meine *nonna* hat Gemüse aus ihrem kleinen Garten in der Markthalle verkauft ... Sie ist heute fast 95 Jahre alt, aber sie verkauft immer noch Gemüse auf dem Markt. Sie hat immer viel gearbeitet. Meine ganze Kindheit und Jugend hindurch wollte ich ein besseres Leben für sie. Sie hat mich aufgefangen, als meine Eltern es nicht taten. Es war nicht leicht, aber ich hatte eine schöne Kindheit, vertun Sie sich da mal nicht«, sagte er jetzt, direkt an sie gerichtet, als hätte er wieder irgendetwas in Giulias Gesicht gelesen. Er war wirklich sehr aufmerksam. Für einen Moment blickten sie beide zum Meer und schwiegen. Seine Stimme klang anders, als er weitersprach: »Von meinem ersten Geld habe ich ihr ein vernünftiges Haus gekauft, eines, in das es nicht reinregnete und das sich anständig heizen ließ. Sie weiß, was ich mache, und sie trägt es mir nicht nach.«

Die Art, in der er jedes seiner Worte setzte, zeigte Giulia, dass ihm diese Erinnerungen immer noch nahe waren. Natürlich hatte sie sich diesen Mann nicht als Kind oder Jugendlichen vorgestellt. Als sie es jetzt für einen kurzen Augenblick tat, sah sie einen hageren, zähen Jungen, der für seine Großmutter kämpfte und um Anerkennung rang. Paolo Messi hatte offenbar früh erwachsen werden müssen. Das hatte Narben hinterlassen. In diesem Moment beugte er sich vor und krempelte seine Hosenbeine wieder herunter, dann streckte er sich nach seinen Schuhen. Er zog sie an und starrte eine ganze Weile darauf. Es waren schöne Schuhe, vermutlich handgemacht. Eigentlich war alles an ihm edel, aber nach dem, was Giulia heute erfahren hatte, sah sie jetzt auch noch etwas anderes in ihm: Paolo legte viel Wert darauf, zu zeigen, dass er es geschafft hatte.

Dann hob er den Blick und sah sie an. »Um nochmal auf das Geschäftliche zurückzukommen ... Sie müssen wissen, Giulia, es geht mir wirklich weniger darum, dass mir ein Geschäft entgangen ist«, sagte er langsam, »damit muss ein Geschäftsmann immer rechnen, und wenn ich eines bin, dann ein guter Geschäftsmann.« Er wandte den Blick nicht von ihr. »Es geht mir aber auch darum, was Sie von mir halten.«

Giulia war überrascht. Für einen Moment fürchtete sie, er könne nach ihrer Hand greifen, aber er tat es nicht. »Was ich von Ihnen halte? Was soll ich denn von Ihnen halten?«

Paolo schaute kurz wieder auf seine Schuhe und atmete tief durch, als müsse er sich für das wappnen, was er dann sagte: »Nun, Sie denken sicher, dass mir an den Häusern und an dieser Gegend nichts liegt, aber das stimmt nicht ...«

»Hm, nein, das denke ich eigentlich nicht, zumindest nicht, seitdem ich das von Ihrer Großmutter weiß.«

»Nun ja, ich bin hier geboren, aber meine Kindheit war nicht die leichteste ... Könnte man nicht glauben, dass ich lieber fortwill? Oder mich irgendwie rächen? Ich habe ein schönes Appartement in Mailand, wissen Sie? Ein Loft mit Dachterrasse. Eigentlich könnte ich wirklich alles hinter mir lassen, aber ich bin trotz allem gerne hier, und ich möchte das meinen Kunden auch ermöglichen. Weil man hier Ruhe finden und Kraft tanken kann. Manche sind natürlich zu starrsinnig, um das zu verstehen ...«

»Marco.«

»Ja, Marco gehört dazu.«

Giulia straffte die Schultern. Sie blickte vor sich in den Sand und hob den Kopf dann wieder. Er erwiderte ihren Blick nur sehr kurz, dann kam es ihr vor, als weiche er ihr aus. Der Junge, den sie eben noch zu sehen gemeint hatte, war mit einem Mal wieder fort. Sie dachte an seine alte *nonna*, fragte sich unwillkürlich, ob diese Geschichte stimmte, und schämte sich sogleich für ihr Misstrauen. Es war eine schöne Geschichte, zweifelsohne. Giulia atmete tief durch. »Das klingt sehr schön, aber ich denke, dass das der falsche Weg ist.«

»Was ist der falsche Weg?«

»Die Kosten für Häuser und Grundstücke hochzutreiben, sodass nur noch Wohlhabende sie bezahlen können.«

Paolo Messi zuckte die Achseln. »Schade, dass ich Sie nicht überzeugen konnte. Sie sind Rechtsanwältin, oder? Wahrscheinlich geht Ihr Berufsstand immer vom Schlimmsten aus. Ich will wirklich das Beste für die Menschen hier.«

»Kommt Ihre Großmutter eigentlich immer noch jeden Mittwoch von Montale hier herunter zum Markt?«, wechselte Giulia das Thema, denn die Richtung, die das Gespräch nahm, missfiel ihr.

Er sah sie prüfend an, dann nickte er.

»Jeden Mittwoch, wenn der große Markt ist, aber auch an anderen Tagen. Ein Nachbar nimmt sie mit. Meine *nonna* ist sehr rüstig.« Er lächelte. »Vielleicht haben Sie sie sogar schon gesehen. Sie waren doch sicher schon in der Markthalle? Jeder Tourist geht dorthin.«

Giulia nickte.

»Würden Sie noch einmal mit mir ausgehen?«, fragte er so plötzlich, dass Giulia zusammenzuckte.

Sie stand abrupt auf. Das ging zu weit. »Nein.« Es kam ihr plötzlich vor, als wäre das Gespräch bereits ein gutes Stück in eine Richtung gelaufen, die ihr nicht behagte. Als habe er sie umgarnt, wie die Spinne ein Beutetier in ihrem Netz. »Außerdem bin ich nie mit Ihnen ausgegangen«, fügte sie mit rauer Stimme hinzu.

Paolo schenkte ihr ein Lächeln. »Für mich«, sagte er, »hat sich das aber so angefühlt.«

Er kann das gut, dachte sie, *er kann das wirklich gut.*

FÜNFUNDZWANZIGSTES KAPITEL

Heute war es also endlich so weit, heute würde sie Laura treffen, die sich nach ihrem Krankenhausaufenthalt jetzt bei Alessandro ein paar Tage so weit erholte, dass sie bereits langsam wieder am Leben teilhaben konnte. Sie war zwar laut Marco immer noch geschwächt, wollte Giulia aber unbedingt kennenlernen. Giulias Angebot, zu ihnen nach Hause zu kommen, hatte sie ausgeschlagen, sie wollte, so Marco, am liebsten in die Stadt, in ein Café, so viel Normalität wie möglich. Also hatten sie sich in dem Café direkt an der alten Badeanstalt verabredet, das, wie Giulia inzwischen wusste, renoviert und kürzlich neu eröffnet worden war.

Giulia war als Erste da und bestellte einen Cappuccino, in dem sie jetzt angelegentlich herumrührte. Sie bemerkte verwundert, dass ihr Herz schneller klopfte. Die Aussicht, mit Marcos Schwester zusammenzutreffen, erfüllte sie tatsächlich immer noch mit Unruhe, dabei hatte sich doch längst alles geklärt. Natürlich war man rückblickend immer klüger. Rückblickend hätte sie sich einiges ersparen können, andererseits bestand das Leben eben auch aus Erfahrungen und Fehlern. Vielleicht war ihre Unruhe aber auch darin begründet, dass sie verstanden hatte, wie eng die Beziehung zwischen Marco und seiner Schwester war und wie viel er für sie zu tun bereit war. Irgendwie hatte sie den Eindruck, dass es wichtig war, vor ihr zu bestehen. Was, wenn Laura hier war, um sie zu prüfen, was, wenn sie ein Urteil abgab, das Marco in seinen Entscheidungen beeinflusste?

Sei nicht albern.

Hin und wieder las sie ein paar Zeilen in dem Buch, das sie mitgenommen hatte, denn sie hasste es, auffällig zu warten, doch natürlich bekam sie kaum mit, was da geschrieben stand, und hatte nicht nur einen Satz bereits mehrfach gelesen. Immer wieder hob sie den Blick, und dann plötzlich sah sie Marco mit Laura an der einen und Aurora an der anderen Hand auf sie zuschlendern. Sie waren ein berückend schönes Trio. Giulias Herz klopfte schneller, und wenn sie nicht gewusst hätte, dass die drei verwandt waren, hätte sie in diesem Moment ganz sicher wieder Eifersucht verspürt. Sie stand auf, bevor die drei ihren Tisch erreicht hatten. Laura und sie wechselten einen Blick, der ihrer beider Unsicherheit spiegelte. Marco und Giulia grüßten sich mit einer längeren Umarmung und einem innigen Kuss, der zumindest von Aurora aufmerksam verfolgt wurde. Dann nickte er ihnen zu. »Aurora und ich gehen ein Eis essen. Ihr beiden schafft das schon«, sagte er mit einem Grinsen, das Giulia zeigte, dass auch er unsicher war. Sie fragte sich, welche Gedanken er sich wohl gemacht hatte.

Bleib, wollte sie ihm hinterherrufen, als er sich mit Aurora entfernte, dann setzte sie sich einfach wieder, und Laura tat es ihr gleich.

»Hallo, Giulia«, grüßte sie mit einem sehr einnehmenden Lächeln.

»Hallo, Laura!« Sollten sie jetzt doch noch einmal aufstehen und sich Küsschen geben? Machte man das hier so? Nein, Giulia entschied, einfach sitzen zu bleiben. Laura war sehr krank, für sie war es sicher besser, sich nicht noch einmal zu erheben.

Die Bedienung kam, und Laura bestellte ein kleines Wasser. »Marco hat mir schon viel von dir erzählt«, sagte sie unvermittelt.

»Wirklich?«, platzte es aus Giulia heraus.

»Ja.« Laura lächelte verschmitzt. »Er mag dich. Redest du nicht über die Leute, die du magst?«

Giulias Wangen wurden warm, und sie spürte, wie sie errötete. Oh ja, sie hatte viel mit Trixi geredet. Marco gefiel Trixi. Jetzt suchte Giulia nach den passenden Worten.

»Und ich freue mich für ihn«, fuhr Laura fort, bevor sie sie gefunden hatte. »Weißt du, in den letzten Jahren hat er immer nur gearbeitet oder war für uns da. Es fällt ihm einfach schwer, an sich zu denken. Außerdem ...« Sie schien noch etwas sagen zu wollen, entschied sich dann aber offenbar anders. »Es ist jedenfalls gut, wenn er einmal auf andere Gedanken kommt.«

»Er sorgt sich um dich«, entfuhr es Giulia.

Laura schloss für einen Moment die Augen, und Giulia fragte sich, ob sie zu weit gegangen war. Sie wusste ja, wie schwer es für Laura war, anderen zur Last zu fallen, das hatte Marco ihr erzählt, und sie konnte es gut nachempfinden.

»Ich weiß«, gab Laura leise zurück. »Ich habe es ihm nicht leicht gemacht.« Sie zögerte. »Wir haben es ihm alle nicht leicht gemacht, *papà* und ich und auch *mamma* nicht.«

Giulia rutschte auf ihrem Sitz etwas nach vorne. Von der Mutter der beiden hatte sie bislang wenig gehört.

Laura lachte, aber es klang unsicher. »*Mamma* ist bei uns die, die mir zwar zur Seite steht, die aber auch findet, dass ich lernen muss, eigene Entscheidungen zu treffen. Dass man mir nicht alles abnehmen darf, nur weil ich krank bin.« Sie starrte ihr Wasserglas an. »Sie sagt, die Krankheit bestimmt nicht, was ich bin, und manchmal möchte ich das auch glauben, allerdings ...« Laura streifte mit dem Finger am Glas entlang. »Es ist auch so, dass die Krankheit eben ein Teil meines Lebens ist. Ich kann sie nicht leugnen. Sie ist da. Ich kann sie nicht ignorieren, ob mir das passt oder nicht. Sie geht nicht weg.«

»Hm.«

»Mein Vater und mein Bruder tendieren hingegen dazu, mich für schwach zu halten. Sie denken, man muss mich von falschen Entscheidungen abhalten, aber so ist das gar nicht mehr ...« Sie trank einen kleinen Schluck.

Giulia überlegte, ob sie vom Vater ihres Kindes sprach. »Jeder trifft mal eine falsche Entscheidung«, sagte sie.

»Na ja, ich habe womöglich ein kleines Faible dafür«, sagte Laura lächelnd, führte das aber nicht weiter aus. Dann sprach sie von ihrer Krankheit, vom Auf und Ab, von Hoffnung und Verzweiflung. Sie erzählte sehr anschaulich, ohne zu jammern, aber doch so, dass Giulia die Schwierigkeit ihrer Situation nachempfinden konnte. Giulia kamen die Worte ihrer Großmutter väterlicherseits in den Sinn, die großen Wert darauf gelegt hatte, dass man viel trank, nicht nur, wenn man krank war. »Das schwemmt die Giftstoffe aus«, hatte sie gesagt.

Aber wenn man eine kranke Niere hatte, erfuhr sie jetzt, war auch das anders. Laura konnte überflüssiges Wasser nicht über die Nieren ausscheiden. Als gesunder Mensch verlor man Flüssigkeit auf unterschiedliche Art und Weise, durch Schwitzen oder einen Toilettengang, sogar durch Atmen, in jedem Fall kam das, was reinging, auch wieder raus.

Mit einer kranken Niere war das nicht möglich. Zu Beginn der Krankheit hielten sich die Schwierigkeiten mit dem Flüssigkeitshaushalt noch in Grenzen. Man bekam Tabletten und ging zur Dialyse, doch leider wurde es mit den Jahren immer schlimmer, dann musste die Flüssigkeitszufuhr streng geregelt werden. Vier Stunden verbrachte Laura durchschnittlich an der Dialyse.

»Ich kann mir gar nicht vorstellen, wie es ist, mit so etwas zu leben«, sagte Giulia leise, als Laura geendet hatte.

Laura zuckte die Achseln. »Das kann man auch nicht. Ich lebe ja schon länger damit. Ich weiß inzwischen eigentlich gar nicht, wie es ist, ein anderes Leben zu führen. Ich kenne es nicht anders, aber ich weiß durchaus, wie ich mich manchmal geschämt habe, weil meine Eltern mich von Arzt zu Arzt brachten und es einfach nicht gut werden wollte.« Lauras Augen weiteten sich. »Sie haben so viel versucht, so viel Zeit aufgewendet, aber es half alles nichts. Ich erholte mich, und dann kam es zurück, und ich war wieder schwach, und sie mussten wieder um mich bangen. Ich kam mir so undankbar vor.«

»Undankbar?« Giulia schüttelte den Kopf. »Aber du konntest doch nichts dafür!«

»Trotzdem, dieses Gefühl ist einfach da, das kannst du mir glauben«, gab Laura mit fester Stimme zurück. Dann deutete sie auf Giulias leere Tasse. »Willst du noch etwas?«

»Gerne, und du?«

Laura schüttelte den Kopf. »Wie gesagt, ich muss meinen Flüssigkeitshaushalt im Blick behalten, sonst ist mein Körper überfordert.«

Giulia bestellte nach kurzer Überlegung eine Orangina,

ein Getränk, das sie immer mit Urlaub verband. Die Sonne erreichte ihren Tisch, und sie setzten beide ihre Sonnenbrillen auf. Immer mehr Leute strebten zum Strand. Die Geräusche eines Volleyballspiels waren zu hören, eine Melange verschiedener Sprachen, und auch Hammerschläge punktierten die Stille. Laura erzählte Giulia, dass die Renovierungen die Vorbereitungen für die Sommersaison waren, während derer ein Teil des Strandes verpachtet und nur zahlenden Gästen zugänglich gemacht wurde. Dafür gab es dort dann Umkleidekabinen und Toiletten.

Laura deutete zur anderen Seite des Strandes, dorthin, wo Giulia zuletzt auf Paolo Messi getroffen war. An diesem Freitag würden noch in den Abend hinein die Wochenendurlauber aus dem Norden eintreffen. »Da drüben ist das Baden in dieser Zeit immer noch kostenlos«, sagte Laura.

Wenig später gesellten sich Marco und Aurora zu ihnen.

»Und, habt ihr euch gut verstanden?«, fragte Marco.

Die beiden Frauen sahen sich an. »Es war sehr aufschlussreich«, sagten sie, wie aus einem Mund.

»Oha. Offenbar habt ihr euch verstanden, wenn ihr jetzt schon im Chor sprecht.« Marco tat, als würde ihn dieser Umstand erschrecken, doch Giulia meinte, auch Erleichterung in seinen Zügen zu lesen.

»Oh ja, jetzt habe ich immer jemanden an meiner Seite.« Laura stupste ihren Bruder an. »Weißt du, ich habe mir eigentlich immer schon eine Schwester gewünscht, und nicht nur einen nervigen großen Bruder«, sagte sie lachend.

Marco grinste breit. »Ich war auch nicht immer glücklich über eine kleine Schwester, die nur mit Puppen spielt«, sagte er und drückte sie kurz an sich.

»Ich habe überhaupt nicht nur mit Puppen gespielt«, gab Laura mit gespielter Empörung zurück.

Giulia verfolgte die Kabbelei der Geschwister amüsiert und bestellte auf Auroras Wunsch hin eine Schokolade mit Sahne. Dann lud sie alle drei spontan in die Villa zum Essen ein. »Aber sag ehrlich, wenn es dir zu viel ist«, fügte sie an Laura gerichtet hinzu. »Wir können das auch verschieben.«

Laura schenkte ihr ein dankbares Lächeln. »Nein, nein, das ist schon in Ordnung. Ich bin ein bisschen erschöpft, aber mehr als das bin ich erfreut. Und hungrig. Vielen Dank für die Einladung.«

»Oh ja!«, rief Aurora. »Das Haus ist toll, Mama. Es ist ein richtiges Märchenschloss.«

»Na ja, so groß ist es auch wieder nicht«, versuchte Giulia, die Erwartungen herunterzuschrauben.

»Doch, doch! Und der Garten ist riesig und auch wunderschön«, fuhr Aurora unbeeindruckt fort.

Sie bezahlten und gingen dann zu ihren Autos, um getrennt nach oben zu fahren. Als Giulia alleine im Wagen saß, atmete sie für einen Moment tief durch. *Geschafft*, dachte sie lächelnd, *geschafft*. Es fühlte sich gut an.

An der Jasminvilla zog Giulia sich sofort in die Küche zurück. Sie würde gebratene Dorade mit Reis und Salat und dazu, als eine Art Vorspeisenbeilage, einen großen Teller Tomaten und Mozzarella reichen. Salat und Tomaten gab es aus dem eigenen Garten. Aurora und Marco wollten Laura ein wenig draußen herumführen »und ein paar Bänke testen«, wie Marco es formulierte, um Lauras Ruhepausen einen positiven Anklang zu geben.

Giulia bereitete rasch den Fisch vor, schnitt Zwiebeln und Knoblauch fein und schwitzte sie in einer großzügigen Menge von Enzos Olivenöl an. Sehr bald war die Küche mit einem köstlichen Duft erfüllt. In der Zwischenzeit bereitete sie die Tomaten und den Mozzarella, auch der Reis war schon aufgesetzt. Sie trat auf die Terrasse und hielt Ausschau in den Garten, aus dem sie Stimmen hörte. Autunno kam herbeistolziert und bekam seinen Napf mit Futter. Als Giulia endlich Aurora entdeckte, rief sie nach ihr und bat sie, den anderen Bescheid zu geben, dass das Essen fertig sei. Das Wetter war so schön, dass sie selbstverständlich unter dem Olivenbaum essen würden. Giulia füllte in der Küche vier Teller. Den fünften, größeren Teller mit Tomaten, Mozzarella und Basilikum stellte sie in die Mitte des Tisches. Wenig später waren sie alle da, die Teller mit verlockend duftendem Essen gefüllt vor sich. Laura trank Wasser, Marco und Giulia einen leichten Wein und Aurora frischgepressten Orangensaft.

»Sehr lecker«, lobte Laura.

»Es ist wirklich sehr gut«, pflichtete Marco seiner Schwester bei.

»Danke. Es ist kein Rezept. Ich habe ein bisschen ausprobiert. In gewisser Weise hat mir wohl meine Mutter die Grundlagen des Kochens beigebracht, und ... Sie kam ja von hier.«

Und dafür war sie ihr dankbar. Es fühlte sich gut an, mit Marco, seiner Schwester Laura und Aurora bei gutem Essen hier zu sitzen. Für Aurora gab es schließlich noch einen süßen Nachtisch. Die Erwachsenen aßen die saftigen kleinen Orangen aus dem Garten. Dann zog sich Aurora mit einem Kreativheft zurück und begann mit ernstem Blick, Seite um Seite auszufüllen. Giulia kochte für Marco und sich einen Espresso, und dann suchte sich jeder von ihnen eine bequeme Liege aus, die Trixi im Nebengebäude entdeckt hatte. Aurora legte ihr Heft schließlich beiseite und hopste in den Garten hinunter.

Nach einer Weile drehte Laura, die das Gesicht in die Sonne gehalten hatte, sich zu Giulia hin. »Dieser Jasmingarten da hinten ist wirklich faszinierend. So etwas habe ich noch nie gesehen. Man ahnt es nicht, und dann ist er plötzlich da, wie herbeigezaubert.«

Giulia lächelte. »Ich war beim ersten Mal auch total überrascht.« Sie hielt inne. Wie und warum der Garten eigentlich dahin gekommen war, wusste sie immer noch nicht, oder warum ihr Großvater diese Entscheidung getroffen hatte. Oder welche anderen Entscheidungen er getroffen hatte, abgesehen davon, hierherzukommen. Von wo auch immer. Oder was Enzo Martini letztlich für ein Mensch gewesen war. Ihre Mutter hatte sich ihm entfremdet, Loretta und Fulvio hingegen betonten seine Güte.

Und jetzt denke ich schon wieder über ihn und Mama nach.

Am Vortag hatte sie ihr Versprechen an Trixi eingelöst und noch einmal ihren Vater angerufen. Obwohl auch ihm klar sein musste, dass sie nicht deshalb anrief, hatten sie eine Weile über die Kanzlei und die Entwicklung des aktuell großen Falls geredet. Dann wollte ihr Vater wieder wissen, wie es ihr ging, und Giulia hatte ihm von Trixis Besuch und auch mehr von der Villa, der Renovierung und dem Garten erzählt. Sie war fest entschlossen gewesen, ihm ein detailliertes Bild zu zeichnen und ihr Anliegen vorzubringen, doch ihre Befürchtung, er könnte wie üblich das Thema wechseln, war unnötig. Im Gegenteil, er hatte aufmerksam gelauscht und sogar ein paarmal nachgefragt. Und so hatte sie schließlich von Marco Signorello und sogar von ihrer Idee erzählt, dessen Vater Alessandro die Bäume zu verpachten. Darauf hatte er nicht viel gesagt, vielmehr plötzlich in Gedanken woanders gewirkt, hatte aber auf Giulias Bitte am Ende versprochen, endlich mit Pina zu reden, die zurück war. Er hatte es natürlich nicht ausgesprochen, aber Giulia hatte durchaus herausgehört, dass auch er an Antworten interessiert war.

Nach dem Gespräch hatte Giulia lange dagesessen und nachgedacht. Und dann war ihr plötzlich eine Idee gekommen. Vielleicht war es ja am einfachsten, die Vergangenheit da aufzuarbeiten, wo sie geschehen war. Hier, vor Ort, in der Jasminvilla. Und deshalb hatte sie noch am Abend und aller Vernunft zum Trotz ihre Mutter und ihren Vater hierher eingeladen. Per Handynachricht. Beide hatten die Einladung gelesen, aber noch hatte Giulia keine Rückmeldung bekommen. Sie konnte nur hoffen, dass der Stein jetzt endlich ins Rollen kam.

SECHSUNDZWANZIGSTES KAPITEL

Robert erwischte sich an diesem Tag nicht zum ersten Mal dabei, an die Wand zu starren. Eigentlich konnte er Dinge gut voneinander trennen. Es gab die Arbeit und das restliche Leben, und man vermengte beide Dinge nicht miteinander. Doch nach den Gesprächen mit Giulia, insbesondere nach dem am Vortag, waren Erinnerungen in ihm hochgekommen, die er immer schlechter beiseiteschieben konnte. Auch jetzt drängten sie in ihm hoch. Nach dem Gespräch mit einem Klienten saß er an seinem Schreibtisch und ging fahrig seine Papiere durch, ohne wirklich etwas davon zu lesen. Es kam eigentlich nie vor, dass er sich nicht auf seine Arbeit konzentrieren konnte. Seine Arbeit erdete ihn, wenn er den Halt zu verlieren drohte, und brachte die Dinge ins Lot. Jetzt aber war es, als hätte sich etwas geändert, als ob da etwas war, auf das er nicht den geringsten Einfluss hatte.

Als Giulia angerufen hatte, um sich zu erklären, hatte er sich immer verständnisvoll und souverän gegeben, doch es war nur eine dünne Schicht, aus der seine Beherrschung bestand, und die Erinnerungen lasteten unerwartet stark auf seiner Seele.

Alessandro Signorello ... Robert runzelte die Stirn. Er hatte diesen Alessandro damals nur wenige Male gesehen, aber er hatte durchaus bemerkt, mit welchen Blicken der junge Italiener Pina bedacht hatte. Tief in seinem Inneren hatte er immer den Eindruck gehabt, dass Pina diesen Mann über lange Jahre vielleicht doch nicht hatte vergessen können, auch nicht, nachdem sie beide geheiratet hatten, sogar nicht, als sie ein gemeinsames Kind hatten, das ihre Liebe besiegelte. Liebte Pina ihn selbst so, wie sie diesen Alessandro geliebt hatte? Oh ja, er hatte die beiden einmal zusammen gesehen. Sie waren sich auf dem Markt begegnet, wo Alessandro an diesem Tag einen kleinen Stand gehabt hatte ... Vermutlich hätten sie geheiratet, wenn er nicht gewesen wäre. So war es doch. Dann hieße Pina heute Signorello statt Zeidler. Sie hätten vielleicht auch eine Tochter bekommen ... Ob sie sie auch Giulia genannt hätten? Giulia Signorello? Es wäre eine andere Giulia gewesen, eine Giulia, an deren Leben er keinen Anteil gehabt hätte. *Wie wäre mein Leben verlaufen, wenn ich Pina nicht die Sicherheiten hätte geben können, nach denen sie offenbar gesucht hat?* Wahrscheinlich hätte er eine der jungen Frauen geheiratet, die seine Eltern für ihn vorgesehen hatten. Wahrscheinlich hätten sie inzwischen auch Kinder, wären Mitglieder der Gesellschaft und in Clubs, gäben Empfänge und lüden zu Abendessen ein.

Apropos Einladung. Als Giulias Nachricht auf seinem Handy aufgeleuchtet hatte, hatte ihn sofort eine Welle der Panik durchspült. Dabei konnte er Giulias Anliegen durchaus nachvollziehen. Längst ging es hier nicht mehr allein um die Zukunft der Villa: Es ging auch um Giulias weitere Zukunft. Und auch wenn ihm der Gedanke nicht gefiel, hatte er ihr versprochen, Pina zu einer Kontaktaufnahme zu bewegen. Er verstand ja selbst nicht, warum seine Frau sich einem Gespräch so hartnäckig entzog. Oder warum sie ihm damals eine offensichtlich falsche Geschichte vom Zustand der Villa aufgetischt hatte. Oder warum sie seit ihrer Ankunft in Deutschland Italien im wahrsten Sinne des Wortes hinter sich gelassen hatte. Vor diesem Hintergrund konnte Giulia doch nicht ernsthaft erwarten, dass Pina ihre Einladung annehmen würde? Sein eigener Entschluss hatte sofort festgestanden: Er würde keinesfalls nach Italien reisen. Je länger er nachdachte, desto weniger war er dazu bereit. Pina vermutlich auch nicht. Andererseits: Wenn ihr so wenig an der Villa lag, warum hatte sie dann nicht schon längst entschieden, sie zu verkaufen, und Giulia die Entscheidung mitgeteilt? Was, wenn mit diesem Erbe auch bei ihr wieder Erinnerungen hochkamen? Was, wenn auch sie jetzt an Alessandro Signorello dachte oder, noch schlimmer, Giulias Einladung womöglich tatsächlich annahm und ihm persönlich gegenübertrat?

Robert stieß einen tiefen Seufzer aus. Er starrte auf seinen Schreibtisch, dann schob er die Papiere zu einem Stapel zusammen und stand auf. Hier würde er im Moment nicht weiterkommen. Er hatte die Nerven nicht, er wusste kaum, welchen Fall er da vor sich liegen hatte. Aber was sollte er ansonsten tun? Arbeit strukturierte seinen Tag. Ohne Arbeit wusste er gar nicht, was er tun sollte. Er entschied, zuerst seine Teetasse nachzufüllen. Das hätte er vermutlich unter normalen Umständen jetzt auch getan. Er wollte Normalität. Er hatte nie etwas anderes gewollt. Er liebte seine Frau, seine Tochter, seine Familie, sein Haus, seine Arbeit ... Robert trank einen Schluck von dem Kräutertee, den Pina ihm wie jeden Morgen aufgebrüht und auf das Stövchen gestellt hatte. Am frühen Nachmittag, etwas nach dem Mittagessen, gab es noch einmal eine frische Kanne. Er trat ans Fenster, von dem aus man einen schönen Blick in den Garten hatte. Anfangs hatte er sich vorgestellt, dass er seine Arbeit auch einmal dort unten erledigen würde, aber dazu war es nie wirklich gekommen. So ein Typ war er nicht, er trennte die Bereiche.

Unten sah er Pina auf die Terrasse treten. Sie hielt eine Gießkanne in der Hand und widmete sich den Blumen, die ringsherum den Übergang zum Rasen bildeten. Sie legte viel Wert auf die Anlage des Gartens, und man konnte durchaus sagen, dass sie ein Händchen dafür hatte. Sofort bei ihrer Rückkehr hatte sie gesagt, wie sehr sie sich auf ihren Garten gefreut hatte. Sie war immer noch eine bezaubernd schöne Frau, nicht nur jetzt, unmittelbar nach ihrem Wellnessurlaub. Während er sie beobachtete, erinnerte er sich an ihre erste Begegnung, damals, als es ihn mit Freunden nach dem Studium nach Levanto verschlagen hatte. Er war nicht mit dem Wunsch aufgebrochen, sich da schon ewig zu binden, aber als er sie gesehen hatte, war es um ihn geschehen. Sie war Küchen- und Serviermädchen gewesen in dem Hotel, in dem sie sich Zimmer genommen hatten. Beim Frühstück hatte er sie zum ersten Mal gesehen und sich sofort verliebt. Sie hatte wie alle Dienstmädchen ein schwarzes Kostüm und eine weiße Rüschenschürze angehabt, aber sie hatte das alles mit unglaublicher Eleganz getragen. Er hatte ihr sein schönstes Lächeln geschenkt, doch sie hatte es nicht entgegnet, sondern ihn nur einfach weiter umsichtig bedient. Dann hatte er versucht, sie nach der Arbeit abzupassen, aber auch das war schwierig gewesen. Mehrere Tage lang verschwand sie nachmittags einfach, und er hatte nicht herausfinden können, wohin, vermutlich wohnte sie nicht in Levanto. Es hatte eine Weile gedauert, bis sich die Gelegenheit ergab, sie anzusprechen. Und dann war er ihr unverhofft an anderer Stelle begegnet. Auf dem Markt, den er und seine Freunde besucht hatten, hatte er endlich wieder ein paar Worte mehr mit ihr wechseln können. Sein Italienisch war sicherlich sehr holprig gewesen, aber sie verstand ihn, und nachdem sie ihn erst sehr ernst angeschaut hatte, hatte sie irgendwann sogar gelächelt. Nach dem dritten Treffen hatte er sie gefragt, ob er sie nach Hause begleiten dürfe. Sie hatte heftig den Kopf geschüttelt, und ihm war klar geworden, dass für sie andere moralische Gesetze galten, die er zu akzeptieren hatte. Aber er war geduldig geblieben, das war seine einzige Chance, denn er wusste schon bald, dass er ohne sie nicht glücklich werden konnte. Er hatte sie also stattdessen gefragt, ob sie spazieren gehen konnten, und sie hatte endlich zugestimmt. Sie waren am Strand entlanggelaufen, in einem Abstand, der mehr als schicklich war. Er hatte Italienisch geradebrecht, und sie hatte ihm höflich und sehr geduldig zugehört, nie hatte sie auch nur einen Funken Unmut oder Unwillen geäußert. Er hatte ein wenig von der Reise, von sich und dann von seiner Familie erzählt. Er gab sich Mühe, seine Familie in einem guten Licht dastehen zu lassen. Vielleicht hatte er ein wenig dick aufgetragen, obwohl ... das musste er nicht, seine Familie war wohlhabend, das ließ sich nicht leugnen. Und sie waren sich nähergekommen. Hatte das an seiner Familie gelegen? Nein, er wollte glauben, dass sie ihn auch liebte, denn das hatte er in ihrem Blick gesehen.

Ihre Hochzeit in Deutschland war ein rauschendes Fest gewesen, und er glücklicher als je zuvor in seinem Leben. Auch seine Freunde hatten ihm auf die Schulter geklopft. Pina war traumschön, das hatten sie ihm gegenüber mehrfach betont, auch wenn ihm das nicht wichtig gewesen war, denn nach ihren Gesprächen wusste er auch, dass sie einfach ein wunderbarer, umsichtiger Mensch war. Allerdings hatte es ihn doch auch ein wenig stolz gemacht, auch wenn er selbst wirklich nicht schlecht aussah. Sie hatte in rasender Geschwindigkeit Deutsch gelernt, auch ihr Akzent war bald kaum noch zu hören gewesen. Was ihn jedoch verwundert hatte, war, dass sie weder von Levanto hatte sprechen noch je wieder dorthin hatte fahren wollen. Niemand aus ihrer Familie war auf der Hochzeit gewesen, und sie weigerte sich danach standhaft, überhaupt von ihrem Vater zu sprechen. Tatsächlich war sie ganz alleine nach Deutschland gekommen. Er hatte sie vom Bahnhof abgeholt, mit nur einem Koffer. Alles andere hatte sie hinter sich gelassen. Auch mit ihrer Tochter hatte sie nicht Italienisch sprechen wollen. Das alles war immer noch so. Da war sie rigoros.

Robert fuhr aus seinen Gedanken und bemerkte, dass er immer noch am Fenster stand, den inzwischen nur noch lauwarmen Tee in der Hand. Passte es ihm, dass er jetzt, nach so vielen Jahren, das Gefühl hatte, dass sie eine Entscheidung treffen musste?

Pina sprach Robert an, als er auf dem Rückweg vom Briefkasten gerade wieder sein Arbeitszimmer betrat.

»Robert?«

Er schrak zusammen. Die Sonne, die von draußen hereinschien, blendete ihn. Er konnte nicht genau ausmachen, wo sie stand, und das gefiel ihm nicht. »Pina?«

Seine Frau trat neben den Vorhang, der zwischen den beiden langen, deckenhohen Fenstern hing, von wo aus man in den Garten hinuntersehen konnte. Sie sah elegant aus, wie immer, und er dachte an die vielen bewundernden Blicke, wenn sie ihn auf Abendveranstaltungen begleitete. Als Frau war sie eine wahre Trophäe, obgleich er sie nie so gesehen hatte, natürlich nicht. Er liebte sie, tiefer als der Ozean und weiter als das Universum. Vom ersten Augenblick an. *Aber hat sie mich je so geliebt wie ich sie? Liebt sie mich überhaupt noch?* Durfte er so etwas denken? Er wollte so etwas nicht denken, aber diese Gedanken waren eben plötzlich da, und er war noch nie so verwirrt gewesen.

Sie räusperte sich. »Robert ...«

Er liebte auch ihre tiefe Stimme.

»Ich habe nachgedacht.«

Das ist gut. Er schloss für einen kurzen Moment die Augen, strich sich dann mit gespreizten Fingern durch das volle silbriggraue Haar.

»Giulia will die Wahrheit wissen«, sagte sie unvermittelt.

Robert nickte nur. *Ich würde auch gerne die Wahrheit wissen,* fuhr es ihm durch den Kopf, *ich würde gerne auch all das wissen, was du mir nicht erzählt hast. Ich würde gerne verstehen, damit ich keine Angst mehr haben muss.*

Pina begann, mit der rechten Hand mit der Kette um ihren Hals zu spielen. Sie trug immer eine Kette. Diese hier hatte er ihr zum letzten Geburtstag geschenkt, aus schwerem Gold mit einem Jadestein. An den meisten Frauen sah eine solche Kette protzig aus. Pina hauchte ihr Eleganz und Leben ein. »Sie will mit mir sprechen. Und jetzt auch noch in Italien.«

»Hm.«

Pina löste sich vom Fenster und kam auf ihn zu. »Ich weiß nicht, wie ich mich entscheiden soll.« Sie schwieg einen Moment. »Robert, ich weiß nicht, was ich tun soll! Mit dieser Einladung, mit diesem Haus, mit der Vergangenheit. Ich wollte nie wieder dorthin zurück, weißt du?« Sie schmiegte sich an ihn.

Robert lehnte sich vorsichtig mit einer Schulter gegen den Türrahmen. Hatte sie tatsächlich keine Ahnung davon, dass diese Gedanken auch ihn beschäftigten?

»Ich wollte nie wieder etwas von diesem Ort hören«, flüsterte sie unvermittelt, die linke Wange gegen seine Brust gelehnt.

Und Robert ging auf, dass sie dies alles mehr mitnahm, als er gedacht hatte.

SIEBENUNDZWANZIGSTES KAPITEL

Giulia arbeitete schon ein paar Stunden im Garten, als sie aus der Richtung des Hoftors das unverwechselbare Tuckern des Dreirads der Renzos hörte. Sie legte die Gartenschere ab und wischte sich die Hände an ihren Arbeitshosen ab. Als sie den Hof erreichte, fuhr Loretta das Gefährt gerade schwungvoll hinein und parkte. Fulvio hatte schon die Tür aufgeschoben und war dabei, hinauszuspringen. Loretta war fast ebenso schnell, lief nach hinten und reckte sich nach einem Korb auf der Ladefläche.

»Wir haben etwas zum Mittagessen mitgebracht«, rief sie. »Du hast bestimmt noch nichts gegessen, oder?«

Giulia atmete tief durch. Ja, das hatte sie tatsächlich noch nicht. Irgendwie hatte sie nach dem morgendlichen Kaffee die Zeit vergessen. Es machte Spaß, im Garten zu werkeln, die Erde an den Fingern zu spüren und die Sonne zu genießen. Sie fühlte sich dann auch noch verbundener mit der Gegend. Manchmal zerrieb sie ein paar Kräuter zwischen den Händen, nur um deren köstlichen Duft zu riechen. Manchmal setzte sie sich auch einfach und schaute in die Gegend, auf die teils grünen, teils erdigen Hügel ringsherum, in den Himmel und zum Meer hin, auf dem bisweilen Schaumkronen tanzten. Sie hatte auch eine Weile im Jasmingarten gesessen, auf einem Stein, der dort eindeutig dafür gedacht war, sich auszuruhen.

Fulvio kam auf sie zu und musterte sie prüfend. »Du hast im Garten gearbeitet?«

»Wie du es mir aufgetragen hast. Ich habe etwas Unkraut gejätet, den Boden abgedeckt, wo der Schatten fehlt, gegossen ...«

Oh ja, sie hatte Gießkanne um Gießkanne nach hinten geschleppt, dahin, wo die Bewässerungsanlage nicht alle Stellen erreichte, und irgendwann war ihr der Schweiß in Perlen über das Gesicht geronnen, aber es tat einfach gut.

Fulvio nickte anerkennend. »Komm, ich helfe dir noch ein bisschen, während Loretta das Essen fertigmacht. Lass dich einfach von uns verwöhnen. Du weißt, wie gut meine Loretta kocht. Ich glaube, du hast es dir verdient.«

»Gerne.« In diesem Moment knurrte Giulias Magen, und sie lachten.

Es gab Lasagne, die sie im Schatten auf der Terrasse genossen. Danach gingen Giulia und Fulvio noch einmal in den Garten. Hier und da mussten Früchte und Gemüse geerntet werden. Loretta hatte angeboten, ihr Rezepte für eingelegtes oder getrocknetes Gemüse zu zeigen.

Für den späten Nachmittag hatte Marco sich angekündigt. Am Vormittag hatte er seine Schwester und Aurora nach Genua gefahren, würde aber heute noch zurückkommen. Giulia freute sich schon den ganzen Tag darauf. Sie konnte es nicht erwarten, ihn endlich für sich alleine zu haben.

»Ich frage mich, ob es in diesem Jahr eine Jasminernte geben wird?«, fuhr Fulvio in ihre Gedanken.

Giulia stützte sich nachdenklich auf ihren Spaten. »Ich weiß nicht«, sagte sie ehrlich und ertappte sich in diesem Moment bei dem Gedanken, dass sie diese eigentlich sehr gerne erleben würde. Sie zögerte. »Mal angenommen, die Villa gehört dann noch uns – meinst du denn, das geht?«

»Setzen wir uns.«

Sie nahmen auf einem kleinen Mäuerchen Platz. Giulia sah ein paar Eidechsen davonhuschen. Am nächsten Mandelbaum zog sich eine Spur Ameisen über den Stamm nach oben.

Fulvio stützte sich mit beiden Händen auf den Knien ab und legte die Stirn in Falten. »Also, ich denke, eine kleine Ernte wäre durchaus möglich. Man müsste natürlich bald ein paar Dinge organisieren, die Saisonkräfte informieren.«

Giulia nickte.

»Es würde etwas Gutes zurückbringen«, fuhr Fulvio fort. »Im letzten Jahr ist die Ernte ausgefallen, aber dieses Jahr könnte es weitergehen ... Es ist eine gute Tradition.« Er schaute sie von der Seite an. »Ich denke wirklich, du solltest das einmal miterleben. Jasmin zu ernten ist etwas Besonderes.«

Es war, als hätte er Giulias Gedanken gelesen. Sie blickte über das Meer. »Erzähl mir noch etwas mehr, bitte.«

»Lass uns in den Garten gehen. Da spricht es sich besser.«

Fulvio stand auf, ließ sie aber vorausgehen. Sie traten durch die Pforte in der Mauer, die den Jasmin umhegte. Er hob einen abgebrochenen Zweig vom Boden auf und drehte ihn sanft hin und her. Für einen Moment war er vollkommen in sich versunken, dann räusperte sich. Anfangs hatte er immer sehr langsam Italienisch mit ihr gesprochen, ihr fiel auf, dass er etwas schneller geworden war.

»Für mich ist der Jasmin eine Schönheit«, sagte er auf, wie sie fand, sehr italienische Art, »eine Prinzessin, die man umsorgen muss. Jasmin mag keinen Wind und keinen Frost, unsere Prinzessin mag es weder zu trocken noch zu nass. Deshalb haben wir hier hinten die Mauern auch etwas höher gezogen, damit unsere Schöne gut geschützt ist.« Er legte den Zweig vorsichtig ins Gras. »Der Jasmin fordert aber nicht nur, die Pflanze ist auch großzügig mit ihrem Duft. Sie ist einfach unvergleichlich. Es gibt keine, die an sie herankommt. Das ist meine Meinung.«

Giulia ließ den Blick von Strauch zu Strauch wandern. Gestern hatte Fulvio bereits den ganzen Nachmittag hier verbracht, und sie konnte sehen, dass sich das ein oder andere geändert hatte. In der Zeit nach dem Tod ihres Großvaters war der Jasmingarten ein wenig vernachlässigt worden, doch Fulvio setzte nun alles daran, seine alte Pracht wieder herauszuarbeiten.

»Weißt du«, sagte er jetzt, »als dein Großvater mir in unserem ersten Jahr hier erstmals von seiner Idee mit dem Jasmin erzählte, habe ich ihn ausgelacht, aber er hat es mir nicht übel genommen. Ich habe das zuerst einfach nicht verstanden, als er sagte, wir würden den Olivenanbau querfinanzieren. Ich kannte so ein Wort gar nicht. Querfinanzieren, was sollte das sein? Und dann wusste ja auch niemand, ob unser Jasmin hier wachsen würde. Aber Enzo legte sofort los. Was wir für ein Geld für die ersten Pflanzen ausgegeben haben! Es kam Loretta und mir so unsinnig vor. Ich wusste damals ja auch nicht, wie lange er schon darüber nachgedacht hatte. Schon seit der Zeit, als deine Mutter gegangen war. Nein, schon vorher. Er hat sich immer viele Gedanken gemacht. Sein Kopf stand niemals still, niemals, und er auch nicht. Manche hielten es für Blödsinn, aber das war es nicht, und das zeigte sich schon bald. Wir sind ein kleines Geschäft. Wir haben von Anfang an nicht viel produziert, aber es reichte tatsächlich, um uns aus einer langen

Talsohle endlich nach oben zu führen.« Sie gingen ein Stück weiter, und Giulia dachte an ihre Mutter, die diese Zeit nicht miterlebt hatte.

Fulvio blieb neben einem Jasminstrauch stehen und musterte ihn gründlich. »Eigentlich bin ich kein Frühaufsteher, aber in den Monaten der Ernte macht mir das gar nichts aus. Zwischen sechs und sieben ziehen wir aufs Feld, denn sobald die Sonne da ist, verschenkt die Pflanze ihren Duft, und er ist verloren. Um zehn oder elf geht es zum Wiegen ins Haus, und dann wird gemeinsam gefrühstückt. Ich finde, es ist eine herrliche Zeit. Wir ernten. Wir arbeiten gemeinsam. Wir feiern gemeinsam. Das Haus erwacht zum Leben, es ist wunderbar. Ich würde mich wirklich freuen, wenn ich all das wieder erleben könnte.«

Gegen sechzehn Uhr tauchte endlich Marco auf.

»Na, noch fit für einen Ausflug?«, fragte er mit funkelnden Augen, während er sie umarmte und küsste.

»Jetzt?«

»Klar, nimm deine Badesachen mit.«

Giulia nickte. Ja, warum nicht. Sie freute sich. Zumindest zwischen ihnen hatte sich alles so wunderbar gefügt, dass sie es immer noch kaum glauben konnte. Sie fuhren nach Levanto, fanden nach einigem Suchen einen Parkplatz und machten sich auf den Weg durch die Tunnel in Richtung Bonassola. In den Tunneln war es kühl, aber nicht kalt, und an manchen Stellen tropfte Wasser von den Wänden. Sie waren nicht alleine unterwegs, auch zahlreiche Fahrradfahrer, Jogger und Inlineskater nutzten die Verbindung, immer wieder bewegten sich Lichter auf sie zu. Auch Familien gab es hier zuhauf, für

Kinder hatte der Weg durch den Berg einen ganz besonderen Reiz. Hinter einem der Tunnel führte Marco sie rechter Hand den Berg hinauf und dann wieder ein kleineres Stück bergab, wo sie bald darauf den kleinen, privaten Steinstrand der Ferienanlage *La Francesca* erreichten. Größere und kleinere Felsbrocken gaben ihm einen wildromantischen Anblick. Eine Weile sahen sie beide schweigend zu, wie die Wellen gegen den Strand schlugen.

»Und jetzt?«, fragte sie dann.

»Jetzt gehen wir schwimmen.«

Es war wegen der vielen Steine nicht leicht, ins Wasser zu kommen, das doch relativ frisch war, aber einmal drin, war es wunderbar. Sie schwammen ein gutes Stück, und Giulia genoss es sehr, den Körper mit jedem Schwimmzug zu strecken. Nach einer Weile kletterten sie wieder an Land und über größere und kleinere Felsblöcke die Küste entlang. Dann wieder schwammen sie ein Stück. Giulia genoss das frische, kühle, weiche Meereswasser. Schließlich erreichten sie eine große, von Wind und Wetter geglättete Steinplatte und ließen sich darauf nieder, um ihre Körper zu trocknen und aufzuwärmen. Auch der Stein fühlte sich für Giulias Empfinden geradezu weich an. Er war dunkel und heizte sich bestimmt gut auf, aber im Moment war seine Wärme sehr angenehm. Sie drehte sich auf den Rücken und streckte die Arme über den Kopf, spürte, wie sich ihr Körper bewegte und der Rücken den Untergrund verließ. Für einen Moment schloss sie die Augen und ließ die Sonne auf ihr Gesicht scheinen. Als sie die Augen wieder öffnete, sah sie direkt in Marcos Gesicht, der neben ihr auf der Seite lag, sich auf einen Arm stützte und sie anlächelte.

»Ich bin so froh, mit dir hier zu sein«, sagte er.

»Ich auch«, gab sie ohne Umschweife zurück. »Und ich bin froh, dass sich zumindest zwischen uns alles geklärt hat.«

Und in diesem Moment gibt es nur uns hier.

Giulia drehte sich auch auf die Seite. Ihre nassen Haare hatten Wasserflecken auf dem Stein hinterlassen, die jedoch schnell trockneten. Das Meer schlug in sanften Wellen gegen die Felsen. Sie setzte sich auf und sah die Küstenlinie entlang zurück bis zu dem Punkt, an dem man den Beginn ihres Weges immerhin noch erahnen konnte. Giulia kam der Gedanke, dass sie dies schon viel früher hätten machen sollen und dass sie mit niemandem lieber hier sein wollte als mit ihm. Aus ihrem Haar perlte ein Wassertropfen über ihre Wange nach unten.

»Darf ich?«, fragte er und strich sanft über ihre Wange, legte dann den Arm um sie, zog sie an sich und küsste sie. Sie spürte, wie sich ihr Körper seinem entgegendrängte, ihn berührte.

Sie küssten sich lange, sehr lange, bis sie wieder voneinander abließen.

»Das war gut«, flüsterte sie.

Als sie gegen zwanzig Uhr in der Villa eintrafen, waren sie so erschöpft, dass sie sich eine Weile auf den Liegestühlen ausruhten. Dann aßen sie eine Kleinigkeit und saßen noch gemeinsam auf der Terrasse, bis es dunkel geworden war. Schließlich wechselten sie in Großvater Enzos Büro-Wohnzimmer und setzten sich dicht an dicht auf das Ledersofa. Giulia spürte Marcos Arm um sich und schmiegte sich dicht an ihn.

»Ich stelle mir hin und wieder vor«, sagte sie, »wie mein Großvater hier gesessen oder am Fenster gestanden und über alles nachgedacht hat. Über die Familie, die er verloren hat, also meine Mutter und meine Großmutter. Aber auch über die andere, die er vielleicht zurückgelassen hat, als er herkam.« Sie seufzte. »Es scheint fast, als wäre er aus dem Nichts gekommen, aber natürlich kommt jeder von irgendwoher ... Jeder hat irgendwo seine Wurzeln.«

»Hm.« Marco streichelte mit langsamen, nachdenklichen Bewegungen über ihren rechten Arm. Dann legte er den Kopf leicht zurück und spähte zu Enzos Arbeitsbereich hinüber. »Und du hast bis jetzt keine Informationen gefunden? Hast du dir denn wirklich alles angeschaut?«

»Alles, ja. Denke ich. Mehr als ein Mal – und die wenigen Bilder sicherlich schon tausend Mal. Ich bin immer noch keinen Schritt weiter.«

Marco setzte sich unvermittelt auf und rückte auf dem Sofa nach vorne. Giulia überlief ein kleines Frösteln. Sie vermisste seine Berührung jetzt schon. Er stand auf.

»Wir könnten noch einmal gemeinsam gucken.«

»Meinetwegen.« Giulia hörte selbst, dass ihre Stimme wenig überzeugt klang. »Vier Augen sehen mehr als zwei«, fügte sie hinzu, aber es klang immer noch nicht besser.

Er grinste sie an. »Nicht überzeugt?«

»Ja. Nein.« Sie musste plötzlich lachen. »Lass uns noch einmal gemeinsam schauen. Du hast ja recht.«

»Na dann!«

Wenig später saß Giulia am Schreibtisch, während Marco sich mit einem Stapel Papier auf das Sofa zurückgezogen hatte. Sie sah sich im Raum um. Im Laufe der Jahre hatte sich wirklich viel angesammelt. Sie hatte den Karton mit Erinnerungsstücken angelegt, jedoch auch damit begonnen, Dinge fortzuwerfen. Auch in einem großen Haus war der Platz irgendwann begrenzt. Von manchen Dingen hatte sie dennoch ein Foto gemacht. Jetzt drehte sie sich zum Regal mit den Ordnern um, die sie inzwischen alle mindestens ein Mal herausgenommen und von denen sie die meisten sogar durchforstet hatte. Dennoch war es gut möglich, dass in einem davon noch irgendwo etwas steckte. Sollte sie sie alle nochmal durchgehen? Wie lange würde das dauern? Sie stieß einen Seufzer aus. »Hast du was Neues gefunden?«, wandte sie sich an Marco.

Er hob kurz den Kopf. »Bisher nicht. Nein.« Damit schlug er die nächste Seite um.

Giulia beschloss, noch einmal mit dem Schreibtisch zu beginnen. Sie zog die erste Schublade heraus, dann die zweite, dann die dritte und stellte sie auf der Schreibtischplatte ab, kramte ein wenig darin herum, fand aber nichts von Bedeutung. Enttäuscht schob sie ihren Stuhl ein Stück zurück, verschränkte die Arme hinter dem Kopf und starrte auf die Laden, deren Inhalt sie zur Genüge kannte. *Nein, das hier bringt doch nichts,* dachte sie und ließ ihren Blick zum Fenster wandern. Dann plötzlich kam ihr ein Gedanke. Giulia richtete sich kerzengerade im Stuhl auf, während sie ihren Blick zurück auf die Schubladen richtete.

Das gibt's doch nicht!

»Marco?«

»Hm«, brummte er, in seine Papiere vergraben.

»Marco, kommst du mal?«

Er hob den Kopf. »Was ist?«

»Ich glaube, mir ist gerade etwas aufgefallen.«

»Was denn?«

»Du musst kommen. Vielleicht irre ich mich ja.«

Marco platzierte den Stapel sorgfältig auf dem Tisch vor

sich, stand auf und trat zu ihr. Giulia starrte auf die Schubladen.

»Ich finde ...«, setzte sie an. »Sag mal, findest du nicht, dass die oberste Schublade von innen kleiner ist als die anderen?«

Sie schob sie hinein, zog sie auf und schloss sie wieder, zog sie auf und schloss sie langsamer wieder. Marco folgte ihrem Fingerzeig. Er runzelte die Augenbrauen, dann zog er die obere Schublade noch einmal auf. »Ja«, sagte er dann, »da könntest du recht haben. Wollen wir sie leerräumen?«

Giulias Herz klopfte schneller. »Ein Geheimfach? Könnte das ein Geheimfach sein?«

»Wir werden sehen.« Marco hatte begonnen, Stifte, Kästchen mit Büroklammern, Kleber und Scheren vor Giulia auf den Tisch zu stapeln. Dann war die Schublade leer, und er klopfte vorsichtig auf deren Boden.

Klang es, als ob sich darunter noch ein Raum verbarg? Giulia und Marco wechselten einen Blick.

»Wie kriegen wir sie auf?«, fragte Giulia.

»Ich weiß nicht.« Marco begann, die Lade gründlich abzutasten.

»Da ist etwas«, rief er dann so laut und plötzlich, dass Giulia zusammenzuckte. Mit einem leisen Knacken sprang das Geheimfach auf. Es kam Giulia vor, als hielten sie beide den Atem an, bevor sie es ganz öffneten.

Wieder saßen sie nebeneinander auf dem Sofa. Marco hatte die Papiere zurückgelegt. Vor ihnen lagen jetzt Schwarz-Weiß-Fotos, auf denen mehrere Menschen unterschiedlichen Alters, wahrscheinlich eine Familie, vor einem großen Landhaus zu sehen waren. In der Mitte befand sich ein älteres Paar, ringsherum jüngere Frauen und Männer, vermutlich Söhne und Töchter, womöglich aber auch Knechte und Mägde.

Giulia drehte das Bild langsam um: *Grasse* stand auf der Rückseite. »Grasse?«, entfuhr es ihr überrascht. »Grasse, in Frankreich?«

»Offenbar.«

Sie schaute wieder auf die Fotos, nahm eins davon auf: ein ländliches Gebäude, ganz offenbar ein Bauernhof, dasselbe, das auf dem anderen Bild zu sehen war. Giulia drehte das Bild um, in der Hoffnung, dass jemand vielleicht etwas auf der Rückseite notiert hatte. Nichts. Sie nahm weitere Fotos zur Hand. Auf den ersten fand sich keine Notiz. Dann eine krakelige Schrift, bei der sie im ersten Moment nicht wusste, ob es sich vielleicht doch nur um Dreck handelte. Vielleicht stand da Martini, ganz sicher aber stand da Grasse. Dieses Mal gefolgt von der Jahreszahl 1935. Eine Taufe.

»Mein Großvater ist 1935 geboren und Ende der Fünfzigerjahre mit seiner Frau Letizia aus dem Norden aufgebrochen«, sagte Giulia mit belegter Stimme. Sie stöberten weiter durch die Bilder. Darunter waren auch Fotos von Enzo und ihrer Großmutter. Auf einigen sahen sie sehr glücklich und energiegeladen aus. Ihre Großmutter war eine wirklich sehr zarte Frau gewesen. Giulia fand, dass sie etwas von einem Schmetterling hatte. Was war später nur geschehen?

Soweit sie anhand der Fotos nachvollziehen konnte, waren die beiden zuerst nur auf die italienische Seite der Riviera gezogen – es gab ein Bild, das ihre Großmutter neben dem Straßenschild von Ventimiglia zeigte –, hatten sich dann aber immer weiter nach Süden bewegt, bis sie schließlich Mitte der Siebzigerjahre nach Levanto gefunden hatten, wo Enzo an diese Villa gekommen war. 1960 war Giulias Mutter geboren worden. Das Leben war nicht einfach für die Familie gewesen. Auch hier nicht. Die Fotos zeigten, dass die Villa anfangs tatsächlich recht verfallen gewesen war, aber Enzo hatte hart an ihrer Instandsetzung gearbeitet.

Giulia nahm ein weiteres Bild zur Hand. Darauf war ein Festumzug zu sehen, zahlreiche mit Blumen geschmückte Wagen. Sie drehte das Bild um. »Jasminade«, entzifferte sie. »Schau doch bitte mal nach, was das bedeutet«, forderte sie Marco auf.

Der nahm sein Handy zur Hand. »Das ist ein Umzug zu Ehren des Jasmins in Grasse«, verkündete er kurz darauf.

Und da war er wieder, der Jasmin. Ihr Großvater entstammte offenbar einer Familie von Jasminbauern, und am Ende seines Lebens war er wieder Jasminbauer gewesen, wenn auch in einem sehr bescheidenen Rahmen.

Marco hielt sein Smartphone immer noch in der Hand und tippte darauf herum. »Die Familie deines Großvaters kam also aus Grasse?«

»Scheint nach den Bildern wahrscheinlich.«

»Hier steht, dass es rund um Grasse Jasminbauern gab, die den Jasmin für die Parfums der großen Pariser Modehäuser anbauten.«

»Oh.« Giulia lief mit einem Mal ein Schauder über den Rücken. Hieß das, dass sie …? Sollte sie …?

Sie bemerkte, dass Marco sie prüfend ansah. »Worüber denkst du nach, Giulia?«

»Ich weiß nicht. Nichts Bestimmtes.« Sie blickte Marco an, dann musste sie lachen. »Du weißt genau, worüber ich nachdenke.«

»Vielleicht.« Er lachte ebenfalls. »Inzwischen kenne ich dich schon recht gut. Du willst nach Grasse und herausfinden, ob Enzos – deine – Familie dort noch lebt.«

»Ja. Ich möchte es zumindest versuchen.« Giulia starrte die Fotos auf dem Tisch an. »Klingt das zu weit hergeholt?«

Marco zuckte die Achseln. »Das kann ich nicht sagen.«

»Wirst du mir helfen?«

»Immer. Wo ich kann.«

»Und wie? Hast du schon eine Idee? Ich kann ja schlecht einfach nach Grasse fahren und nachfragen. Besser wäre es, sich vorher zu informieren.«

»Lass mich mal machen.« Er schwieg einen Moment. »Ich habe tatsächlich eine Idee, wen ich anrufen kann«, fuhr er dann fort. »Ich kenne jemanden, der hat ein paar Jahre lang Reisen an die Riviera organisiert.«

»Auch auf die französische Seite?«

»Auch auf die französische Seite.«

ACHTUNDZWANZIGSTES KAPITEL

Marco bemerkte erst, wie angespannt er war, als er ihre weiche, wie immer etwas rauchige Stimme hörte: »Michelle Palombo.«

Einen Moment lang schwieg er, wie damals, als er sie zum ersten Mal angerufen und es ihm schier den Atem verschlagen hatte. Damals war er furchtbar aufgeregt gewesen, weil er noch nie eine Frau angerufen hatte, die er so sehr verehrte. Heute war er aufgeregt der Vergangenheit wegen, die sie teilten.

»Hallo?« Ihre Stimme klang jetzt schärfer. Sie war immer schnell ungeduldig geworden.

Er räusperte sich. »Michelle?«

Jetzt war es am anderen Ende einen Augenblick still. »Marco?«, fragte sie dann, überrascht. »Bist du das, Marco?«

»Ja.« Er musste ärgerlicherweise husten.

»Schön, dass du mal anrufst.« Ihre Stimme klang jetzt noch weicher, rauchiger und irgendwie einladender als ohnehin schon.

Er gab sich einen Ruck. »Ich wollte dich etwas fragen.«

»Klar. Geht's dir gut?«

»Ja.« Er musste sich höllisch konzentrieren. Ihre Stimme ließ ihn an ihre Schönheit denken, an Dinge, die sie geteilt hatten, aber es ging hier nicht um Michelle und ihn. Was zwischen Michelle und ihm gewesen war, war längst vorbei, und er trauerte ihr auch nicht mehr hinterher. Es waren die Erinnerungen, die ihm einen Streich spielten. Er räusperte sich. »Sag mal, hast du noch Kontakte an die französische Riviera?«

Er hörte sie schlucken, wahrscheinlich trank sie einen ihrer heißgeliebten *caffè*. Er hatte sie auf dem Handy erreicht, konnte nicht sagen, wo sie sich befand. Verdammt, warum verunsicherte es ihn immer noch so, mit ihr zu telefonieren? Er atmete tief durch. »Also, kennst du jemanden?«

»Klar, ich habe meine Kontakte ja nicht einfach abgebrochen.«

Jetzt, wo sie es aussprach, überraschte es ihn nicht. Michelle war stets hervorragend vernetzt gewesen und hatte immer viel Wert auf ihre Beziehungen gelegt.

»Und?«

»Jetzt gleich, meinst du?« Es raschelte, dann war ein Klirren zu hören.

Er stellte sie sich in der Küche vor, an einer Kücheninsel mit schwarzer Granitplatte. Er räusperte sich. »Wenn das möglich ist?«

Sie gluckste. »Du willst, dass ich meine Verbindungen preisgebe? Willst du jetzt etwa auch ins Geschäft einsteigen? Ich dachte, du wirst Olivenbauer.«

Er ging nicht auf ihren letzten Satz ein. »Quatsch. Ich bin nur auf der Suche nach einer Familie von Jasminbauern, in oder um Grasse.«

»Jasminbauern? Na, deine Hobbys werden aber auch immer exklusiver.«

»Ist für 'ne Bekannte.«

»Ah!« Sie machte eine längere Pause. »Giulia?«

Marco war überrascht. »Woher weißt du …?«

Sie lachte. »Dachtest du, Paolo und ich reden nicht miteinander? Er erzählt mir alles, und was er nicht erzählt, erfahre ich auch so. Das weißt du doch. Ich kriege alles raus.«

Ja, das wusste er. Michelle bekam alles heraus, wenn sie wollte.

Im Hintergrund war eine Männerstimme zu hören. Paolo war also da, dann war sie ziemlich sicher in Mailand. Es knackte. »Nichts«, hörte er sie dann sagen, »ich telefoniere mit Marco.« Wieder eine Pause, dann: »Ich soll dich grüßen.«

Marco grüßte nicht zurück. »Also: Wirst du mir helfen?«

»Klar doch.« Ihre Stimme veränderte sich. Er sah sie quasi vor sich, wie sie sich streckte, einen Arm über den Kopf reckte. »Ich hatte keine Probleme damit, befreundet zu bleiben«, sagte sie dann. »Du wolltest nicht.«

»Das war ja wohl kaum …«

»Findest du dich nicht allmählich ein bisschen kleinlich?«

Er legte auf.

Michelle nahm ihm das offenbar nicht übel und gab ihm bereits zwei Stunden später die versprochenen Informationen. Er musste zugeben, dass man sich bei so etwas immer auf sie verlassen konnte. *Und sie ist auch souveräner als ich*, dachte Marco. *Wobei ich mehr Grund hatte, nachtragend zu sein.*

In der E-Mail, die sie geschickt hatte, war auch eine Telefonnummer aufgeführt, er konnte also jemanden anrufen. Eine Nummer in Frankreich. Marco konnte nur hoffen, dass sein Französisch noch gut genug war, diesen Test zu bestehen.

»Du hast sie gefunden?« Giulia starrte ihn verblüfft an. Sie hatte in der Sonne des frühen Nachmittags gerade ein paar Kräuter geerntet, als Marco überraschend auftauchte. »Du hast die Familie meines Großvaters gefunden?«

»Na ja, wahrscheinlich.« Marco grinste. »Ich habe mit einem alten Mann aus Grasse telefoniert, der sich ziemlich sicher ist, dass dein Großvater auf einem Hof im Hinterland gewohnt hat. Kontaktdaten dorthin hatte er leider nicht. Aber wir können los, sobald es dir passt – oder willst du dich erst mit Loretta und Fulvio besprechen?«

Giulia starrte ihn immer noch an.

»Und?«

»Ich würde am liebsten sofort los, oder findest du das überstürzt?«

»Keine Ahnung. Wir müssen es versuchen, oder? Was hältst du von morgen?«

»Klingt gut.« Giulia küsste ihn inniglich. »Danke! Und danke, dass du mitkommst.«

»Gerne. Ich bin ja jetzt selbst auch neugierig. Hast du Angst?«

»Vielleicht. Irgendwie.«

Sie klärten die Details der Reise, und am Abend packte Giulia eine kleine Tasche. Am nächsten Morgen würden sie aufbrechen, die Küste entlang, immer weiter nach Norden bis nach Frankreich.

Alessandro versprach seinem Sohn, dass er ohne ihn auskommen würde.

»Ich mache das schon seit Jahren, Junge. Du warst ja, weiß Gott, nicht immer da. Das schaffe ich schon.«

»Du holst dir Hilfe, wenn du sie brauchst.«

»Klar, doch, aber bitte, ich bin kein kleines Kind.«

»Du kannst dich auch bei Loretta und Fulvio melden. Versprich es. Giulia hat ihnen Bescheid gesagt.«

Alessandro zögerte, dann nickte er.

Marco wusste nur zu gut, was in ihm vorging. »Die alten Streitigkeiten liegen hinter uns«, erinnerte er ihn. »Das weißt du.«

»Hm.«

»Sag es.«

Alessandro blickte ihn erbost an, dann stieß er einen Seufzer aus.

»Sie liegen hinter uns.« Er straffte seine Schultern. »Und jetzt ist es gut, Marco, bei allem musst du mich wirklich nicht wie ein Kind behandeln. Ich kann meine eigenen Entscheidungen treffen.«

»Das weiß ich doch.«

»Wirklich?«

Sie hatten sich um halb neun verabredet, an der Einfahrt zur Jasminvilla, wie an dem Tag, als er sie zum ersten Mal abgeholt hatte. Marco stand neben seinem Wagen, begrüßte sie mit einem Kuss und nahm ihre Tasche entgegen. Er verstaute sie im Kofferraum, und Giulia setzte sich neben ihn auf den Beifahrersitz. Sie hatten abgemacht, sich am Steuer abzuwechseln. Dann ging es los, erst langsam an Bonassola vorbei und durch weitere Dörfer zur Autobahn, und Giulia musste an den Tag denken, an dem sie zum ersten Mal hier entlanggefahren war. Sie lauschten einem italienischen Radiosender. Hinter Genua bat Marco um einen Fahrerwechsel, weil er müde war. Er lehnte sich auf dem Beifahrersitz zurück und war bald eingeschlafen. Giulia hätte ihm gerne beim Schlafen zugesehen, musste sich aber auf die Straße konzentrieren. Schilder verwiesen auf die Orte, die sie passierten: Arenzano, Albissola, Savona – Letzteres hatte sie schon gehört. Die Landschaft wurde etwas weitläufiger, die Berge rückten ins Landesinnere zurück. Gegen Mittag kehrten sie in ein kleines Lokal in Alassio ein. Es gab Pizza und Limonade, danach ein Eis. Sie spazierten ein wenig durch das Städtchen und machten sich dann an die letzte Etappe. Nach etwas über einer Stunde tauchte Ventimiglia auf, und bald darauf fuhren sie über die Grenze nach Frankreich und passierten Orte wie Menton, Roquebrune, Monaco und Nizza. Bei Le Cannet verließen sie die Autobahn und folgten der Landstraße von der Küste weg tiefer ins Landesinnere bis Grasse. Sie waren jetzt fast sechs Stunden unterwegs.

In Grasse bat Giulia Marco um einen Zwischenstopp, weil sie mit einem Mal nervös wurde, ihren französischen Verwandten so bald gegenüberzutreten. In einem der für Frankreich typischen Straßencafés tranken sie einen Espresso. Marco hörte sich ihre Sorgen an, die Giulia immer weniger wichtig vorkamen, je mehr sie sie sich von der Seele redete. Bald folgten sie einer schmalen Straße, die sich weiter ins Landesinnere schlängelte. Giulia schaute sich um in dem Versuch, die Fotos, die sie bei ihrem Großvater gefunden hatte, mit dem in Zusammenhang zu bringen, was sie sah. Als das Navi anzeigte, dass sie in einen holprigen Feldweg einbiegen sollten, drosselte Marco das Tempo. Langsam fuhren sie weiter. Dann tauchte plötzlich ein Haus vor ihnen auf, und in diesem Moment gab es keine Zweifel mehr.

Marco hatte das Auto kaum zum Stehen gebracht, als auch schon jemand aus der Tür trat und ihnen entgegenschaute. Der Mann war noch jung. Zu jung, um ihren Großvater gekannt zu haben ...

Giulia atmete tief durch, stieg aus und ging auf ihn zu. »Monsieur Martini?«

»Oui?«

»Bonjour, monsieur«, sie kramte nach ihrem Französisch, »entschuldigen Sie die Störung. Ich bin Giulia Zeidler, Enzo Martinis Enkelin.«

Sie hatte sich diese Situation während der Fahrt mehrfach vorgestellt, und doch hätte sie sich niemals ausmalen können, was jetzt geschah. Der Mann riss die Augen auf. Sein Mund formte sich zu einem O, dann drehte er sich um und rief ins Haus hinein: »Jeanne? Jeanne, *viens ici, vite!*«

Sofort erschien eine sehr viel ältere Frau in der Tür. Wenig später – Giulia wusste kaum, wie – saßen sie bereits in der großen Küche der französischen Martinis, und Fragen prasselten in schneller Folge auf sie ein. Oh ja, sie hatte zweifelsohne den Ort gefunden, den Enzo Martini vor so vielen Jahren verlassen hatte.

Jeanne war Enzo Martinis jüngere Schwester und die Matriarchin des Hauses. Der jüngere Mann war ihr Neffe Carlo. Die anderen Martinis waren noch auf den Feldern oder in anderen Aufgaben unterwegs. Jeanne hatte gerade die Vorbereitungen für das Abendessen abgeschlossen und lud Marco und Giulia kurzerhand ein, später mit ihnen zu essen. Dann schickte sie ihren Neffen los, *das* Fotoalbum zu holen.

Giulia und Marco bekamen ähnliche Bilder vorgelegt wie die, die sie in der geheimen Schublade gefunden hatten. Giulia sah ihren Großvater als Baby, als Schulanfänger und als jungen Mann neben Letizia, ihrer Großmutter, als junger Frau.

Als es klingelte, stand Carlo auf und erschien bald darauf mit einem älteren Mann. Giulia bemerkte, dass er sie einen Augenblick lang durch die geöffnete Küchentür beobachtete, bevor er eintrat.

»Das ist Rocco Ventura«, stellte Jeanne ihn vor. »Unser ältester Freund und der beste Freund deines Großvaters.«

Giulia stand auf und begrüßte ihn. »Ich glaube, ich habe viele Fragen«, sagte sie.

»Das kann ich mir vorstellen«, sagte der ältere Mann und lächelte. »Aber ich habe auch welche.«

Giulia erzählte alles, was sie von Enzos Leben in Levanto wusste, und lauschte all dem, was Rocco über seinen besten Freund zu berichten hatte. Ihr Eindruck, dass ihr Großvater ein großzügiger Mann, aber auch ein eigenwilliger Kopf gewesen war, verfestigte sich. »Es fing mit deiner Großmutter an. Mit Letizia. Sie gehörte nicht in unsere Welt, aber die beiden verliebten sich ineinander. Ihre Familie war während des Krieges aus dem Norden gekommen, weißt du? Paris, vielleicht. Enzos Vater wollte sie nicht akzeptieren, und das wiederum wollte Enzo nicht akzeptieren. Er sagte, Letizia und er würden es alleine schaffen. Danach hörten wir nie wieder etwas von den beiden.« Er musterte Giulia aufmerksam. »Hat er es denn geschafft?«

»Er hat wieder Jasmin angebaut, aber das hat so lange gedauert, dass er es offenbar nicht über sich gebracht hat, sich zu melden. Außerdem ist seine Frau gestorben. Seine Tochter ist nach Deutschland ausgewandert. Sie sprachen nicht mehr miteinander. Er hatte keine Familie mehr, wahrscheinlich war nichts so, wie er sich das vorgestellt hatte.«

»Dieser Dickkopf. Ich hätte ihn gerne wiedergesehen.«

Giulia nickte. Sie hatte Rocco von Enzos Tod erzählt, und sie hatte den unverhüllten Schmerz in seinem Gesicht gesehen, auch nachdem sie sich so viele Jahre nicht gesehen hatten.

Gemeinsam mit vielen Mitgliedern der Familie Martini aßen sie zu Abend. Die meisten von ihnen hatten Enzo Martini, genau wie sie, nie kennengelernt, und trotzdem war Giulia sicher, dass sie weitere Puzzlestücke gefunden hatten, die ihr ihren Großvater nähergebracht hatten. Gerne nahmen sie Jeannes Angebot an, im Haus zu übernachten.

Vorerst aber war an Schlaf noch nicht zu denken. Nach dem Abendessen führte Rocco sie in den Raum, in dem alljährlich das Jasminöl destilliert wurde. Er befand sich in einem der Nebengebäude, und Giulia schlug sogleich ein Geruch aus einer Mischung aus Blumen, Holz, Erde und einem Hauch Benzin entgegen. Sie schaute sich gründlich um. Da war die Anlage, in welche die Blüten gefüllt wurden. Da waren Sammelbehälter für die Blüten, Sammelschürzen, Kanister, in denen das Lösungsmittel aufbewahrt wurde, eine Waage und vieles mehr. Rocco Ventura berichtete, dass der echte Jasmin ursprünglich aus dem Himalaja stammte, aus dem Kaschmir und Südwest-China, wo er, in Höhen von bis zu 4.000 Metern, in Steppen und Trockenwäldern wuchs. Jasmin blühte drei bis vier Monate lang, etwa von August bis Oktober. Die Gewinnung von Jasminextrakt war dabei höchst aufwendig, weshalb das Ergebnis auch geradezu in Gold aufgewogen wurde. Jetzt wusste Giulia auch endlich, worauf sich die bislang unverständlichen Angaben auf der Tafel in der Küche bezogen. Aus

350 Kilogramm Blüten ließ sich etwa ein Kilogramm Konzentrat herstellen. Gute Pflücker und Pflückerinnen schafften 300 bis 600 Gramm pro Stunde. Bei der Enfleurage wurden die Jasminblüten dann zwei bis drei volle Tage zwischen zwei mit einer Fettschicht bedeckten Platten ausgepresst, bevor die verbrauchten Blüten entfernt und durch frische ersetzt wurden. Dieser Vorgang wurde so oft wiederholt, bis das Fett von Öl gesättigt war, was im Allgemeinen mehrere Monate in Anspruch nahm. Danach wurde das Öl mit Alkohol aus dem Fett extrahiert und ergab das Produkt, das unter dem Namen *Absolue Jasmin de pommade* bekannt war. Die Beschreibung des Vorgangs ließ Giulia kurz an Patrick Süskinds Roman »Das Parfum« denken.

Eine weitere Möglichkeit, den Blüten den Duftstoff zu entziehen, war die Extraktion, wie sie die Martinis betrieben. Dazu wurden die Blüten in einen Tank geschüttet, der mit einem Lösungsmittel aufgegossen wurde, in das die Riechstoffe und das Blütenwachs abgegeben wurden. Das Lösungsmittel wurde durch Erhitzen nach einer gewissen Zeit wieder entfernt; eine wachsartige Masse entstand, aus der man das Wachs in einem weiteren Schritt herauslöste. Was dann entstand, war die sogenannte *Essence Absolue:* sündhaft teurer, reiner Jasminextrakt, wie man ihn auch in Chanel No. 5 fand, dem Parfum der Parfums. Nach der Erntezeit und nach der Verarbeitung des Jasmins wurden ab November der Boden und die Pflanzen für die neue Saison vorbereitet. Keine leichte Arbeit, und eigentlich auch kein leicht verdientes Geld.

Giulia hätte Rocco stundenlang zuhören können. Sie wollte so viele Informationen wie möglich in sich aufnehmen. Im Spätsommer und Herbst sollte es hoffentlich auch in der Jasminvilla wieder so weit sein. Davon hatte sie erzählt, und die französischen Martinis hatten interessiert gelauscht. Es fühlte sich richtig an, jetzt, da sie davon berichtet hatte.

NEUNUNDZWANZIGSTES KAPITEL

Giulia erwachte früh am nächsten Morgen und war dennoch offenbar spät dran. Marco war schon aufgestanden. Gestern waren sie vollkommen übermüdet Arm in Arm eingeschlafen. Jetzt hatte er ihr einen kleinen Brief hinterlegt, in dem stand, dass er mit ihren Gastgebern – *meine Verwandten*, dachte Giulia, und das klang immer noch seltsam – hinaus auf die Felder gegangen war. Giulia schlüpfte rasch in eine bequeme Jeans, feste Schuhe und ein T-Shirt, dann ging sie nach unten.

Im Haus war es still. Jeanne hatte ihr erlaubt, sich überall umzusehen. Und genau das würde sie jetzt tun.

Das Geburtshaus ihres Großvaters war schön, ein recht großzügiges altes Bauernhaus. Ein Teil davon war einmal ein Stall gewesen, aber die Viehwirtschaft hatte man mittlerweile aufgegeben. Im Eingangsbereich waren große Steinplatten verlegt, die ganz offensichtlich schon über Jahrhunderte abgelaufen worden waren. Die Räume waren allesamt groß, im Sommer nahm man Feriengäste auf. Die Möbel waren zumeist alt, aber gut erhalten, der Herd in der Küche hingegen war neu. Neugierig betrat Giulia den Garten. Er war von einer gewissen Wildheit, und dennoch bemerkte man die ordnende Hand. An einer Stelle war ein Gartenschlauch als provisorische Wasserleitung durch ein Beet gelegt worden. Hier wuchsen nur wenige Jasminsträucher, und das eher zur Zierde, denn die Felder befanden sich an einem anderen Ort.

Nach ihrer Entdeckungstour bot Giulia Jeanne ihre Hilfe in der Küche an. Zur Mittagszeit versammelten sich Jeanne, Carlo und andere Martinis – Onkel, Tanten, Neffen und Nichten – und auch Rocco wieder alle am großen Tisch, um gemeinsam zu essen. Man sprach Französisch und eine Form von Italienisch mit französischem Einschlag und einigen Eigenheiten. Auch Marco schlug sich nicht schlecht, wie Giulia anerkennend bemerkte.

»Vorsicht!«, rief Jeanne, als sie sich mit einem großen Topf Gemüsesuppe vorbeischlängelte. Sie erntete zustimmende Rufe, die meisten waren schon seit dem frühen Morgen unterwegs und inzwischen recht hungrig. Giulia saß neben Marco, der geholfen hatte, die Jasminsträucher auf den kommenden Erntebeginn vorzubereiten, und lauschte seinen leisen Erklärungen.

Nach der fast zweistündigen Schlemmerei saßen alle noch kurz bei einem Kaffee zusammen. Marco unterhielt sich mit einem jüngeren Mann zu seiner Linken, der sich für den Olivenanbau interessierte. Giulia lauschte seit einer Weile interessiert Roccos weiteren Erklärungen zum Jasmin und dessen Anbau. Die Martinis gehörten zu den wenigen Alteingesessenen, die das Geschäft noch betrieben. In den letzten Jahren war die Produktion verstärkt von Grasse nach Italien und Nordafrika verlegt worden, sogar in Indien wurde Jasmin für die Parfumproduktion angebaut. Aber die Martinis hatten ihre festen Abnehmer.

»Deine Familie baut seit mindestens hundert Jahren Jasmin an. Es sind Dickköpfe, sie werden nicht so schnell damit aufhören«, bekundete Rocco mit einem ebenso verschmitzten wie entschlossenen Gesichtsausdruck.

Am Nachmittag ging auch Giulia mit hinaus auf die Felder, wo der Jasmin in hüfthohen Sträuchern blühte. Er erreichte damit eine Höhe von etwa fünfzig Zentimetern, während zum Beispiel Jasmin aus Algerien so groß wie ein Mensch werden konnte, wie Rocco ihr erklärte. Er blieb an ihrer Seite, bereit, auf all ihre Fragen einzugehen. Giulia hörte ihm gerne zu, er wusste offenbar einfach alles über Jasmin.

»Der *Jasminum grandiflorum* wird auf den hiesigen winterharten Jasmin aufgepfropft«, sagte er eben. »Das heißt, man verbindet die eine Pflanze mit der anderen, indem man einen angespitzten Zweig der einen in den Stamm der anderen steckt. So erhält man widerstandsfähigere Pflanzen. Durch das Mikroklima und die Bodenbeschaffenheit hat unser Jasmin zudem eine ganz besondere Duftnote. Das ist eigentlich wie bei Wein mit den Qualitätsbezeichnungen, den Grands Crus, musst du wissen.«

Monsieur Ventura führte Giulia und Marco anschließend noch zu den neuen Treibbeeten, wo die Schösslinge zum Anwurzeln in der Erde steckten. Er wusste zu berichten, dass schon die Römer Jasmin zu Dekorationszwecken benutzt hatten, dass er in Indien als Symbol der Hoffnung auf göttliche Hilfe galt und in China für die Psyche der Frau stand. Jetzt hustete er kurz auf Alte-Männer-Art, blieb mitten auf dem staubigen Feldweg stehen und räusperte sich energisch, bevor er fortfuhr: »Nach Frankreich wurde die Pflanze übrigens erst im 17. Jahrhundert eingeführt. Bislang hat man hundert verschiedene Arten identifiziert.« Sein runzliges Gesicht verzog sich zu jenem verschmitzten Lächeln, das Giulia schon kannte. »Es tut mir leid, ich war Lehrer für Biologie und Philosophie. Ich fürchte, ich liebe es immer noch, zu dozieren.«

Wieder blieb er stehen und schloss kurz die Augen, als wolle er sich ein Bild vor Augen führen. »Bei der Ernte war ich immer dabei, damals gemeinsam mit Enzo und dann später auch. Das ist etwas, das man nicht so schnell vergisst: ein Jasminfeld voller Menschen im frühen Morgen, dieser zauberhafte Duft ...«

Am frühen Abend schlug Marco vor, noch eine kleine Wanderung zu unternehmen.

»Gute Idee«, pflichtete Jeanne ihm bei, die schon wieder das Abendessen vorbereitete, »ihr müsst vor eurer Abreise unbedingt die Gegend kennenlernen, Giulia, das Land, das dein Großvater damals verlassen hat, nicht nur das Haus, den Garten und die Felder. Ihr müsst alles sehen, um zu verstehen, wo er hergekommen ist.«

Also füllten Marco und sie zwei Rucksäcke mit Proviant und liefen los. Giulia versuchte, sich ihren Großvater als Kind vorzustellen, wie er hier aufgewachsen war, dass er vielleicht über genau diese Hügel und Wiesen gelaufen war, unter diesen Bäumen gelegen und unter diesem Himmel geträumt hatte. Sie bewegten sich entlang breiter und schmaler, steiniger Feldwege, die gesäumt waren von Steineichen und stachliger Macchia, dann wieder waren Felder voller Blumen zu sehen, die sich zum Horizont hinzogen. Neben Jasmin wurden hier Mairose, Rosengeranie, Iris und Tuberose angebaut. Mancherorts waren große Anwesen an die Stelle ehemaliger Blumenfelder gerückt, und zwischen dem Grün von Mandelbäumen hindurch schimmerte das Türkis von Swimmingpools. Dinge hatten sich geändert, aber hier war ihr Großvater zum Mann herangewachsen, hier hatte er entschieden, mit seiner Frau wegzugehen und etwas Neues zu beginnen. Nachdenklich stieg Giulia den kleinen Pfad hinauf und strauchelte plötzlich über eine Unebenheit, doch Marco fing sie auf. Für einen Moment blieben sie einfach stehen und hielten einander in den Armen.

Ich liebe deine starken Arme, dachte sie.

Marco schaute sie zärtlich an: »Alles in Ordnung mit dir? Gehen wir weiter?«

Sie lächelte, dann küsste sie ihn sanft. »Klar. Danke für deine Hilfe.«

Sie liefen das nächste Stück Arm in Arm, obgleich das nicht ganz einfach war. Wenig später erreichten sie eine kleine Wiese, inmitten einer Talsohle gelegen, die von sanften Hügeln umrundet war. Rechts des Weges wuchs hohes Schilf, offenbar war es hier also feucht. Vorsichtig setzten sie Fuß auf Fuß, um nicht in ein verborgenes Wasserloch zu treten. Ein paar Schritte weiter duftete es auf einmal blumig, so stark, dass die Luft geradezu durchtränkt schien. Sie erklommen die nächste Anhöhe und schauten auf ein weiteres Blumenfeld, das vermutlich auch zum Anwesen der Martinis gehörte und für das die Gegend von Grasse einst so bekannt gewesen war. Nach einer kurzen Rast machten sie sich auf den Weg zurück zum Haus.

Auch an diesem Abend gingen Marco und Giulia müde zu Bett. Mit schweren Beinen lagen sie nebeneinander, die Körper aneinandergeschmiegt. Am nächsten Morgen würden sie früh aufbrechen.

»Ich habe eine europäische Familie«, sagte Giulia mit einem Mal und musste lächeln. »Bis vor ziemlich genau einem Monat hatte ich keine Ahnung, dass ich überhaupt eine Familie habe, die mehr als fünf Personen umfasst, Opa und Oma mitgerechnet.«

»Aber das hätte dir doch klar sein müssen, dass auch deine Familie aus mehr als drei Personen besteht?«

»Nö, war es nicht. Ich dachte ja, meine Großeltern seien gestorben. Und deutsche Familien sind manchmal echt klein.« Sie grinste.

Er grinste zurück, und wieder empfand sie tiefe Erleichterung, dass die Dinge zwischen ihnen geklärt waren. Und sie mehr über ihren Großvater erfahren hatte. Jetzt musste sie vor allem endlich mit ihrer Mutter sprechen, über die Vergangenheit, aber auch über die Zukunft. Und vielleicht konnten irgendwann sogar Pina und Alessandro über das sprechen, was ihrer beider Leben belastet hatte, auch wenn das im Moment geradezu utopisch schien. Bisher hatte sie allerdings immer noch keine Nachricht von ihr erhalten.

Am nächsten Morgen fanden sich trotz der frühen Stunde Jeanne und Carlo Martini und sogar Rocco Ventura auf dem Hof ein, um sie zu verabschieden. Jeanne reichte ihnen einen Karton mit Picknick, dessen Größe nach zu urteilen sie eine halbe Weltreise hätten machen können. Alle versprachen einander, sich so bald wie möglich zu besuchen. Rocco Ventura und auch Jeanne Martini konnten es jedenfalls kaum erwarten, die Jasminvilla kennenzulernen.

Winkend fuhren Marco und Giulia vom Hof und über die rumpelige Einfahrt zu der kleinen Landstraße. Sie erreichten ohne Hindernisse die Küstenstraße und fuhren über die Grenze und durch die Riviera weiter die Küste entlang. Sie sprachen wenig, waren beide tief in Gedanken versunken. So tief, dass Giulia zuerst nicht bemerkte, dass ihr Handy klingelte. Mit der Melodie, die sie ihrer Mutter zugeordnet hatte. Giulia war so überrascht, sie zu hören, dass sie es gar nicht glauben wollte. Dann hörte das Klingeln auf, um kurz darauf von neuem zu beginnen.

Giulia tippte auf Annehmen: »Mama?«

»Giulia? Du wolltest mich sprechen?«

Ihre Mutter würde kommen! Giulia atmete einige Male tief ein und aus. Sie konnte es immer noch nicht glauben. *Mama kommt*, wiederholte sie stumm für sich. *Noch dazu schon morgen!*

Damit hatte sie nicht gerechnet, wirklich nicht. Giulia ahnte, was dieser Schritt für ihre Mutter bedeutete, und wusste das durchaus zu schätzen. Ihr Vater hingegen hatte sich entschieden, zuhause zu bleiben. Wegen der Kanzlei, wie Pina sagte, doch Giulia vermutete, dass das nur vorgeschoben war.

Vor einer halben Stunde hatte Marco sie bei der Jasminvilla abgesetzt und war dann sofort zu seinem Vater weitergefahren, um dort nach dem Rechten zu schauen. Giulia blieb noch ein paar Sekunden am Fenster ihres Zimmers stehen und schaute hinaus. Dann straffte sie die Schultern, holte Bettwäsche und betrat damit das alte Zimmer ihrer Mutter, in dem schon Trixi geschlafen hatte. Apropos Trixi – Giulia nahm sich vor, sie anzurufen und ihr von den neuesten Entwicklungen zu berichten. Als Erstes öffnete sie die Fensterflügel weit. Es roch längst nicht mehr nach Dreck und Staub, sondern nur noch leicht nach Farbe und Politur. Giulia bezog das Bett neu und putzte noch einmal durch. Anschließend stellte sie sich eine Weile in die Mitte des Raumes und ließ ihren Blick schweifen. Ein Gefühl tiefer Zufriedenheit überkam sie. Alles war bereit. Ihre Mutter konnte kommen, und sie würde sie mit Freude willkommen heißen.

Ich werde ihr so viel Zeit geben, wie sie braucht, und früher oder später werden wir über alles reden.

DREISSIGSTES KAPITEL

Pina war mit dem Zug von Frankfurt über Mailand und Genua nach Levanto gekommen. Sie hatte ihrer Tochter nicht Bescheid über ihre genaue Ankunftszeit gegeben, sondern am kleinen Bahnhof von Levanto ein Taxi genommen und sich zur Jasminvilla bringen lassen, wo sie gegen achtzehn Uhr ankam. Eben hob der Fahrer ihr Gepäck aus dem Kofferraum und warf noch einmal einen langen, neugierigen Blick auf das Gebäude, bevor er sich verabschiedete.

»Mama!« Giulia war schon beim ersten Autogeräusch aus der Tür getreten und eilte auf ihre Mutter zu, umarmte sie und küsste sie auf beide Wangen. »Du bist schon da! Warum hast du nicht Bescheid gesagt?«

Pina erwiderte die Begrüßung. »Ich wollte dir keine Umstände machen. Außerdem brauchte ich, glaube ich, noch einen Moment für mich.«

Giulia sah sie überrascht an. Mit so viel Offenheit hatte sie nicht gerechnet. »Schön, dass du da bist.«

Sie führte ihre Mutter zur Haustür, wo mittlerweile Fulvio und Loretta aufgetaucht waren. Die beiden hatten recht gefasst auf die Nachricht von Pinas bevorstehendem Besuch reagiert. Kurz darauf hatte Loretta noch gesagt, dass sie sich gerne Pinas Version der Geschichte anhören wollte. Giulia war ihr dankbar dafür.

»Darf ich dir Loretta und Fulvio vorstellen?«, sagte sie jetzt. »Sie haben für Großvater gearbeitet und sind gerne bereit, dir etwas über ihn zu erzählen, wenn du Fragen hast.«

Pinas Miene war mit einem Mal wie versteinert.

Um verzeihen zu können, fuhr es Giulia durch den Kopf, *muss man heilen*, und Giulia konnte nur hoffen, dass ihrer Mutter das gelingen würde. Trotz allem aber, und dessen war sie sich sicher, gab es dafür keinen besseren Ort als die Villa.

»*Buonasera*, Signora Zeidler«, sagte Loretta. Fulvio neben ihr lächelte.

»*Buonasera*«, grüßte Pina höflich, aber reserviert.

Giulia legte eine Hand auf Pinas Unterarm. »Es bedeutet mir wirklich unendlich viel, dass du gekommen bist«, flüsterte sie.

Pina löste sich vorsichtig von ihr und ließ ihren Blick über das Haus gleiten. »Er hat es streichen lassen«, sagte sie schließlich. »Als ich ging, hatte das Haus gar keine richtige Farbe. Also, irgendwie hatte es verschiedene Farben, aber eine nach der anderen war abgeblättert.« Sie runzelte für einen Moment die Stirn. »Es passt gut, dieses Gelb«, sagte sie dann. »Es ist ein schönes Haus.« Sie verharrte noch einen Augenblick nachdenklich, dann drehte sie sich zum Auto. »Sollen wir das Gepäck schon hochbringen?«

»Hättest du Lust, dich zuerst ein wenig umzuschauen?« Giulia hielt den Atem an.

Pina zögerte. »Ich weiß nicht. Wenn du meinst.«

»Oder bist du müde?«

»Nein, die Fahrt war o.k. Ich habe gelesen, hin und wieder etwas getrunken, und in Mailand habe ich eine Kleinigkeit gegessen. Es war eigentlich schön. Ich war schon lange nicht mehr in Italien.«

Für einen Moment schauten Mutter und Tochter einander an und wussten, dass sie jetzt beide an Robert dachten, der zuhause geblieben war. Vielleicht hatte er Angst, vielmehr aber vermutete Giulia, dass er Pina Zeit und Raum geben wollte, ihre Dinge zu klären.

Giulia atmete tief durch. »Dann komm.«

Sie traten in die Halle, wo Pina sich umsah.

»Und, hat sich etwas geändert?«, wagte Giulia schließlich, zu fragen.

»Manches. Es wirkt in jedem Fall anders. Liegt das an mir?« Pina schwieg nachdenklich. »Es ist freundlicher. Es wirkt heller und einladender.«

»Wir haben ein bisschen was gemacht«, sagte Giulia.

»Ja«, sagte Pina langsam. »Das wirkt gut so.« Sie beschäftigte sich gerne mit der Einrichtung von Räumen, auch zuhause.

In der Küche begegneten sie Loretta wieder, die gerade ein Blech Focaccia aus dem Ofen nahm. Pina schaute den alten Ofen an, dann den neuen, strich mit den Fingern über den Tisch.

»Ich erinnere mich ...«, flüsterte sie.

Giulia ließ sie gewähren, dann führte sie ihre Mutter hinaus in den Garten. Auf der Terrasse blieb Pina stehen und sah zu den Olivenbäumen hinüber. An ihrem klaren, schönen Gesicht war in diesem Moment nicht wirklich eine Regung zu erkennen.

Giulia räusperte sich. »Großvater hat damals schon Oliven angebaut, oder?«

»Ja, natürlich, überall, aber es lief nie gut. Anfangs hat er sich auf Olivenplantagen verdingt, dann hat er sich hochgearbeitet, Verantwortung übernommen, die erste eigene Plantage gekauft. Natürlich war sie nicht viel wert, wir hatten ja kaum Geld. Der Anbau von Oliven ist ein hartes Brot, und er hatte nicht viel Erfahrung. Es warf nie viel ab. Vielleicht war das Problem auch, dass er anfangs nie lange an einem Ort bleiben wollte. Eigentlich hätte ich mir auch nicht vorgestellt, dass er hierbleiben würde.«

Hinter ihnen waren Schritte zu hören. Es klirrte leise, als Loretta mit einem Tablett zu ihnen hinaustrat. Sie brachte gekühltes Wasser, gesalzene Erdnüsse und ein paar Streifen selbstgebackene Focaccia, verschwand aber, bevor Giulia sie zum Bleiben auffordern konnte. Zu Giulias Freude griff ihre Mutter sofort zu. *Sie sieht immer noch elegant aus,* dachte Giulia, *auch wenn sie auf einer Terrasse an einem eher groben Tisch steht und in kleinen Schlucken Wasser zu Focaccia trinkt.* Giulia bemerkte, dass Pinas Blick nun auf den Jasminsträuchern in der Nähe des Hauses ruhte, aber sie sagte nichts dazu.

»Es ist nicht leicht, vom Olivenanbau zu leben«, fing sie stattdessen unvermittelt wieder an. »Es ist harte Arbeit. Aber wahrscheinlich ist nichts leicht in der Landwirtschaft.«

Bist du deshalb weggegangen?, schoss es Giulia durch den Kopf, aber sie stellte die Frage nicht.

Nachdem sie sich beide ein wenig gestärkt hatten, schlug Giulia ihrer Mutter vor, ihr den Garten zu zeigen. Pina stimmte zu.

Im Obst- und Gemüsegarten schlenderte sie zunehmend langsamer und blieb schließlich stehen. Ihr gefiel sichtlich, was sie dort sah.

»Daran erinnere ich mich auch«, sagte sie. »Das Gemüse hier schmeckte einfach herrlich. Aber unser Garten sah damals nicht so schön aus. Es gab immer zu viel zu tun.«

Der Nutzgarten war wirklich besonders schön, Fulvio hatte viel daran gearbeitet, Wege angelegt und mit schönen Steinen eingefasst, Blumen und verschiedene Kräuter zwischen das Gemüse gepflanzt. Das Summen von Insekten erfüllte die Luft, Grillen zirpten.

»Hier kann ich mir gut vorstellen, einfach mal nur zu sitzen …« Pina trat zu einem Baum. »Ein Orangenbaum, wie schön, ich liebe Orangenbäume! Schade, dass er nicht trägt. Ich wette, dass die Früchte wunderbar schmecken.«

Giulia lächelte. »Ja, sie sind süß und saftig, mir ist mehr als einmal der Saft über das Kinn gelaufen. Leider haben wir sie schon alle gegessen.«

Pina lief mit einem Lächeln weiter. »Tomaten«, rief sie, pflückte ein paar der kleinen roten Früchte und schob sich gleich die erste in den Mund. »Hm, süß. Hast du schon mal frisches Weißbrot mit Olivenöl und Tomatensaft eingerieben? Das habe ich früher oft gemacht. Das war mein Festessen.« Sie erwartete offenbar keine Antwort, sondern lief kauend weiter.

Giulia beobachtete sie und konnte nicht umhin, Erleichterung zu verspüren. Ihre Mutter wirkte jetzt fast beschwingt, irgendwie erleichtert, als habe sie sich alles schlimmer vorgestellt. Vor der schmalen Pforte in der hinteren Gartenmauer blieb Pina abrupt stehen.

»Diese Mauer ist neu. Was ist dahinter?«

Giulia schwieg einen Moment. »Geh hinein, schau es dir an«, sagte sie dann. »Beschreiben kann ich es dir, glaube ich, ohnehin nicht.«

Pina schenkte ihrer Tochter einen fragenden Blick, dann trat sie durch die Öffnung. Giulia folgte ihr, doch Pina hielt dieses Mal nicht inne, sondern lief gleich die drei Stufen hinunter auf den Pfad, der zur hinteren Mauer führte. Sie sagte kein Wort, was Giulia nicht verwunderte. Auch ihr hatte es angesichts der vielen Jasminsträucher zuerst die Sprache verschlagen.

Schließlich drehte Pina sich zu Giulia um. »Jasmin? Wirklich?«

»Ja, das ist Jasmin.«

Pina ließ ihren Blick über die Plantage schweifen und ging dann zum nächstgelegenen Busch. »Jasmin«, wiederholte sie nachdenklich. »Ich ... Er hat davon erzählt, und er hat versucht, mich davon zu überzeugen, dass das die Lösung wäre, aber ...« Sie brach sichtlich verwirrt ab, wirkte mit einem Mal wieder angespannt.

Giulia trat zu ihr und schmiegte sich an sie. Zu ihrer Überraschung ließ Pina es zu. Für einen Moment standen sie einfach nur da, nah beieinander, und ließen den Garten auf sich wirken.

»Es ist ein Paradies, nicht wahr?«, flüsterte Giulia schließlich.

»Das ist es. Ich frage mich: Wann hat er das gemacht?«

»Loretta und Fulvio sagen, dass er mit Beginn der Achtzigerjahre damit anfing, aber er hat wohl schon lange vorher darüber gesprochen.«

Pina starrte vor sich hin. »Ja, das hat er«, sagte sie langsam. »Ich dachte immer, es sei nur eine seiner vielen Ideen, die mich irgendwann nur noch müde machten.« Sie schaute Giulia an und berührte dann flüchtig ihre Wange. »Er hatte immer so viele Ideen.«

»Wollen wir uns setzen?«, fragte Giulia vorsichtig und

nickte zu der Bank an der hinteren Mauer hin, die den meisten Teil des Tages über Sonne abbekam, gleichzeitig aber durch die Mauer vor schneidenden, kalten Winden geschützt war. Arm und Arm gingen sie hinüber.

Pina sprach als Erste. »Ich kann irgendwie nicht glauben, dass er es wirklich getan hat«, sagte sie leise. »Weißt du, mein Vater hat immer von einem solchen Garten gesprochen, mehr als von all seinen anderen Plänen, und ich konnte es irgendwann nicht mehr hören. Ich konnte nicht verstehen, warum ihm so viel daran lag. Ich hatte immer den Eindruck, er sei bereit, für irgendeine dieser Ideen alles aufs Spiel zu setzen. Erst recht für diese. Du musst wissen, dass auch das eine Seite deines Großvaters war: Wenn er eine Idee hatte, dann sah er weder nach links noch nach rechts. Ich fand das beängstigend. Ich fühlte mich alleingelassen damals, noch mehr, als meine Mutter gestorben war.«

»Konnte sie ihm denn etwas entgegensetzen?«

»Meine Mutter war immer sehr schwach und musste geschont werden. Er war bereit, sie zu schonen, mehr als mich. Er dachte, ich bin stark.«

»Sie ist früh gestorben.«

»Ja. Sie hatte einen Schwächeanfall, ist gestürzt und hat sich davon nicht mehr erholt. In ihren letzten Stunden hat sie wirr geredet, auf Französisch. Er hat mich weggeschickt.«

Französisch ... Giulia dachte an Grasse. Davon würde sie ihrer Mutter auch erzählen, aber nicht jetzt.

Pina ließ ihren Blick wieder über die Plantage gleiten. »Die Produktion kann aber nicht groß sein«, merkte sie an.

»Nein, das ist sie nicht.« Giulia erzählte Pina, was sie über Enzos Geschäfte wusste, auch von der Erntezeit und den Saisonkräften. »Wir überlegen, dieses Jahr wieder mit der Ernte zu beginnen«, fügte sie abschließend hinzu, gespannt auf die Reaktion ihrer Mutter. Dieser Plan hing stark von Pinas Entscheidung ab.

»Hm«, machte die lediglich. Dann stand sie auf und ging ein paar Schritte. »Ich hätte wirklich nicht gedacht, dass er das irgendwann erreicht. Ich dachte immer, dass er wieder nur redet, immer nur reden, reden, reden. Ich habe seine Versprechungen irgendwann nicht mehr ausgehalten. Vermutlich habe ich ihm unbewusst irgendwie auch Mamas Tod vorgeworfen.« Jetzt lag Schmerz in ihrem Ausdruck. »Weißt du, dass ich damals oft hungrig ins Bett gegangen bin? Es war schwierig mit dem normalen Leben, wenn *papà* träumte.«

Giulia sah ihre Mutter an, und mit einem Mal tat sie ihr leid. Ein solches Leben war sicher nicht leicht gewesen. Aber es war Vergangenheit. »Aber du bist gekommen, Mama, das ist doch gut. Wir können über alles reden, wir ...«

Pina blickte ihre Tochter ernst an. »Ich bin gekommen, weil ich musste«, sagte sie. »Ich konnte einfach nicht länger davonlaufen.«

Nach einem leichten Abendbrot aus einem Salade Niçoise, zu dem Giulia Loretta inspiriert hatte, verkündete Pina gegen zweiundzwanzig Uhr, sie sei müde. Fulvio hatte ihr Gepäck hereingetragen und mit seiner Frau längst das Gelände verlassen.

Giulia brachte ihre Mutter nach oben. Sie hatte ihr gesagt, dass sie ihr altes Zimmer für sie hergerichtet hatte, und ihre Mutter hatte nicht abgelehnt. In der Tür blieb Pina dennoch erst eine Weile stehen und musterte den Raum, den sie vor so vielen Jahren zum letzten Mal betreten hatte. Für einen Moment fürchtete Giulia, sie würde doch woanders schlafen wollen, aber Pina sagte nichts und antwortete auf Giulias »dann eine gute Nacht« lediglich mit einem Nicken. Doch als Giulia sich schon einige Schritte entfernt hatte, trat ihre Mutter noch einmal in den Flur und räusperte sich.

»Brauchst du noch etwas, Mama?«

»Ich hatte es nicht so schön in Erinnerung«, sagte Pina. »Ihr habt daran einiges gemacht, nicht wahr?«

Giulia nickte. »Loretta, Fulvio und ich haben angefangen zu renovieren. Zumindest dieses Zimmer. Wie gefällt es dir?«

»Es ist ein bisschen wie früher und doch ganz anders. Ja, es gefällt mir. Danke schön.«

Am nächsten Tag brauchte Pina Zeit für sich. Sie blieb sogar einen guten Teil des Tages in ihrem alten Zimmer. Ab und zu sah Giulia sie am Fenster, und sie winkten einander zu. Abends saßen sie gemeinsam auf der Terrasse. Giulia hatte eine Minestrone gekocht, so, wie Loretta es ihr beigebracht hatte, und ihre Mutter lobte sie nach den ersten Löffeln dafür. »Sehr lecker.«

Giulia lächelte. »Ein paar Dinge mehr habe ich schon gelernt, seit ich hier bin.«

»Das sehe, nein, das schmecke ich.« Ihre Mutter lächelte ebenfalls, dann fügte sie hinzu: »Aber du bist schon ziemlich lange eine gute Köchin.«

»Ja, ich koche gerne. Auch dank dir.« Giulia zögerte einen Augenblick. »Habt ihr diese Suppe früher auch gegessen?«

»Ja, manchmal gab es so etwas.« Pina schaute auf ihren

Teller. »Aber ich habe dir ja gesagt, dass es nie leicht war. Die Vorratskammer zu füllen gehörte nicht unbedingt zu den Prioritäten meiner Eltern. Ich musste oft erfinderisch sein, zum Beispiel eben mit Brot, Tomaten und Olivenöl. Einen Kühlschrank hatten wir damals auch nicht.« Sie schwieg wieder. »Seit ich losgefahren bin, denke ich darüber nach, aber ich denke immer noch, dass es für mich richtig war, zu gehen ... Ich musste Entscheidungen für mein Leben treffen. Ich konnte nicht hierbleiben. Hier sein, das hieß ständiges Improvisieren und von Tag zu Tag zu leben. Es war schwer für mich, zu bleiben, und es war unendlich schwer, zu gehen. Ich habe meinen Vater geliebt, weißt du?«

Giulia nickte langsam, dann wagte sie sich weiter vor. »Ja, ich verstehe dich. Aber warum hast du den Kontakt zu ihm so vollständig abgebrochen? Und warum hast du nie etwas von deinem Vater erzählt, das verstehe ich immer noch nicht.«

Pina stieß einen tiefen Seufzer aus. »Ich habe ihn geliebt, und ich hatte einfach Angst, seinem Charme wieder zu verfallen. Dein Großvater war ein sehr einnehmender Mensch, weißt du? Stets sehr überzeugend. Man hat ihm die seltsamsten Geschichten abgenommen, weil er seine Ideen immer so nett vorbrachte. Ich wollte mich dieser Gefahr nicht mehr aussetzen. Und ich wusste, dass das nur durch einen radikalen Schlussstrich ging.«

Giulia nickte. Oh ja, sie verstand das. Es gab kein Schwarz und Weiß in diesem Fall. Menschen waren verletzt worden, von Entscheidungen, die jeder von ihnen hatte treffen müssen. Giulia löffelte die letzten Reste ihrer Minestrone und schob den Teller dann zurück. Ihre Mutter hatte ihren erst zu zwei Dritteln geleert.

»Ich kann dir auch etwas über deinen Vater erzählen«, sagte Giulia. Pina hob interessiert den Kopf, und Giulia wusste plötzlich nicht, was sie mit ihren Händen tun sollte. Sie legte sie in ihrem Schoß übereinander. »Als du mich vorgestern angerufen hast«, setzte sie an, »war ich gerade auf der Rückreise von Frankreich. Dort wohnt nämlich die Familie deines Vaters, von dort ist er hierhergekommen. Er hatte den Kontakt vollständig abgebrochen.«

Pina legte ihren Löffel beiseite und blickte sie aufmerksam an, sagte aber nichts.

»Es sind Jasminbauern aus der Gegend von Grasse.«

»Grasse«, wiederholte ihre Mutter leise. »Weißt du, dass *papà* mir nie von unserer Familie erzählt hat? Ich wusste gar nicht, dass es sie gab, und irgendwie habe ich nicht gefragt.«

Wie ich, fuhr es Giulia durch den Kopf, *auch du hast den Kontakt abgebrochen, und auch ich habe nicht gefragt.*

Dann sprach Pina weiter: »*Papà* hat seine Familie also zurückgelassen und nicht mehr von ihnen gesprochen. Warum?«

Giulia erzählte ihr, was sie von der Familie Martini erfahren hatte. »Ich denke, er hat sich anfangs geschämt und deshalb keinen Kontakt aufgenommen, weil er nicht den Erfolg hatte, den er sich gewünscht hatte. Und als er den dann hatte, war einfach zu viel Zeit vergangen, und es hat sich vielleicht unsinnig angefühlt.«

Pina stieß einen Seufzer aus. »Ja«, sagte sie leise, »irgendwann hat man wahrscheinlich zu lange gewartet.«

Und er hatte dich verloren, Mama, dachte Giulia, sprach es aber nicht aus. Noch nicht, sie würde Pina zu einem späteren Zeitpunkt mit dem Schmerz konfrontieren, den ihr Weggang

Enzo bereitet hatte. Für heute war es genug. *Dich und seine geliebte Frau Letizia. Er hat sich auf seine neue »Familie« konzentriert, auf Loretta und Fulvio, und versucht, alles andere zu vergessen.*

Ihre Mutter wollte am Dienstag zurückfahren, sie würden also gut viereinhalb Tage gemeinsam verbringen können. Giulia war froh, dass sie sich ihrer Vergangenheit stellte und so offen über ihre Erlebnisse gesprochen hatte. Immerhin hatte sie ihrer Mutter von Grasse erzählt, aber Giulia hatte immer noch keine Idee, wie es weitergehen sollte. Pina wirkte insgesamt sehr nachdenklich.

Als Giulia an diesem zweiten gemeinsamen Morgen vom Einkaufen zurückkam, hatte Pina ihr Zimmer immer noch nicht verlassen.

Ich muss ihr von Marco erzählen.

Daran führte kein Weg vorbei. Gestern noch hatten sie sich heimlich getroffen, kurz vor seiner Abreise nach Genua, wo er Laura unterstützend zur Seite stehen wollte, die am Montag wieder zu Untersuchungen ins Krankenaus sollte.

Verdammt, wie nur? Sie bat Loretta um Rat, die mit ihr die Einkäufe verräumte.

Loretta stellte den Korb mit Eiern ab. »Vielleicht lädst du die Signorellos hierher zum Essen ein?«

»Ohne Alessandro Bescheid zu sagen, dass sie hier ist? Und ohne Pina zu sagen, dass er kommt?« Giulia war nicht überzeugt. »Ist das eine gute Idee?« Vielleicht fühlte sich ihre Mutter verraten, wenn sie so etwas tat. In die Enge getrieben. Wer konnte schon wissen, wie sie dann reagierte?

Loretta hatte sich an die Reinigung des Espressokochers gemacht, der bisher zu heiß gewesen war, und entfernte den

Kaffeesatz, bevor sie sorgfältig alles ausspülte. »Was willst du sonst machen? Die Frage ist doch«, fuhr sie fort, ohne Giulia anzusehen, »ob einer von ihnen überhaupt kommt, wenn sie wissen, worum es geht.«

Giulia wusch einen der Äpfel, die sie auf dem Markt gekauft hatte, und schnitt ihn klein. Wahrscheinlich hatte Loretta recht, trotzdem kam es ihr nicht richtig vor. Ihre Mutter würde vermutlich sehr empfindlich reagieren. Was sollte sie also tun?

Pina kam zum Mittagessen endlich aus ihrem Zimmer, und sie teilten sich einige Scheiben Bruschetta und einen leichten Wein. Danach bot Pina an, ein wenig im Garten zu arbeiten, während Giulia Details einer möglichen Jasminernte mit den Renzos besprach – ein weiteres Thema, zu dem sich ihre Mutter bislang nicht wirklich geäußert hatte, aber immerhin hatte sie keine Einwände, was Giulia als gutes Zeichen wertete. Sie wäre gerne mutiger gewesen, hätte diese Sache gerne angesprochen, aber sie konnte sich einfach nicht überwinden. Für sie selbst stand mittlerweile außer Frage, dass sie das Haus behalten und sich auch darum kümmern wollte. Am liebsten vor Ort. Wie auch immer.

Der Rest des Tages verging, ohne dass sie viel voneinander sahen. Abends bereitete Loretta eine Lasagne zu, doch als sie gegen halb acht wie verabredet auf der Terrasse versammelt waren, fehlte Pina. Sie warteten ein paar Minuten, dann stand Giulia auf und machte sich auf die Suche. Im Gemüsegarten sah sie die Stellen, an denen ihre Mutter gearbeitet hatte. Ein-, zweimal hatte sie sie im Vorübergehen von Ferne gesehen, ein Tuch auf dem Kopf, um sich das Haar aus der Stirn zu halten, dazu ein festeres Baumwollhemd und eine Jeans. Und sie war barfuß gelaufen. Pina liebte Schuhe, aber sie ging genauso gerne ohne. Da sie jetzt nirgends zu sehen war, steuerte Giulia auf den Jasmingarten zu. Sie sah ihre Mutter schon, als sie eintrat, an der Mauer auf der Steinbank.

»Mama?« Schritt um Schritt näherte Giulia sich ihr. Pina musste sie gehört haben, aber sie drehte sich nicht um. »Mama?«, fragte sie noch einmal, als sie sie erreichte.

Pina regte sich immer noch nicht. Wie so oft trug sie draußen ihre Sonnenbrille, die ihre Augen auch für das Gegenüber verbarg.

Giulia zögerte und setzte sich dann neben sie.

»Ich habe mit deinem Vater geredet«, sagte Pina unvermittelt. »Er macht sich Sorgen, dass nicht alles so bleibt, wie es ist. Mit dir, mit mir, mit uns. Ich hoffe, ich konnte ihn beruhigen.«

»Hm.« Giulia sah auf ihre Hände. Sie konnte die Bedenken ihres Vaters gut nachvollziehen. Abhängig von Pinas Entscheidung würde sich, zumindest, was sie selbst betraf, etwas ändern, in Bezug auf ihre Arbeit und ihr Leben. Sie konnte nur hoffen, dass das nicht für die Beziehung ihrer Eltern galt. Der Dreh- und Angelpunkt dafür würde die Auseinandersetzung mit Alessandro sein, und Giulia hatte keine Ahnung, wie eine Begegnung verlaufen würde. Wie auch immer, sie mussten über all das reden. Vielleicht war das hier ja die Gelegenheit, vielleicht war dieser Moment genauso gut wie jeder andere.

»Mama, hast du eigentlich vor, die Villa zu verkaufen?«

Pina schwieg lange, dann sagte sie leise: »Ich habe keine Ahnung, aber ich weiß auch nicht, ob ich es auf die Dauer aushalten könnte, zu wissen, dass es dies hier gibt, Giulia.«

Giulia an ihrer Seite richtete sich auf.

»Ich würde mich ja darum kümmern. Du musst gar nichts tun.«

Pina stieß einen tiefen Seufzer aus. »Es war wirklich sehr schwer, wieder hierherzukommen, Giulia.«

»Ich weiß, glaub mir.« Giulia schaute zum Meer hinüber und spürte, wie ihre Unruhe stärker wurde und ihren Magen mit einem unangenehmen Ziehen erfüllte. »Aber das hat nichts mit mir zu tun. Gib mir die Chance, hieraus etwas Neues zu machen.«

Pina schaute sie an.

»Ich fühle mich wohl hier, Mama, weißt du? Ich glaube, ich habe hier einen Ort gefunden, der etwas Besonderes für mich ist.« Giulia gab sich einen Ruck. »Außerdem habe ich jemanden kennengelernt«, sagte sie, ohne ihre Mutter aus den Augen zu lassen.

Zu Giulias Überraschung setzte Pina die Brille ab, sagte aber nichts. Sie wartete.

»Er heißt Marco.« Giulia schluckte. »Marco Signorello.«

Pina zuckte zusammen und riss die Augen auf. Alle Farbe war aus ihrem Gesicht gewichen.

»Mama, ich ...«

Pina sprang auf. »Es tut mir ... Es tut mir leid ... Ich muss ... hier weg. Ich möchte nicht darüber ...« Und damit drehte sie sich um und war einen Augenblick später durch die Öffnung in der Mauer verschwunden.

Giulia blieb sitzen und stieß einen tiefen Seufzer aus. Das hatte ja hervorragend funktioniert ... Als sie zur Terrasse zurückkehrte, hatten Loretta und Fulvio bereits gegessen. Die Lasagne war kalt, aber Giulia hatte ohnehin keinen Hunger. Sie half beim Abräumen, entschuldigte sich dann und zog sich in ihr Zimmer zurück. Sie überlegte, ob sie Marco eine Nachricht schicken sollte, aber was sollte sie schreiben? Eigentlich hätte sie am liebsten gehabt, wenn er sie in diesem Moment in die Arme genommen hätte, aber er war nicht da. Er war in Genua. Als sie ihn schließlich doch anrief, ging nur die Mailbox dran.

EINUNDDREISSIGSTES KAPITEL

Pina hatte in der vergangenen Nacht sehr unruhig geschlafen. Immer wieder war sie aus dem Schlaf hochgeschreckt. Die Nacht erinnerte sie an die Zeit, in der sie von hier fortgegangen war und ihr altes Leben zurückgelassen hatte mit der festen Absicht, nie zurückzukehren. Es gab so vieles hier, das ihr nach all den Jahren immer noch nicht leichtfiel, Dinge, die sie schmerzten. Die Erinnerungen, aber auch die Schönheit des Ortes zerrissen ihr ebenso das Herz wie das Wissen darum, wie sehr Robert, ihr Mann, unter ihrer Reise litt. Er hatte ihr so viel gegeben, und sie liebte ihn. Es schmerzte sie, dass er so große Angst hatte, sie jetzt nach so vielen Jahren vielleicht doch zu verlieren.

Und jetzt hatte sich Giulia ausgerechnet in Marco Signorello verliebt, ausgerechnet in Alessandros Sohn. Alessandro, den sie damals zurückgelassen hatte. Auch sie hatte Angst, und doch war ihr klar, dass sie auch hierhergekommen war, um diese Dinge zu klären. Nun, vielleicht hatte sie sich die Sache etwas weniger verwickelt vorgestellt. Das änderte aber nichts daran, dass sie, wie sagte man noch ... *prendere il toro per le corna* ... den Stier bei den Hörnern packen ... Sagte man so? In beiden Sprachen?

Früh am Morgen fasste Pina einen Entschluss, und von diesem Moment an hielt es sie nicht mehr im Bett. Sie kleidete sich an, setzte sich eine Weile auf die Fensterbank und sah zu, wie der Garten und die Umgebung erwachten. Giulia hatte ihr erzählt, dass sie sich am ersten Tag ihrer Anreise bei diesem Ausblick über den Garten haltlos in diesen Ort verliebt hatte. Das konnte sie verstehen. Sie bemerkte Autunno, den roten Kater, und etwas später Giulia, wie sie, noch im Morgenmantel, die Hühner herausließ. Sie schien sich hier wirklich wohlzufühlen. Vielleicht konnte sie etwas aus diesem Ort machen, sie traute es ihr zu.

Fulvio und Loretta tauchten auf. Er begann gemächlich, im Garten zu arbeiten, Loretta fegte Blätter von der Terrasse. Diese beiden hatten ihren Vater über eine lange Zeit seines Lebens begleitet, nachdem sie selbst ihn zurückgelassen hatte. Sie würde später noch eingehender mit ihnen reden und ihnen danken.

Lange saß Pina auf der Fensterbank und ließ die Eindrücke auf sich wirken. Dann rief sie ihren Mann an und wünschte ihm einen guten Morgen.

»Geht es dir gut?«, fragte Robert.

»Ja, es geht mir gut, Robert«, sagte Pina ohne zu zögern. »Ich bin froh, dass ich hergefahren bin. Es ist wirklich ein wunderschöner Ort. Ich hoffe, du wirst ihn auch bald einmal erleben.«

Auf der anderen Seite blieb es einen Augenblick still. »Damals wolltest du das nicht.«

»Nein, aber ich denke, die Zeiten haben sich geändert. Damals fand ich ihn auch nicht wunderschön.«

Wieder schwieg er einen Moment. »Mutest du dir nicht doch zu viel zu?«

Roberts einfühlsame Nachfrage ließ Pina lächeln. »Es ist nicht einfach«, sagte sie, »aber ich schaffe das.«

»Du klingst wirklich besser als beim letzten Mal.« Er klang erleichtert.

»Danke.«

Sie verabschiedeten sich. Pina steckte das Handy in ihre kleine Umhängetasche und lief dann hinaus auf die Terrasse, wo Loretta und Giulia gerade die Vorbereitungen für das Frühstück beendet hatten.

»Mama!«, rief Giulia überrascht, und auch Loretta fuhr sich unwillkürlich durch ihren Haarschopf. Pina mochte diese harsche Frau und lächelte ihr zu, während sie sich setzte. Sie hatte den Eindruck, als lächele Loretta zum ersten Mal zurück.

»Guten Morgen! Gibt es denn schon *caffè*?«

Loretta nickte. »Natürlich.« Sie schenkte ihr ein. »Nehmen Sie zum Frühstück Milch dazu?«

»Gerne.«

Loretta reichte Pina die Milch.

Giulia, die sich noch nicht gesetzt hatte, wirkte unsicher. »Geht es dir gut, Mama?«

»Ja, es geht mir gut. Mach dir keine Sorgen.« Pina suchte ihren Blick in dem Versuch, sie zu beruhigen, und nahm sich dann ein kleines Hörnchen mit Vanillecremefüllung. Die beiden Frauen setzten sich, und auch Fulvio kam hinzu.

»Buongiorno.« Pina stellte die Tasse ab, aus der sie gerade getrunken hatte. »Vielleicht kann ich Sie heute im Garten begleiten, und Sie erzählen mir etwas über meinen Vater?«, bat sie.

Loretta zuckte zusammen, sodass sie mit dem Kaffeelöffel gegen den Tellerrand stieß. Fulvio nickte lediglich zur Antwort. Giulia starrte ihre Mutter an.

Pina wandte sich ihr zu. »Und wie wäre es, wenn wir die Signorellos für morgen zum Essen einladen? Ich denke, es gibt vor meiner Abreise einiges zu besprechen. Außerdem möchte ich Marco gerne kennenlernen, Giulia.«

ZWEIUNDDREISSIGSTES KAPITEL

Giulia erreichte Marco erst nach mehreren Versuchen. Er hielt kurz Rücksprache mit Laura und entschied dann, zusammen mit Aurora am Folgetag nach Levanto zu reisen, nachdem sie Laura ins Krankenhaus gebracht hatten. Sie verabredeten ein gemeinsames Essen für den Abend. Marco versprach, seinem Vater Bescheid zu sagen. Giulia war ihm dafür zutiefst dankbar und bestellte schöne Grüße an Laura.

Schon als der Montag anbrach, war Giulia nervös, und ihre Aufregung steigerte sich den ganzen Tag über. Eine Zeitlang konnte Giulia sich während des gemeinsamen Kochens mit Loretta ablenken. Sie hatten sich für eingelegtes Gemüse, *pansotti con salsa di noci*, gefüllte Teigtaschen mit Walnusssauce, *bistecca alla fiorentina*, also ein Steak auf Florentiner Art, und Tiramisu entschieden.

Giulia hatte ihren Ohren nicht getraut, als Pina den Vorschlag der Essenseinladung gemacht hatte, war zugleich aber auch zutiefst erleichtert gewesen. Es musste für ihre Mutter wie ein Schock gewesen sein, den Namen Signorello ausgesprochen zu hören, und dann auch noch in Verbindung mit einer Liebesbeziehung. Die Einladung war ihr sicher nicht leichtgefallen, denn eine Begegnung mit Alessandro riss alte Wunden auf, wie auch alles andere in ihrer Anwesenheit hier. Aber die Entscheidung zeigte, dass Pina bereit war, sich der

Vergangenheit zu stellen, und das wiederum, dachte Giulia mit zunehmender Zuversicht, hatte Auswirkungen auf die Zukunft, auch für ihre eigene.

Ihre Mutter hatte seit dem Morgen einen Großteil des Tages mit Fulvio im Garten verbracht. Die beiden hatten einen guten Draht zueinander, und es war schön, ihnen beim gemeinsamen Gespräch und beim Arbeiten zuzusehen.

Giulia schaute sich noch einmal in der Küche um, kontrollierte den Herd, der das Essen nur noch warmhalten musste. Loretta hatte sich vor einer Weile verabschiedet, um sich für den Abend umzuziehen, und Giulia musste das jetzt auch tun. Sie breitete die Küchentücher zum Trocknen aus, duschte rasch und sah dann ihre Kleidungsstücke durch. Sie wählte eine Bluse in einem Champagnerton mit Kellerfalte, dazu dunkle Jeans und hellbraune Schuhe. Vor dem Spiegel probierte sie verschiedene Frisuren aus. Mochte Marco ihr Haar eigentlich lieber offen? Giulia drehte den Kopf zur Seite. Himmel, wie sie sich trotz aller Anspannung freute, ihn endlich wiederzusehen! Sie waren schon wieder viel zu lange getrennt, damit war jetzt hoffentlich Schluss. Sie konnte nur hoffen, dass ihre Mutter und Marco sich gut verstehen würden, ungeachtet dessen, was der Abend sonst noch bringen würde.

Sie entschied sich schließlich, ihre Haare offen zu lassen, und trat in den Flur. Vor dem Zimmer ihrer Mutter blieb sie stehen, die Tür war lediglich angelehnt. Giulia spähte durch den Spalt und sah einen Fuß in einer dunklen Nylonstrumpfhose, offenbar lag ihre Mutter auf dem Bett. Giulia klopfte vorsichtig. Der Fuß bewegte sich und verschwand, zwei Beine in eleganten Anzughosen kamen ins Sichtfeld. »Herein!«

Giulia öffnete die Tür.

»Giulia!«

Ihre Mutter strich sich das Haar zurück und lächelte angestrengt. *Wir beide wissen, dass das nicht leicht wird,* dachte Giulia. »Bist du bereit?«

Pina sah für einen Moment an sich herunter und strich über die elegante Hose. Sie hatte ihr Haar zu einem tiefsitzenden Knoten zusammengenommen, und zum ersten Mal nahm Giulia feines Silber in ihrem dunklen Haar wahr. Pina hob den Blick und musterte ihre Tochter nachdenklich. Sie war sehr sorgfältig geschminkt. Alles an ihr sprach von der Perfektion, die Giulia gewohnt war, aber in ihren Augen las sie etwas anderes.

Giulia trat einen Schritt in den Raum, zögerte dann aber. »Mama?«, fragte sie und hörte selbst die Unsicherheit in ihrer Stimme.

»Ich werde es schaffen«, sagte Pina leise, »auch wenn das alles ...«

Nicht einfach ist, ergänzte Giulia bei sich die Worte, die ihre Mutter nicht aussprach. Sie zögerte einen Augenblick, setzte sich dann aber auf das Bett und legte ihrer Mutter die Hand auf die Schulter. Pina blieb zunächst kerzengerade sitzen und lehnte sich dann gegen ihre Tochter. »Ich bin froh, dass ich dich habe, Giulia.«

»Lass uns hinuntergehen, Mama.«

»Ja.« Ihre Mutter stand auf. Sie umarmten sich kurz, dann drückten sie sich noch einmal die Hände und gingen nach unten.

Gemeinsam deckten sie den Tisch draußen. Es war gut, etwas zu tun zu haben. Loretta und Fulvio kamen um kurz vor acht Uhr, Marco tauchte um acht Uhr auf, allerdings zunächst ohne seinen Vater, der sich laut Marcos Aussage ein wenig verspäten würde. Aurora würde die Nacht bei einer Schulfreundin in Levanto verbringen. Pina und er grüßten einander und musterten sich dann eine Weile mehr oder weniger verstohlen. Dennoch kamen sie bald recht gut ins Gespräch, sodass Giulia sich erleichtert zurücklehnte. Als sie noch einmal in die Küche ging, um eine Gabel zu holen, folgte ihre Mutter ihr und griff nach einer Flasche Wasser. »Er macht einen netten Eindruck.«

»Er ist nett.«

»Und ihr passt gut zusammen. Ich freue mich für dich.«

»Wirklich?«

»Natürlich.«

Sie gingen gemeinsam zurück. Wer um halb neun immer noch nicht aufgetaucht war, war Alessandro.

Um halb acht hatte Alessandro in seinem besten Anzug vor dem Spiegel gestanden und mehrfach tief durchgeatmet. Er hatte sich einen Grappa eingeschenkt, ihn dann aber doch nicht getrunken. Marco war ihm vorausgegangen, und um kurz vor acht hatte auch er sich langsam über die Oliventerrassen auf den Weg gemacht und war vorangeschritten, bis zu der Mauer, die die Jasminvilla umfasste. Dann war er mit einem Mal abrupt stehen geblieben und schließlich wieder umgekehrt. Bis zu der Mauer, die den Hof der Signorellos begrenzte. Dort hatte er erneut angehalten, sich gegen die noch sonnenwarme Mauer gelehnt und den Blick schweifen lassen. Gras wuchs zwischen den Steinen hervor, die sich hier und da aus dem Boden wölbten. Es war lange her, dass er hier auf sie gewartet hatte. Oft war sie um diese Uhrzeit gekommen.

Manchmal war es ihm gelungen, sie vorher zu beobachten, doch meist war sie dafür zu aufmerksam gewesen. Auch in ihren abgetragenen Kleidern hatte Giuseppina Martini stets ausgesehen wie eine Königin. Alessandro schloss die Augen und lauschte, lauschte auf die Melodien seiner Vergangenheit, die Stimmen, die Lieder, das Lachen – oh ja, das Lachen, wenn sie abends zum Essen zusammensaßen. Er erinnerte sich gut daran.

Dann kehrte er ins Haus zurück. In der Küche trank er seinen Grappa doch und ließ sich dann im Dunkeln auf einen Stuhl nieder. Er dachte an sie und versuchte, sich an den Tag zu erinnern, an dem er Pina zum letzten Mal gesehen hatte. Sie hatte ihr Kostüm getragen und die Schürze mit den Rüschen, das Haar in einen festen Knoten gedreht. Der Deutsche war nicht mehr da gewesen. Und am nächsten Tag war auch Pina nicht mehr da gewesen. Es hatte wehgetan, zu erfahren, dass sie gegangen war. Weil sie nichts gesagt hatte, als ginge ihn das nichts an, und jetzt, nach all den Jahren ... Was sollte er tun? Er stand auf und nahm den Brief von Paolo Messi mit dem letzten Angebot in die Hand, daneben lag Giulia Zeidlers Brief. So viele Entscheidungen, die es zu treffen galt. Er setzte sich wieder und verbarg das Gesicht in den Händen.

Im Dunkeln war es nicht leicht, den Weg zu finden, aber Marco kannte alles hier wie seine Westentasche. In seinem Kopf kreisten die Gedanken. Eigentlich hatte es gut ausgesehen. Er war vorausgegangen, als sein Vater – schon in seinem besten Anzug – gesagt hatte, dass er gleich nachkommen würde, doch dann war er nicht aufgetaucht. Und während Marco zunächst und vielleicht zu lange von einer Verspätung ausgegangen war, wurde ihm schließlich klar, dass Alessandro sich anders entschieden hatte.

Als Marco den kleinen Hof der Signorellos erreichte, schimmerte hinter dem Küchenfenster ein Licht. Offenbar saß sein Vater in der Küche, wo er sich, seit Marco denken konnte, immer gerne aufgehalten hatte. Abends, wenn Marco nach Hause gekommen war, hatte er oft da gesessen, in den Ferien hatte er ihn dort erwartet, und sie hatten als Erstes etwas zusammen gegessen. Marco stieg die Eingangsstufen hinauf und öffnete leise die Tür. Die paar Schritte durch den Flur waren schnell getan. Dann stieß er die Tür zur Küche auf. Sein Vater riss den Kopf hoch, starrte ihn an und entspannte dann gleich wieder. »Ach, du bist es.«

»Wen hast du denn erwartet?«

Alessandro zuckte die Achseln.

»Sie war damals auch hier, oder?«, erkundigte sich Marco vorsichtig.

»Ja, doch, ein paarmal. Deine Großmutter hat ihr Nähen und Kochen beigebracht. Sie lernte schnell. Offiziell wussten nicht viele von uns. Wir machten es nicht öffentlich. Wir wollten warten.«

Alessandro brach ab und sah für einen Augenblick alt aus, älter, als er war, aber Marco wurde zum ersten Mal bewusst, dass sein Vater die zweite Hälfte seines Lebens längst begonnen hatte und sie ihre Zeit nicht mehr ewig teilen würden. Sein Vater war ihm nie besonders emotional vorgekommen; nicht kalt, durchaus warmherzig, aber doch mit klarem Verstand gegenüber den Realitäten. Jetzt erst verstand er, wie sehr Alessandro damals gelitten haben musste. Er war immer noch nicht wirklich darüber hinweg.

»Wir haben dich heute Abend vermisst.«

»Ich habe es versucht.« Alessandro zuckte die Achseln. »Ich konnte nicht.«

Ein Klopfen ließ sie zusammenfahren. Beide schauten zur Tür, die bereits langsam aufgeschoben wurde.

»Pina!«, rief Alessandro. Dann sagte er nichts mehr.

»Alessandro?«

Pina hatte seit ihrer Ankunft hier Angst vor dieser Begegnung gehabt, doch ihr war klar, dass sie sich all dem nicht entziehen konnte.

Hätte ich es nicht in Kauf nehmen wollen, ihm zu begegnen, wäre ich zuhause geblieben. Sie straffte sich. *Ich bin auf Einladung meiner Tochter hierhergekommen – vor allem aber seinetwegen. Das wusste ich von Anfang an.*

Sie hatte befürchtet, dass sie sich zufällig begegnen würden, dass sie nicht vorbereitet sein würde, aber vielleicht hatte er auch darauf geachtet, dass sie einander nicht einfach so über den Weg liefen. Dass ausgerechnet Alessandros Sohn und ihre Tochter zusammengekommen waren, hatte die Dinge im ersten Moment verkompliziert. Vielleicht war es aber auch ein Vorteil.

Die Enttäuschung darüber, dass er ihrer Einladung nicht gefolgt war, hatte sie den ganzen Abend verfolgt, auch wenn das Essen ansonsten entspannter gelaufen war als gedacht. Sie mochte Marco wirklich, ertappte sich aber immer wieder dabei, nach Ähnlichkeiten mit Alessandro zu suchen; Alessandro, den sie damals einfach zurückgelassen hatte und den sie dennoch nie losgeworden war, sosehr sie sich auch bemüht hatte. Ihm ging es vermutlich nicht anders, oder warum sonst war er ferngeblieben? Es war an der Zeit, reinen Tisch zu machen.

Und deshalb hatte Pina nach dem Essen allen Mut zusammengenommen und war Marco gefolgt. Auf dem Weg zu den Signorellos, den sie früher so oft gegangen war, als sie sich vorgestellt hatte, eines Tages Signora Signorello zu sein.

»Darf ich reinkommen?«

»Natürlich.« Alessandro hatte seine Stimme wiedergefunden. Marco zog sich wortlos zurück.

Pina blickte sich um. Schon draußen war trotz der Dunkelheit vieles vertraut, und auch hier drinnen kannte sie das alles noch gut. Hier hatte sie gesessen und nähen gelernt. Hier hatte sie kochen gelernt. Auf gewisse Weise hatte sich nichts geändert, auch wenn die Zeit an Boden und Fassade nicht spurlos vorübergegangen war. Dann endlich schaute sie zu Alessandro, der aufgestanden war. Sein Körper war immer noch sehnig, der Körper eines Mannes, der sein Leben lang viel gearbeitet hatte. Sein Gesicht war gealtert, die Haut zog sich recht straff über die Knochen, und es waren Falten hinzugekommen. Da war etwas an ihm, das sie erkannte, und etwas, das völlig neu war. Wunderte sie sich etwa darüber, dass er sich verändert hatte? Natürlich hatte er sich verändert. Er war älter geworden. Er war nicht mehr der junge Mann, den sie zurückgelassen hatte. Er war ein würdevoller älterer Mann mit silbrigem Haar und immer noch derselben schlanken Gestalt, an die sie sich erinnerte. Aber da war auch ein Ausdruck in seinem Gesicht, der ihr zeigte, dass sein Leben nicht immer leicht gewesen war. Sie hatte bereits von der Krankheit seiner Tochter gehört. Er tat ihr leid, ebenso wie sie. Es musste schrecklich sein, wenn man ein Organ brauchte und keinen passenden Spender fand.

Es musste schrecklich sein, um sein eigenes Kind zu bangen. Sie dachte an Giulia und wollte sich das nicht vorstellen.

»Pina«, sagte er in diesem Moment.

Sie war froh, dass er sprach, weil sie mit einem Mal nicht sicher war, ob sie sich auf ihre Stimme verlassen konnte. Seine Stimme klang vertraut, auch wenn sie sich verändert hatte. Es war der Rhythmus seines Sprechens, die Art, wie er ihren Namen aussprach. Sie weckte Erinnerungen, und ihre Knie wurden weich.

»Alessandro«, entgegnete sie so leise, dass sie nicht sicher war, ob er sie gehört hatte, aber er hatte ihr Gesicht gesehen, und vielleicht auch, wie sich ihre Lippen bewegten. Sie stand immer noch und war doch verblüfft, dass ihre Beine sie hielten.

Sie war damals gegangen, ohne ihm Bescheid zu geben, und hatte sich lange Zeit sehr heftig für ihre Feigheit geschämt. Sie hatte eigentlich nie aufgehört, sich zu schämen, aber es war ihr für eine lange Weile gelungen, diese Scham tief in sich zu verschließen. Das war jetzt nicht mehr möglich. Sie hatte ihm damals nicht in die Augen blicken können, um ihm zu sagen, dass sie mit dem Deutschen in seine Heimat gehen würde, ihm genauso wenig wie ihrem Vater. Wie eine Diebin hatte sie sich davongeschlichen. Sie musste schlucken, weil ihr plötzlich selbst wehtat, was sie ihm angetan hatte.

Aber dann sah er sie an und lächelte, und mit einem Mal wurde sie vollkommen ruhig.

»Pina«, sagte er noch einmal.

Sie überwand die letzten Meter zwischen ihnen und stürzte in seine Arme, und dann begann sie zu reden, und sie entschuldigte sich, und sie sprach weiter und weiter, während er ihr zuhörte und ihr manchmal ganz sanft über das Haar strich. Irgendwann wusste sie nichts mehr zu sagen, aber er hielt sie weiter in seinen Armen. Dann setzten sie sich endlich an den Küchentisch und schwiegen eine Weile zusammen.

»Warum bist du heute nicht gekommen?«, fragte sie schließlich.

»Ich war noch nicht bereit.«

»Das verstehe ich.« Sie lehnte sich wieder an ihn. »Das verstehe ich«, wiederholte sie. »Du hast einen netten Sohn, und deine Tochter ist laut Giulia eine Schönheit«, fügte sie dann hinzu.

»Laura ist sehr hübsch«, bestätigte er ihr stolz. »Und Giulia kommt ganz nach dir. Sie ist ebenfalls eine Schönheit. Und noch dazu eine kluge Frau«, entgegnete er, dann räusperte er sich. »Kann ich dir etwas anbieten? Ich habe einen Sciacchetrà für besondere Tage.«

Sie wandte ihm das Gesicht zu und musterte ihn prüfend. »Ist das denn ein besonderer Tag?«

»Welcher Tag«, sagte er mit fester Stimme, »wenn nicht dieser?«

Am nächsten Vormittag reiste Pina wie geplant ab, nicht ohne das Versprechen, bald wiederzukommen. Marco nahm sie bis nach Genua mit und machte sich dann wieder auf den Weg zu seiner Schwester. Aurora hatte in Levanto bleiben wollen. Pina hatte noch nicht abschließend entschieden, was mit der Villa geschehen sollte, aber nach den Entwicklungen der letzten Tage war Giulia sehr guter Dinge. Auf Giulias Frage, ob sie die Jasminernte angehen konnten, hatte sie auf jeden Fall genickt.

»Grüß Papa von mir«, sagte sie, während sie ihre Mutter zum Abschied umarmte. Pina küsste ihre Tochter auf beide Wangen.

»Das mache ich«, gab sie zurück, »aber du solltest ihn auch anrufen.«

DREIUNDDREISSIGSTES KAPITEL

Marco hatte Pina in Genua zum Bahnhof gebracht, von wo aus sie den Zug nach Mailand nahm. Danach fuhr er ins Krankenhaus. Laura war in ihrem Bett, gerade standen keine Untersuchungen an. Sie strahlte über das ganze Gesicht, als er hereinkam, aber sie sah auch blass und abgekämpft aus, und das Lächeln verschwand rasch wieder aus ihren Gesichtszügen.

»Wie geht es Aurora?«

»Alles in Ordnung. Sie war über Nacht bei Isabella und wird nach der Schule von deren Mutter zurückgebracht. Sie wollte direkt in die Jasminvilla, das war für Giulia in Ordnung. Vermutlich kümmert sie sich dort dann um Autunno, das macht sie besonders gerne.«

»Den Kater?« Lauras Blick wurde nachdenklich. »Sie hat sich schon immer eine Katze gewünscht. Ich bin daran schuld, dass sie keine haben kann.«

»Ach, Laura, das stimmt doch nicht.«

»Es ist meine Schuld«, beharrte sie. Sie war in einer gereizten Stimmung und offenbar bereit, sich selber wehzutun. Es tat weh, ihr dabei zuzusehen.

»Laura, es ist nicht deine Schuld. Deine Krankheit ist nicht deine Schuld.« Marco streckte die Arme aus. Aber seine Schwester saß vor ihm auf dem Bettrand, in sich zurückgezogen, und wollte sich ganz offensichtlich nicht anfassen lassen. Sie war vollkommen steif, und sie wirkte hilflos.

»Laura«, sagte er noch einmal vorsichtig.

Sie atmete tief durch, sah ihn lange an und schauderte dann, als fahre sie aus einem Alptraum auf.

Er hatte wieder das Bedürfnis, sie zu umarmen, dieses Mal wies sie ihn mit ihrem Blick zurück. Immer wieder wünschte er sich, dass es ihr einfach so besser gehen würde. Einfach so. Aber einfach so würde nie geschehen.

»Natürlich ist es nicht meine Schuld, das weiß ich, aber es fühlt sich einfach so an. Ihr müsst euch immer wieder um mich kümmern, und ich kann euch nichts zurückgeben. Es bleibt immer alles gleich.«

»Du musst uns nichts zurückgeben, darum geht es nicht ... Wir wären mit Freuden bereit, dir eine unserer Nieren zu spenden, wenn du es zulassen würdest. Ich kann dir nicht helfen, aber *papà* vielleicht oder *mamma.*«

Laura schüttelte den Kopf. »Ja, ich brauche eine Niere, Marco, daran führt kein Weg vorbei, aber wenn mir ein gesunder Mensch eine Niere schenkt, könnte ich nicht damit leben, dass mein Körper sie abstößt. Das habe ich dir doch schon gesagt.«

»Laura, wer dir eine Niere schenkt, trifft diese Entscheidung selbst.«

Sie schaute ihn scharf an. »Ich könnte es nicht«, insistierte sie.

»*Mamma* hat sich testen lassen.« Marco musste sich in diesem Moment zwingen, den Blick nicht abzuwenden. In Lauras Augen schimmerten jetzt Tränen. Ganz offenbar kämpfte sie mit aller Kraft darum, die Beherrschung nicht zu verlieren.

»Ich will es nicht wissen.«

»Sie wäre kompatibel.«

»Auf keinen Fall!«

Marco setzte sich jetzt doch neben sie und legte ihr vorsichtig den Arm um die Schultern. Sie fühlte sich erschreckend schmal an. Aber dieses Mal wehrte sie sich nicht.

»Die Untersuchungen laufen gut«, sagte sie nach einer Weile. »Ich werde das Krankenhaus schon morgen verlassen können.«

Er dachte daran, wie tapfer sie immer gewesen war. Sie hatte immer gekämpft und sich fast nie gehen lassen. Sie hatte sich wirklich kaum beschwert. Er dachte an all die Termine zur Dialyse, zu denen er sie begleitet hatte. Er dachte daran, wie sie sich trotz allem bemühte, für ihre Tochter da zu sein. Er dachte an Franco, ihren Mann, und hasste ihn wieder einmal inbrünstig. Warum nur war sie damals mit ihm zusammengekommen? *Wenn er jetzt hier wäre, ich würde ...*

»Franco ist hier nicht das Problem«, sagte sie leise, als hätte sie seine Gedanken erraten.

Marco biss sich auf die Lippen, doch er sah sie nicht an. *Franco ist immer das Problem*, dachte er. Allein, dass es Franco in ihrem Leben gab, war ein Problem. Leider war sie immer noch um jeden Preis bereit, ihn in Schutz zu nehmen, das konnte er einfach nicht glauben, nach allem, was der Mistkerl getan hatte! Am liebsten hätte er all seine Wut hinausgebrüllt. »Hat er sich denn wieder gemeldet?«, zischte er.

Sie streichelte über seinen Arm. »Wirst du immer für Aurora da sein, wenn sie dich braucht?« Sie wusste mit Leichtigkeit, wo sie ihn packen musste. Wenn er an Aurora dachte, konnte er nicht an Hass denken. Er liebte Aurora.

»Natürlich, das weißt du doch.«

Er hörte, wie sie schluckte. »Du wirst sie niemals, niemals alleine lassen?«

»Selbstverständlich nicht. Aber du wirst ja auch immer für sie da sein, das wissen wir doch. Bitte denk nochmal über *mammas* Spende nach.«

Sie nickte endlich doch.

VIERUNDDREISSIGSTES KAPITEL

Nach Pinas Abreise setzten Loretta, Fulvio und Giulia sich noch am selben Tag zusammen, um endgültig die Jasminernte im Spätsommer und Herbst zu besprechen. Loretta verschickte sofort einige Anfragen und Einladungen per E-Mail an die Saisonarbeiter und erhielt unmittelbar darauf die ersten Zusagen. Loretta und Giulia nahmen sich vor, baldmöglichst das Gästehaus für den zu erwartenden Ansturm fertig zu machen, auch wenn sie dafür noch ausreichend Zeit hatten.

Von der Jasminernte und einem eventuellen späteren Verkauf der Villa unabhängig war Pinas Entscheidung, die Olivenbäume an Alessandro zu verpachten. Davon hatte Giulia Pina mit Leichtigkeit überzeugen können, und Giulia war zutiefst erleichtert, dass Alessandro das Angebot letztendlich angenommen hatte: Die Signorellos würden Enzos Olivenbäume zu einem symbolischen Pachtzins übernehmen, während man sich in der Villa nur noch auf das Geschäft mit dem Jasmin konzentrieren wollte. Paolo Messis Angebot war damit erst einmal vom Tisch. Giulia rief Trixi an und erzählte ihr von den Entwicklungen.

Am Abend rief Marco aus Genua an. »Giulia.« Seine Stimme zitterte.

Giulia richtete sich auf. »Was ist denn, ist etwas passiert?«

Sie hörte ihn schlucken, dann räusperte er sich. »Wir haben

einen Spender, Giulia. Es gibt einen Spender für Laura. Und sie hat zugestimmt.«

Giulia spürte, wie ihre Knie weich wurden, während sie unwillkürlich nach Aurora Ausschau hielt, die mit Loretta zu den Hühnern gegangen war. »Wer?«, krächzte sie. »Ich meine, wisst ihr wer?«

»Unsere Mutter.« Sie hörte die Erleichterung in seiner Stimme. »Laura hat endlich zugestimmt«, wiederholte er. »*Mamma* spendet ihr eine Niere, und ich kümmere mich in der Zeit darum, dass ihr Geschäft läuft.«

Giulia wusste nicht, was sie sagen sollte, so überwältigt war sie in diesem Moment von ihren Gefühlen. »Das ist ja wunderbar«, brachte sie endlich hervor. »Ich freue mich so für euch!«

»Sie will dich übrigens vorher noch einmal sehen«, sagte Marco.

»Mich?« Giulia war ehrlich überrascht. »Deine Schwester will mich sehen?«

»Ja, wir kommen noch einmal vorbei. Laura will auch mit Aurora sprechen und ihr alles erklären. Sie sagt, das Krankenhaus ist nicht der geeignete Ort dafür, deshalb möchte sie das in Levanto machen.«

»O.k. Mama ist übrigens wieder gut zuhause eingetroffen.«

»Das freut mich. Morgen sind wir da.«

»Das ist gut«, sagte Giulia, und eine Welle der Erleichterung durchspülte sie.

Sie verbrachten den Mittwoch mit weiteren Vorbereitungen. Gegen Mittag rief Giulia ihren Vater an.

»Ich bin gerade in der Pause«, sagte er, nachdem sie sich begrüßt hatten.

»Weiß ich doch.« Giulia atmete tief durch und straffte die Schultern. »Papa ...«, sagte sie, »Papa, du hast gesagt, ich soll anrufen, wenn ich eine Entscheidung getroffen habe.« Sie holte tief Luft. »Ich habe sie getroffen. Ich werde nicht zurückkommen.«

»Nach Deutschland?«

Giulia schluckte. »Ja. Und damit auch nicht in die Kanzlei. Es wird kein Sabbatjahr sein. Ich höre auf mit der Juristerei.«

Ihr Vater schwieg einen Moment. »Das habe ich mir eigentlich schon länger gedacht, auch wenn ich es vielleicht nicht wahrhaben wollte«, sagte er dann leise. Er klang hilflos. »Du bist eine gute Anwältin, aber dein Herz ist nicht Teil davon, das war es nie, oder? Und als wir beim letzten Mal miteinander sprachen ... aber du musst auch nichts überstürzen ...«

Giulia sah fast vor sich, wie ihr Vater die Stirn nachdenklich runzelte. »Ich wusste immer, dass mir etwas fehlt, aber ich hatte keine Vorstellung, was es ist, bis ich hierherkam«, sagte sie. Es hatte eine Zeit gegeben, da hätte sie eine solche Äußerung für zu pathetisch gehalten, jetzt nicht mehr. Ihre Worte fühlten sich richtig und gut an.

»Es ist gut, dass du es gefunden hast, Kleines«, sagte Robert Zeidler sanft. »Manchen von uns gelingt das nie, oder viel zu spät.«

Gegen Nachmittag nahm Giulias Unruhe zu. Sie hatte gedacht, Marco und Laura würden schon zum Mittagessen eintreffen, aber dem war nicht so. Loretta verkündete, Auroras Lieblingskuchen zu backen – *torta della nonna* –, Giulia hingegen lief zum wiederholten Male durchs Haus, inspizierte die Zimmer und dann den Garten, während sie ständig auf ein näher kommendes Auto horchte. Sie hatte Aurora versprechen müssen, dass sie nach Lauras Abreise bei ihr im Zimmer schlafen durfte, und zu diesem Zweck ein Feldbett aufgestellt, das Loretta mit Bettwäsche mit einem besonders hübschen Muster von ihrer besten Freundin Marcella bezogen hatte. Sie alle würden ihr Bestes tun, um Aurora über die schwierige kommende Zeit hinwegzuhelfen.

Als Marco und Laura endlich eintrafen, fielen sie sich in die Arme. Marco und Giulia küssten sich und hielten sich lange fest. Laura machte sich auf die Suche nach Aurora. Dann ließen sie sich alle gemeinsam Lorettas Kuchen schmecken.

Im Anschluss wandte Laura sich an Giulia. »Können wir irgendwo sprechen?«

»Klar.« Sie führte Laura ins Wohn- und Arbeitszimmer ihres Großvaters, und sie nahmen beide auf der Ledercouch Platz. »Warum wolltest du mich sprechen?«

Laura lachte. »Eigentlich weiß ich das gar nicht. Ich glaube, ich wollte einfach mal mit jemandem reden, mit dem ich nicht verwandt bin.«

Giulia legte ihre rechte Hand auf Lauras linke. »Es wird alles gut laufen, und wir passen alle auf Aurora auf.«

»Das weiß ich doch.«

In diesem Moment drang Auroras Lachen aus dem Garten hinauf, und Lauras Gesicht hellte sich auf.

»Es wird alles gut werden«, wiederholte Giulia. »Du tust es für Aurora, nicht wahr?«

»Hm.«

»Denk lieber an die Zukunft. Was wirst du machen, wenn du das hier hinter dir hast?«

Laura atmete tief durch. »Ich weiß es, ehrlich gesagt, nicht.«

»Hast du dir gar keine Gedanken darüber gemacht?«

»Früher schon.«

Giulia strich ihr über den Rücken.

»Dann bitte ich, dir jetzt Gedanken darüber zu machen. Also, was wirst du machen, wenn du das hier überstanden hast, Laura?«

Laura saß reglos da und schaute vor sich. Dann sagte sie leise: »Als Erstes werde ich Aurora fest in die Arme nehmen. Vielleicht werde ich endlich einmal mit ihr wegfahren – in Urlaub, das wünscht sie sich schon lange. Gesunde Leute fahren in Urlaub, weißt du.«

In ihrem Blick lag Sehnsucht.

Giulia streichelte ihr weiter über den Rücken. »Genau daran musst du denken.«

Laura sah Giulia an. »Ich weiß«, sagte sie, »und das werde ich auch. Danke, Giulia!«

Am nächsten Morgen reisten Marco und Laura wieder nach Genua, wo weitere Vorbereitungen für die Operation getroffen werden sollten.

»Ich hoffe, das ist bald vorbei und wir haben endlich Zeit für uns«, flüsterte Giulia Marco beim Abschied ins Ohr und küsste ihn sanft. In den nächsten Tagen telefonierten sie regelmäßig, dazwischen kam es Giulia vor, als wandere sie ständig ziellos durch Haus und Garten. Sie vermisste ihn so unendlich. Am Tag der Operation war es besonders schlimm. Sie stand in der Halle und ließ im Kampf gegen ihre Nervosität den Blick gleiten. Das Haus hatte sich ziemlich verändert, seit sie hier eingetroffen war. Natürlich war es immer noch die wunderbare, alte Villa, und sie erinnerte auf ihre Weise an ihren Großvater, aber es war nicht mehr der Wohnort eines alten Mannes. Inzwischen waren sämtliche kaputten Fenster ersetzt worden, längst waren auch die Tauben ausgezogen, und Marco plante mit ein paar Freunden, die Fassade neu zu streichen. Giulia hatte begonnen, sich Gedanken um weitere kleine Veränderungen an der Einrichtung des Hauses zu machen. Im Eingangsbereich würde sie eine neue Garderobe anbringen lassen. Ein nachtblaues Sofa war bestellt und sollte zum Verweilen einladen. Giulia hatte sich durchaus nicht leicht damit getan, weitere Habseligkeiten ihres Großvaters zu entsorgen, für die sie keine Verwendung mehr hatten, aber sie hatte es getan. Außer im Schrank im Schlafzimmer, den würde sie sich noch einmal vorknöpfen müssen. Eine Kiste mit Erinnerungsstücken hatte sie zurückbehalten, und Pina hatte sie schon ein wenig durchstöbert. Die Holztreppe würde bald von einem guten Freund Fulvios abgeschliffen und neu versiegelt werden. Aber zuerst mussten sie sich wegen der Jasminernte um das Nebengebäude und die Ausrüstung kümmern.

Giulia schaute auf die Uhr und dachte, dass die Operation sicher in vollem Gange war. Unruhig stieg sie die Treppe ins Obergeschoss hinauf. Giulia schaute in jedes der Zimmer hinein. Zwei warteten noch auf ihre Renovierung.

Sie betrat das alte Zimmer ihres Großvaters und sah sich um. Sie hatte von Anfang an hier geschlafen, hatte es anfangs ausgiebig gelüftet, die Kleidung und ein paar Kleinigkeiten aus dem Schrank entfernt, aber noch einige Sachen darin belassen. Doch das würde sich jetzt ändern, vielleicht half das ja gegen die Grübelei. Sie würde alles herausräumen, gründlich durchwischen, eine Politur auf das Holz auftragen und das Ganze dann noch einige Tage lang gut durchlüften. Sie stellte den Putzeimer mit dem warmen Wasser zurecht und begann, den Schrank Brett um Brett auszuwischen, von oben nach unten. Sie mochte den Orangenduft des Putzmittels und begann bald sogar, leise vor sich hin zu summen.

»Volare, oh oh ...«, sang sie schließlich lauter, *»Cantare, ohohoho ... Nel blu dipinto di blu / Felice di stare lassù ...«* Schließlich hatte sie den Boden erreicht und beugte sich vor, und in diesem Moment sah sie es: Unten, ganz hinten in der Ecke, befand sich eine kleine, flache, stoffbezogene, schwarze Kiste.

Giulias Herz schlug schneller. Sie holte sie hervor und setzte sich damit aufs Bett. Zögernd hob sie den Deckel an: Fotos. Sie hielt inne, atmete tief durch und nahm die Bilder heraus. Manche waren älteren, manche jüngeren Datums. Bei manchen waren die Farben verblasst, als hätten sie irgendwo längere Zeit in der Sonne gehangen. Sie schaute sich die Bilder eins nach dem anderen an. Da war Enzo. Und wieder Enzo, dann Enzo und Letizia, die beiden und ein Säugling, den sie beide liebevoll anschauten. Der Säugling wurde größer. Er wurde zu einem kleinen Mädchen mit langen, dunklen Zöpfen und den Augen ihrer Mutter: Giuseppina. Die Gesichter ihrer Großeltern, erst so fröhlich, wurden im Laufe der Zeit müder. Irgendwann war nur noch ihr Großvater auf den Bildern, aber er präsentierte sich nicht mehr. Er sah nicht mehr in die Kamera, sondern an ihr vorbei, als wäre ihm lieber, man übersähe ihn. Ein jüngerer Fulvio und eine jüngere Loretta tauchten auf, und dann, als Letztes am Boden der Kiste, ein sorgfältig gefalteter Bogen Papier. Giulia faltete es auseinander und hielt für einen Moment die Luft an: Da war es endlich! Da war das Testament, in dem Enzo Fulvio und Loretta bedacht hatte.

Minuten später saßen sie alle in der Küche zusammen.

Loretta und Fulvio wirkten vollkommen verwirrt, als wüssten sie immer noch nicht, was sie von der Sache halten sollten. *Für sie*, dachte Giulia, *ist das offenbar alles überraschender als für mich.* Sie selbst hatte einfach darauf gehofft, und sie hätte sich in Grund und Boden schämen wollen, wenn ihr Großvater seine wichtigsten beiden Mitarbeiter nicht bedacht hätte. Aber er hatte ihnen einen Anteil am Garten und Mitsprache zugebilligt.

»Bist du uns böse?«, fragte Loretta vorsichtig.

»Böse? Nein!«

»Ich meine, weil wir uns jetzt in alles einmischen dürfen«, fuhr Loretta fort, während Fulvio Giulia weiterhin nur ruhig und geduldig anschaute.

Giulia schüttelte den Kopf. »Nein, wir sind doch ein gutes Team. Das ist doch wunderbar! Von Einmischung kann keine Rede sein!«

Loretta wirkte erleichtert.

»Ich bin froh, dass Enzo an euch gedacht hat«, bekräftigte Giulia noch einmal. »Ich hätte mich wirklich geschämt, wenn er das nicht getan hätte.«

Loretta schüttelte den Kopf. »Dein Großvater war ein guter Mensch. Wir wussten, dass er an uns denkt.«

»Ja, das weiß ich, nur manchmal verpasst man es, Dinge zu tun, die man wirklich tun sollte ...«

In diesem Moment klingelte Giulias Handy. Marco, verkündete das Display. Sie nahm das Gespräch an, aber ihre Hand zitterte so stark, dass sie sich das Gerät kaum ans Ohr halten konnte. Einen Moment später musste sie sich setzen.

»Es ist gut gelaufen«, brachte sie endlich heraus, was er berichtet hatte. »Es ist gut gelaufen. Laura und ihrer Mutter geht es gut.«

EPILOG

Die Jasminernte begann im August. Ab Ende Juli füllte sich die Villa nach und nach mit Leben. Loretta, Fulvio und Giulia hatten die Unterkünfte für die Arbeiter fertiggestellt, das war viel Arbeit gewesen. Auch Trixi reiste an, die sich diese Erfahrung keinesfalls entgehen lassen wollte. Pina hatte sich gegen eine Teilnahme entschieden, noch nicht in diesem Jahr, wie sie sagte, sich aber für einen späteren Zeitpunkt erneut angekündigt. Sie hatte letztendlich ihre Zusage gegeben, das Haus nicht zu verkaufen, und Giulia wusste, dass sie sich darauf verlassen konnte.

Die Ernte begann tatsächlich früh am Tag, und Giulia und Trixi konnten ein Gähnen anfangs nur schwer unterdrücken, als sie sich am ersten Morgen den Arbeitern und Arbeiterinnen anschlossen. Als sie den Jasmingarten erreichten, arbeiteten dort bereits etwa zehn Menschen. Manche Frauen trugen Kopftücher, Fulvio hatte eine Schiebermütze aufgesetzt und wies den Neuankömmlingen ihre Plätze zu. Jeder Pflücker ging durch je zwei im Abstand von etwa einem Meter fünfzig gepflanzten Reihen von Sträuchern, und während vor ihnen die mit Blüten übersäten Jasminsträucher lagen, leuchtete hinter ihnen nur noch das dunkle Grün der Blätter mit einigen bläulich roten Punkten, den Blütenknospen.

Später, als die Ernte für diesen Tag vorbei war, setzte sich eine alte Dame auf der Terrasse neben Giulia und erzählte ihr aus der Erinnerung, wie sich die Pflückerinnen immer in einer Reihe aufgestellt hatten, um die Tagesernte abzuliefern. »Eine nach der anderen standen wir geduldig da.« Die Frau kicherte. »Wir mochten es nämlich, wenn Enzo unsere Blüten abwog. Er war ein gutaussehender Mann, Giulia, wissen Sie? Manche von uns wünschten sich sehr, er möge sie zur Frau nehmen.«

Giulia hörte ihr aufmerksam zu. Ihre Arme und Beine schmerzten, aber auf eine wohlige Art, und sie war froh über das, was sie bereits geschafft hatten.

Am Abend, als sich schon alle zum Essen versammelten, setzte Giulia sich für einen Moment auf die Stufen zum Jasmingarten und genoss den Schein der hier so unvergleichlich goldenen untergehenden Sonne. Am Himmel jagten Vögel über sie hinweg. Ein Huhn kam pickend um die Ecke. Giulia nahm sich zum wiederholten Male vor, die französischen Martinis endlich konkret auf einen Gegenbesuch einzuladen und ihnen zu zeigen, wo Enzo gelebt hatte. Dann schloss sie die Augen und dachte, wie wunderbar still es war.

Plötzlich waren Schritte zu hören. Jemand setzte sich neben sie. Jemand legte den Arm um ihre Schultern.

Marco.

Sie lehnte sich an ihn, dann schauten sie einander an und versanken im nächsten Moment in einem langen Kuss.

»Gehen wir eine Runde?«, fragte er, nachdem er sich vorsichtig von ihr gelöst hatte.

»Gerne.«

Sie spazierten zum Tor hinaus und zu den Olivenbaumterrassen herüber, zu der Stelle, an der sie sich zum ersten Mal begegnet waren.

Giulia blieb stehen, drehte Marco so, dass sie direkt voreinander standen, und umfing ihn mit beiden Armen. »Weißt du ... ich habe hier endlich etwas gefunden, das ich wirklich machen will«, sagte sie sanft. »Ich will das Geschäft mit dem Jasmin weiterführen.«

»Das freut mich.« Marco küsste sie sanft. »Aber das wird nicht leicht«, fügte er dann hinzu.

Giulia lächelte. »Das ist mir klar. Wir sind nur ein kleiner Betrieb. Irgendwann ist die Konkurrenz vielleicht zu groß. Vielleicht arbeiten wir auch mit mehreren Standbeinen. Wir könnten auch Zimmer vermieten. Loretta und ich könnten kochen ... Das Wichtigste ist aber, dass ich mich fühle, als sei ich endlich angekommen. Ich habe meinen Ort gefunden. Ich habe gefunden, was ich machen will. Ich habe meine Vergangenheit gefunden und meine Zukunft und ...«, sie hielt inne und sah ihn an, »... und ich habe dich gefunden.«

Marco erwiderte ihren Blick, dann schloss er sie fest in die Arme, und sie küssten sich mit aller Zärtlichkeit. Es dauerte lange, bis sie sich voneinander lösten. Giulia brauchte einen Moment, um ins Hier und Jetzt zu finden, und Marco schien es ähnlich zu gehen. Dann kam ihr ein Gedanke. »Schade, dass Laura nicht dabei sein kann. Hast du heute schon mit ihr gesprochen?«

»Ja. Es geht ihr gut. Ihr Körper hat die neue Niere sehr gut angenommen. Sie muss noch immer zu Kräften kommen, für sie war es ein großer Eingriff. Meine Mutter steht ja schon längst wieder im Laden. Wir sind alle wirklich sehr erleichtert, wie gut es geklappt hat.«

»Das ist wunderbar! Aber ich wusste, dass es so kommen musste.«

Marco lachte. »Wie meinst du das?«

»Das war doch klar. Jetzt, wo wir endlich eine Familie sind.«